Arena-Taschenbuch

Band 51216

Bücher von Katja Brandis im Arena Verlag:

Woodwalkers (1). Carags Verwandlung*
Woodwalkers (1). Carags Verwandlung. Sonderausgabe zum Film
Woodwalkers (2). Gefährliche Freundschaft*
Woodwalkers (3). Hollys Geheimnis*
Woodwalkers (4). Fremde Wildnis*
Woodwalkers (5). Feindliche Spuren*
Woodwalkers (6). Tag der Rache*

Woodwalkers – Die Rückkehr (1). Das Vermächtnis der Wandler*
Woodwalkers – Die Rückkehr (2). Herr der Gestalten*
Woodwalkers – Die Rückkehr (3). Das Grollen der Löwin*
Woodwalkers – Die Rückkehr (4). Der Club der Fabeltiere*
Woodwalkers – Die Rückkehr (5). Rivalen im Revier*
Woodwalkers – Die Rückkehr (6). Zeit der Entscheidung*

Woodwalkers & Friends. Katzige Gefährten*
Woodwalkers & Friends. Zwölf Geheimnisse*
Woodwalkers & Friends. Wilder Kater, weite Welt*

Seawalkers (1). Gefährliche Gestalten*
Seawalkers (2). Rettung für Shari*
Seawalkers (3). Wilde Wellen*
Seawalkers (4). Ein Riese des Meeres*
Seawalkers (5). Filmstars unter Wasser*
Seawalkers (6). Im Visier der Python*
Seawalkers & Friends. Dreizehn Wellen*

Woodwalkers/Seawalkers & Friends. Wilde Ferien

Windwalkers (1). Verborgene Flügel*

Khyona (1). Im Bann des Silberfalken
Khyona (2). Die Macht der Eisdrachen

DelfinTeam (1). Abtauchen ins Abenteuer
DelfinTeam (2). Der Sog des Bermudadreiecks
DelfinTeam (3). Ritt auf der Brandung

Gepardensommer
Koalaträume
Der Elefantentempel
Die Jaguargöttin
Der Panthergott
Der Fuchs von Aramir
Die Ewigen von Calliste
Vulkanjäger
Freestyler

Bücher in Einfacher Sprache:
Woodwalkers (1). Carags Verwandlung
Woodwalkers (2). Gefährliche Freundschaft

Woodwalkers-Schal

**Auch als Arena audio erschienen*

Katja Brandis, Jahrgang 1970, hat Amerikanistik, Anglistik und Germanistik studiert und als Journalistin gearbeitet. Schon in der Schule liehen sich viele Mitschüler ihre Manuskripte aus, wenn sie neuen Lesestoff brauchten. Inzwischen hat sie zahlreiche Romane für Jugendliche veröffentlicht, zum Beispiel *Khyona, Gepardensommer, Die Jaguargöttin* oder *Ruf der Tiefe*. Bei der Recherche für Woodwalkers im Yellowstone-Nationalpark lernte sie eine Menge Bisons persönlich kennen, stolperte beinahe über einen schlafenden Elch und durfte einen jungen Schwarzbären mit der Flasche füttern. Sie lebt mit Mann, Sohn und drei Katzen, von denen eine ein bisschen wie ein Puma aussieht, in der Nähe von München.
www.woodwalkers.de | www.seawalkers.de

Katja Brandis

Woodwalkers

Feindliche Spuren

Zeichnungen von Claudia Carls

Arena

Für Alexandra,
Samuel und Leon

Ein Verlag in der Westermann Gruppe

RECYCLED
Papier aus Recyclingmaterial
FSC® C110508
FSC www.fsc.org

www.blauer-engel.de/uz195
- ressourcenschonend und umweltfreundlich hergestellt
- emissionsarm gedruckt
- hauptsächlich aus Altpapier MI6

Dieses Druckerzeugnis wurde mit dem Blauen Engel ausgezeichnet.

4. Auflage im Arena-Taschenbuch 2025

Rottendorfer Straße 16, 97074 Würzburg
arena-service@westermanngruppe.de

Dieses Werk wurde vermittelt durch die Autoren- und Projektagentur Gerd F. Rumler (München).
Cover und Innenillustrationen: Claudia Carls
Umschlagtypografie: Sibylle Bader
Gesamtherstellung: Westermann Druck Zwickau GmbH
Gedruckt in Deutschland

ISSN 0518-4002
ISBN 978-3-401-51216-7

Besuche uns auf:
www.arena-verlag.de

@arena_verlag
@arena_verlag_kids

Beim Austausch mit Costa Rica habe ich neue Freunde und Verbündete gewonnen, aber meinen schlimmsten Feind Andrew Milling auch sehr wütend gemacht. Wir müssen herausfinden, wer oder was »Arula« ist und warum das wichtig für Milling ist, Wahrscheinlich brauchen wir diese Information für den Kampf gegen ihn. Aber erst mal müssen wir unseren Otter-Freund Frankie finden, der mir heimlich gefolgt ist – von ihm fehlt immer noch jede Spur. Was kann mit ihm passiert sein? Vielleicht wissen das die Menschen. Doch die können ziemlich seltsam und sogar gefährlich sein, wenn es um Woodwalker geht ...

Es war einmal ein Ranger

Wenn der Himmel so grau wie Schiefer war und jede Menge Wasser daraus herabfiel, machten wir es uns manchmal unter einem Felsvorsprung gemütlich. So auch an diesem Tag ein paar Wochen nach meinem ersten Besuch in der Stadt der Menschen. Mias Schwanzspitze zuckte aufgeregt, während sie sich Geschichten ausdachte, um uns zu unterhalten. ... *aber dann kamen zwei dieser Leute in grüngrauen Klamotten und wollten mich mit dem Lasso einfangen, um mich auszustopfen. Aber ich war auf einmal superstark, konnte fliegen und kurvte um die Berggipfel herum, um sie von oben anzugreifen ...*

Meine Mutter gähnte, sodass ich ihre gelblich weißen Fangzähne bewundern konnte. *Meinst du diese Menschen mit den Hüten?*, fragte sie. *Hüte, die aussehen wie Steinscheiben, auf die ein Wapiti draufgemacht hat?*

Ja genau, gab Mia zurück. *Gerade wollte ich mich aus der Luft auf sie stürzen, da ...*

Diese Leute würden dich nicht ausstopfen, sagte meine Mutter knapp. *Man nennt sie Ranger.*

Mia war eingeschnappt, weil meine Mutter schon wieder ihre Geschichte unterbrochen hatte, aber ich horchte auf. Dieses Wort »Ranger« hatten meine Eltern schon öfter benutzt. *Was sind Ranger?*, erkundigte ich mich. Damals, vor meinem verbotenen Abstecher zum Old-Faithful-Geysir, wusste ich so etwas noch nicht.

Das sind Leute, die in Nationalparks – also in unserem Revier – darauf achten, dass Menschen und Tiere friedlich zusammenleben und keiner etwas kaputt macht, erklärte meine Mutter.

Tolle Sache, meinte ich beeindruckt. *Also sind diese Ranger nicht unsere Feinde?*

Nein, meinte meine Mutter und erhob sich. *Wenn ihr Lust habt, schauen wir uns einen an. Aber ihr müsst ganz leise sein, denn diese Leute sind oft bewaffnet. Ich will nicht, dass euch etwas passiert.*

Klingt echt blöd – ich bleib hier!, motzte Mia, die anscheinend immer noch beleidigt war, und als ich begeistert aufsprang, griff sie mich einfach so an. Das ließ ich mir natürlich nicht bieten, warf mich selbst auf sie und versuchte, sie umzuwerfen. In einem Knäuel aus hellbraunem Fell landeten wir auf unserem Vater, der unsanft aus seinen Träumen gerissen wurde. *Nehmt gefälligst eure Pfoten aus meiner Nase!,* fauchte er. *Nimca, schaff die beiden nach draußen, die brauchen Bewegung!* Für den schroffen Ton bekam er von unserer Mutter einen Schlag auf die Schnauze, wenn auch mit eingezogenen Krallen. *Was meinst du, was ich gerade mache?*

Mein Fell kribbelte aufgeregt,

als wir uns mit unserer Mutter Nimca auf den Weg machten und durch den Kiefernwald streiften. Ich verzichtete sogar darauf, ein Hörnchen zu jagen, das ich über einen umgestürzten Baumstamm laufen sah. *Aber ihr habt uns doch immer gesagt, wir sollen uns hier im Wald von Leuten fernhalten? Oder machen wir das in unserer Menschengestalt?* Wie man sich verwandelte, hatten wir erst vor Kurzem geübt, bei unserem Ausflug in die Stadt.

Leise jetzt!, antwortete Nimca nur und pirschte auf ihren breiten, weichen Pranken voran. Erschrocken wurde mir klar, dass sie bereits jemanden erspäht hatte. Ja, jetzt witterte ich den Menschen auch und bald darauf waren wir nahe genug, um ihn zu sehen.

Ah, DER ist es, ich habe es mir fast gedacht, meinte meine Mutter und erstaunt spürte ich Freude in ihren Gedanken. Misstrauisch schaute ich mir den Ranger näher an. Er war ein kräftiger Mann mit Haaren in der Farbe von Herbstlaub, einer dunkelgrünen Hose, einem grauen Hemd, an dem etwas Goldenes glitzerte, und genau dem Hut, den meine Mutter beschrieben hatte. Außerdem etwas, das wie ein Buckel aus Stoff aussah – *ein Rucksack,* erklärte meine Mutter lautlos –, und ein längliches knallrotes Ding am Gürtel.

Der ist tatsächlich bewaffnet!, stellte meine Schwester entsetzt fest. *Wer ist das überhaupt? Du kennst ihn, stimmt's?*

Ja, gab unsere Mutter zu. *Das ist Tom. Er ist ein Freund von mir.*

Mia und ich waren so geschockt, dass sich uns die Nackenhaare aufstellten. *Wie, was, aber …?*, brachte ich nur heraus.

Jetzt schaute meine Mutter ein wenig verlegen drein. *Es ist schon ein paar Monde her, dass er mir zum ersten Mal aufge-*

fallen ist. Ich hatte einen Gabelbock gerissen, aber dann wurde mir klar, dass in der Nähe ein Wanderpfad verlief. Prompt gingen Leute vorbei, sodass ich kaum einen Bissen nehmen konnte. Aber dann kam zum Glück Tom. Er sperrte den Wanderpfad ab, sodass wir später zurückkommen und in Ruhe fressen konnten. Richtig nett, oder? So haben wir uns kennengelernt.

Unsere Mutter hatte einen Menschenfreund. Ich konnte es immer noch nicht fassen. Zu dritt spähten wir vorsichtig durchs Unterholz in Richtung des Rangers.

Später habe ich erfahren, dass er Tom heißt, so haben andere Leute ihn genannt, berichtete Nimca. *Das hat mir natürlich auch gefallen, denn Tom bedeutet in Menschensprache Kater! Seither treffen wir uns immer mal wieder.*

Der Mensch namens Tom war gerade dabei, mit einer zischenden Dose farbige Zeichen auf einen Baumstamm zu sprühen. Wahrscheinlich markierte er sein Revier. Das fand ich etwas unfreundlich. Wusste er nicht, dass es unseres war?

Das sind Zeichen für mich, erklärte mir unsere Mutter stolz. *Damit ich weiß, dass er hier war.*

Ich war sehr beeindruckt.

Manchmal winkt er mir zu. Sie schnurrte, während sie ihn betrachtete. *So wie jetzt gerade.*

Tom wedelte mit der Hand durch die Luft und schlug sich dann auf den Hals. Anscheinend hatte er nicht nur sie, sondern auch die Moskitos begrüßt.

Aber wieso ist er bewaffnet? Hat er Angst vor dir? Mia schien noch nicht ganz überzeugt.

Nein, natürlich nicht, sagte Nimca, sie klang empört. *Das ist nur gegen Bären! So ein Pfefferzeugs.*

Tom ging weiter den Wanderpfad entlang und wir folgten ihm, ohne dass er sich umwandte. Er bemerkte weder uns noch das Grizzlymännchen, das sich nicht weit entfernt aufhielt. Unsere Mutter wurde ganz aufgeregt, als ihr das klar wurde, und auch ich wurde nervös. Die meisten Bären wären sofort verschwunden, wenn sie einen Menschen hörten oder rochen, aber dieser Grizzly dachte nicht daran. Er betrachtete sich als Chef hier und ging nichts und niemandem aus dem Weg.

Mittlerweile hatte der Grizzly sich entschieden, auf der nächsten Wiese an Gras und Kräutern zu knabbern. Er wirkte wie ein hellbrauner, pelziger Berg, wie er dort stand und herumkaute. Als der Ranger den Bär bemerkte, blieb er sofort stehen und wandte sich halb ab. Gute Idee – Grizzlys mochten es nicht, wenn man ihnen in die Augen schaute, das hätte wie eine Herausforderung gewirkt.

Der ist klug, dein Tom, sagte ich, doch Nimca war so angespannt, dass sie es nicht beachtete. Sie hatte sich geduckt und fixierte Mensch und Bär, die etwa eine Baumlänge von uns entfernt waren und noch nichts von uns ahnten, weil wir uns gegen den Wind genähert hatten. *Ich trau diesem Vieh nicht,* meinte sie knapp.

Ich auch nicht – das ist der, der uns damals in der Höhle entdeckt hat und uns kaltmachen wollte, beklagte sich Mia. *Ein echter Mistkerl.*

Ausgerechnet dem mussten wir jetzt begegnen!

Tom war noch eine Baumlänge von ihm entfernt, zog sich langsam zurück und begann in beruhigendem Ton, Worte vor sich hin zu murmeln. »Guter Bär, braver Bär, wir lassen uns beide in Ruhe, okay? Alles in Ordnung, Dicker.« Aber seine Hand lag auf der roten Pfefferflasche an seinem Gürtel.

Nun hatte sich der Bär in Bewegung gesetzt, er trottete mit wiegenden Schritten über die Wiese, rupfte hier und dort eine Pflanze aus und zerkaute sie. Wenn er so weitermachte, würde er nah an dem Ranger vorbeikommen. Inzwischen schien Tom klar zu sein, dass das schiefgehen konnte, selbst auf diese Entfernung roch ich seine Angst.

Auch der Bär schien sie zu riechen – und noch anderes mehr. Anscheinend hatte Tom Proviant in seinem Rucksack, denn der Grizzly hob schnüffelnd den Kopf und machte ein paar Schritte in seine Richtung.

Jetzt könnte Tom langsam mal sein Pfefferzeug abfeuern, meinte meine große Schwester.

Aber ist der Grizzly dann nicht stinkesauer und macht erst recht Ärger?, überlegte ich.

Ich muss etwas tun, sagte unsere Mutter entschlossen. *Ihr bleibt hier, ist das klar?*

Bevor wir protestieren konnten, war sie schon davongehuscht wie ein hellbrauner Schatten.

Ich hatte keine Ahnung, was sie vorhatte, und wie von selbst kniffen sich meine Ohren flach an den Kopf, ich zeigte die Zähne und ein leises Maunzen entwich mir. Eng aneinandergedrängt, beobachteten Mia und ich, was geschah. Wir wussten beide, dass Grizzlys nicht nur sehr viel größer, sondern auch deutlich stärker waren als Pumas. In einem Kampf hätte unsere Mutter keine Chance gegen diesen Kerl.

Nimca lief zum Rand der Wiese, hielt dort nicht weit von Tom entfernt an und fauchte den Bären an. Es funktionierte, der Koloss blieb stehen und schaute irritiert in ihre Richtung.

Jetzt hätte Tom sich eigentlich zurückziehen und aus dem Staub machen können, während der Grizzly mit unserer Mutter beschäftigt war. Nur leider wirkte Mr Ranger wie erstarrt und murmelte ein paar Wörter, die etwas mit menschlichen Ausscheidungen zu tun hatten. Was sollte das bedeuten?

Musste er mal? Jedenfalls schien er sich nicht besonders zu freuen, dass meine Mutter und er sich mal wieder begegneten. Und der Bär zögerte nicht lange, er galoppierte mit gesträubtem Fell und einem wütenden Brummen los. Auf meine Mutter und auf Tom zu. Ach, du großes Gewitter!

Zisssch! Tom hatte die rote Dose vor sich gerissen und ein langer, nebliger Strahl drang daraus hervor. Der Grizzly prallte aufbrüllend zurück, bog ab und trottete hastig davon. Immerhin, der war weg.

Doch leider hatte auch unsere Mama etwas abbekommen, niesend und japsend, flüchtete sie zu uns in die Deckung. *Au verdammt, das brennt!*

Sie ließ sich neben uns auf den Bauch fallen und rieb sich mit den Pfoten über die Schnauze. Um ihr zu helfen, schleckte ich ihr über das Gesicht. Ganz schlechte Idee! Auf meiner Zunge brach ein Waldbrand aus.

Also, Tom ist ja wirklich ein netter Kerl, aber er sollte das Zielen üben, brummte unsere Mutter, während wir in Richtung des Felsüberhangs liefen, wo Xamber wahrscheinlich noch immer schlief. *Wär nett, wenn ihr das alles eurem Vater nicht erzählen würdet.*

Kein Problem, versprach ich.

Aber er merkte natürlich trotzdem, dass etwas passiert war, denn Nimca musste erst in einen Fluss springen, bevor sie wieder so roch wie sonst. Ihre Grimassen und Geräusche im kalten Wasser waren toll.

Trotz allem konnte ich nicht aufhören, über die Menschen, Tom und das alles nachzudenken. Kurz darauf flüsterte ich Mia zu: *Ich will auch einen eigenen Ranger.* Beim Gedanken daran, einen Menschenfreund zu haben, liefen kleine zittrige Schauer über meine Haut. Einen Verbündeten, der nicht zu meiner Familie gehörte. Dem ich erzählen konnte, wie unzufrieden ich manchmal mit diesem Leben als Puma war, weil es in der Menschenwelt unendlich viel zu entdecken gab.

Hast du Motten im Kopf? Oder einen Schwarm Käfer? Mia zeigte mir die Zähne. *Hoffentlich machst du nicht so einen Blödsinn wie dieses Luchs-Mädchen, von dem Papa erzählt hat.*

Wieso, was hat sie denn gemacht?, erkundigte ich mich neugierig.

Sie ist letzten Winter zu den Menschen gegangen und dortgeblieben, um zu leben wie sie! Vielleicht hat sie was Falsches gefressen, dass sie auf so eine Idee gekommen ist?

Glaube ich nicht, gab ich kurz zurück. Zu den Menschen gegangen und dortgeblieben! So etwas musste unglaublich aufregend sein. Ob ich mich eines Tages auch so etwas trauen würde wie dieses Luchs-Mädchen? Aber vielleicht reichte es erst mal, wenn ich mir einen Menschenfreund suchte.

In den nächsten Wochen entdeckte ich einige Ranger und schließlich entschied ich mich für eine junge, nicht sehr große Frau, die schwungvoll ging und viel lächelte. Manchmal führte sie Wandergruppen und beantwortete den Leuten Fragen, manchmal war sie aber auch allein unterwegs und schien sich um die Pfade zu kümmern. Da ich nicht sicher war, ob ich mich ihr als Puma nähern sollte, traute ich mich schließlich und setzte mich in Menschengestalt und mit klopfendem Herzen dazu, als sie einen ihrer Vorträge über die Natur hielt.

Etwa vierzig Leute saßen auf absichtlich umgestürzten Baumstämmen in einem Halbkreis um sie herum und einer davon war ich, in den fleckigen, viel zu kurzen Klamotten aus unserer versteckten Kiste.

»Hi, mein Name ist Andrea«, verkündete meine neue Lieblings-Rangerin gut gelaunt. »Heute erzähle ich euch etwas über die Wolfsrudel hier im Nationalpark und in der Dämmerung gehen wir zusammen zu einem Punkt, an dem wir diese faszinierenden Tiere beobachten können. Vielleicht haben wir ja Glück.«

Unwillkürlich schnaubte ich und Andrea blickte mich verblüfft an. Na gut, sie mochte Wölfe, aber bestimmt fand sie Pumas noch besser!

Nach dem Vortrag riss ich mich zusammen, ging auf sie zu und lächelte sie schüchtern an. »Hallo«, sagte ich und wartete, ob sie gleich kapieren würde, dass ich ihr neuer Freund war.

Sie lächelte mich ein bisschen verdutzt an. »Hallo! Du warst sehr aufmerksam, habe ich gesehen. Hast du eine Frage?«

»Würdest du mich besuchen?«, fragte ich nervös. »Am besten so, dass mein Vater es nicht merkt. Dann können wir über alles reden.«

Andrea wirkte erstaunt, dann lachte sie herzhaft. Verwirrt schaute ich sie an. Ihre Augen wurden groß und dann ging sie einen Schritt rückwärts. Entsetzt merkte ich, dass sie auf meine Zähne starrte. Oh nein, vor lauter Stress hatte sich mein Gebiss teilverwandelt! Die Fangzähne pikten mich schon in die Lippe.

Ich drehte mich um und rannte weg, so schnell ich konnte.

Die arme Frau – ich hoffe, sie hat ihren Schock irgendwann überwunden. Ich musste an sie denken, als Lissa Clearwater während James Bridgers Stunde zu uns kam und die Ankündigung machte: »Vielleicht habt ihr schon gehört, dass ihr vor den Abschlussprüfungen des ersten Jahres ein Berufspraktikum machen werdet. Überlegt euch am besten schon jetzt, was ihr mal werden wollt, denn ihr solltet euch bald bewerben.«

»Ranger«, sagte ich sofort. Wenn ich mir schon keinen zulegen konnte, dann wollte ich wenigstens selber einer werden!

»Pah, die verdienen doch nichts.« Verächtlich blickte Leitwolf Jeffrey zu mir herüber. »Also ich will einen Job, in dem die Bezahlung stimmt. Manager oder so. Außerdem wärst du ein Scheiß-Ranger, du weißt wohl nicht, was die alles machen müssen, oder?«

»Wieso? Nüsse knacken?«, fragte Holly, doch Jeffrey beachtete sie nicht, er blickte weiterhin mich an.

Seine Bemerkung hatte mich unsicher gemacht, doch ich wollte es mir nicht anmerken lassen. »Ach, und du wirst der weltbeste Manager oder was? So wie dein Vater – hat der mit seinem Unternehmen nicht gerade Pleite gemacht?«

Aus Jeffreys Augen flammte die Wut und mir wurde klar, dass ich zu weit gegangen war. Schließlich wäre auch ich explodiert, wenn jemand meinen Vater beleidigt hätte, während er in den nächsten Wochen bei uns das Fach Tiersprachen unterrichtete.

Nicht nur die Wölfe waren wütend, auch James Bridger blickte mich stirnrunzelnd an, und das war viel schlimmer, denn er war einer der Freunde, die ich mir damals so sehnlichst gewünscht hatte. »Ich glaube, ihr solltet euch beieinander entschuldigen«, sagte er und im Klassenraum herrschte gespannte Stille. Viele Blicke ruhten auf uns.

»Darauf kann das Kätzchen lange warten«, knurrte Jeffrey.

Ich verschränkte schweigend die Arme und blickte geradeaus. Okay, meine Bemerkung war nicht toll gewesen, aber wieso sollte ich mich bei jemandem entschuldigen, der für meinen Todfeind Andrew Milling spionierte?

»Strafaufgabe für euch beide – und ihr werdet sie gemeinsam erledigen!«, verkündete Bridger.

Die Woche fing nicht wirklich gut an.

Beruf ist Glückssache

Nach dem Streit redeten wir erst mal weiter über Berufe, wahrscheinlich damit sich alle wieder etwas beruhigten.

»Also ich werd später Sumpf-Spezialistin«, kündigte Cookie fröhlich an. »Meine Opossumfamilie kommt nämlich aus 'nem Sumpf, wisst ihr? Mit Sümpfen kenne ich mich richtig gut aus.«

Ich war nicht sicher, ob jemand dafür Geld bezahlen würde, dass Cookie ihm etwas über Sümpfe erzählte, aber ich hatte nicht vor, in dieser Stunde noch irgendetwas zu sagen. Besonders nichts Negatives. Es waren schon genug Leute sauer auf mich.

»Aber dann darfst du dich bei Problemen nicht tot stellen, sonst muss dein Chef ständig den Notarzt rufen«, wandte Lou ein, das schönste Wapiti-Mädchen der Welt.

»Apropos«, meinte Tikaani, die weiße Wölfin. »Das wär was für mich, glaub ich. Notärztin. Aber vielleicht auch Bodyguard, schließlich kann ich gut kämpfen. Oder ich werde Sängerin.«

»Jetzt musst du dich nur noch entscheiden.« Bo, ein weiteres Mitglied des Wolfsrudels, verdrehte die Augen. »Leute verletzen, Leute gesund machen oder ihnen doch lieber die Ohren vollheulen?«

Nun war auch Tikaani beleidigt. Diese Stunde hatte es echt in sich!

Holly grübelte schon die ganze Zeit vor sich hin. »Gibt es Nuss-Experten?«, wollte sie wissen.

»Sicher nur sehr wenige«, gab ihr James Bridger bedauernd zur Auskunft. »Aber was es sehr wohl gibt, sind Industriekletterer, die zum Beispiel auf Windkraftanlagen steigen und dort irgendwas reparieren.«

Meine beste Freundin strahlte. »Das probier ich aus!«

»Ich will mit Shadow mal ein eigenes Restaurant aufmachen«, erklärte Raben-Mädchen Wing und ihr Bruder nickte begeistert.

»Die sind dann ihre eigenen besten Kunden«, flüsterte Leroy, mein Banknachbar, mir zu. Ich nickte und verkniff mir die Bemerkung, dass er als Stinktier dann vielleicht in der Parfümbranche richtig war. Meine Laune war heute wirklich nicht die beste.

»Meine Eltern wollen, dass ich Rechtsanwalt werde«, ächzte Brandon und blickte sehr unglücklich drein.

»Macht etwas, was euch gefällt, sonst leidet ihr ein paar Jahrzehnte lang vor euch hin in einem Beruf, den ihr hasst«, warnte uns Mr Bridger. »Also überleg dir lieber was anderes, Brandon.«

»Ich werde mal Lehrer«, sagte Betawolf Cliff plötzlich und überrascht blickten wir ihn an. Worauf er prompt die Lippe hob und ein Knurren losließ. »Was? Dachtet ihr, ich hab eine Karriere als Türsteher vor 'ner Disco im Sinn?«

Cliff hatte als Wolf scharfe Zähne und niemand riskierte, etwas zu sagen. Sein kleiner Freund Miro, der inzwischen oft in Menschengestalt am Unterricht teilnahm, blickte ihn bewundernd an. »Wirklich, man kann Geld damit verdienen, dass man vor einer Tür steht?«

»Man muss dabei ab und zu auch jemanden verprügeln«,

erklärte ihm Cliff und grinsend blickte Jeffrey in meine Richtung.

Die anderen wussten zum großen Teil noch nicht, was sie später machen wollten. Aber wir hatten ja noch genug Zeit zum Überlegen.

Nach dem Unterricht zogen Holly, Brandon, Dorian und ich uns zum Baumhaus zurück, das auf einer Wiese in der Nähe der Schule stand. Holly übte Zielspringen, dafür hatten ich und Brandon ihr eine Darts-Scheibe an einer Seitenwand des Baumhauses angebracht. Gerade warf sie sich dagegen – voll ins Schwarze! Zufrieden grub sie die Krallen hinein und hielt sich einen Moment lang an der Scheibe fest. *Voll gut, oder? Ich werde mal 'ne Weltklasse-Kletterexpertin! Niemand wird besser sein als ich! Jedenfalls kein Mensch! Hörnchen vor, noch ein ...*

... Tor, ergänzte Brandon, der unter dem Baumhaus graste und darauf achtete, dass niemand Unerwünschtes hochkam. *Falls du Fußball spielen willst, musst du leider zu mir runterkommen.*

Ach, hier oben kann man auch sehr gut Ballsportarten machen, behauptete Holly, schnappte sich einen Kiefernzapfen und schleuderte ihn im Sprung an den nächsten Baumstamm. Krach!

Ich legte mich auf die Plattform, sodass meine Vorderpfoten über den Rand baumelten, und schaute über den in der Sonne glitzernden Fluss hinweg. *Müsst ihr auch ständig an Frankie denken?*, erkundigte ich mich. *Er hätte heute bestimmt gesagt, dass er gerne irgendwas mit Computern machen würde.*

Ja, ich denke oft an ihn, sagte Holly traurig und kam abrupt zum Stillstand. *Wenn er uns nur nicht hinterhergelaufen wäre! Der beknackte Otter wusste doch, wie gefährlich Andrew Milling ist, du hast ihm davon erzählt!*

Ja, aber vielleicht hat das nicht gereicht. Mich überlief ein Schauer, wie jedes Mal, wenn ich an meinen ehemaligen Mentor dachte. Andrew Milling war tödlich, auch wenn manche Leute es nicht wahrhaben wollten. Und die Spuren hatten eindeutig verraten, dass Frankie uns hinterhergelaufen war bis zu Millings Stützpunkt. *Wenn Frankie ihm in die Hände gefallen ist, dann müssen wir mit dem Schlimmsten rechnen.*

Aber hätte Milling dann nicht irgendwas gesagt?, wandte Brandon ein. *Damit geprahlt, dass er Frankie erledigt hat, oder so was?*

Wir sollten noch mal versuchen, ihn aufzuspüren, mischte Dorian sich ein. Er war gerade intensiv mit seiner Fellpflege beschäftigt, schließlich war er sehr stolz darauf, dass er zur seltenen Katzenrasse Russisch Blau gehörte.

Aber das haben wir doch schon versucht! Bei der wurmstichigen Nuss, wir haben schon alles versucht! Holly drosch mit ihren winzigen Vorderpfoten auf das Geländer ein. Es bekam nicht mal einen Kratzer. *Ich würde ihm so gerne helfen, aber wie?*

Dorian erhob sich und ging in die Hütte; als er wieder herauskam, trug er eine Zeitung im Maul. Einen Moment lang kämpfte er mit dem Papierstapel, dann schaffte er es, mit Nase und Pfoten umzublättern. Damit der Wind ihm seine raschelnde Beute nicht wegnahm, legte er sich zum Lesen mitten darauf. *Seit er weg ist, habe ich jeden Tag von vorne bis hinten alle Meldungen gelesen,* erklärte er. *Dieser Otter ist schlau – wenn Frankie noch lebt, wird er es irgendwie schaffen, uns ein Zeichen zu geben.*

Kann sein, sagte ich mit gemischten Gefühlen. *Und, hast du schon irgendwas entdeckt?*

Ja, aber nicht das, was ich erwartet hätte, berichtete Dorian.

Gespannt und beunruhigt blickten wir ihn an. *Wieso?*

Mir scheint, die Menschheit hat gerade eine richtige Pechsträhne, stellte unser Freund fest. *Schaut mal, was ich allein in dieser Ausgabe gefunden habe!*

Die Zeitung bekam Nasenabdrücke, als er uns auf verschiedene Artikel hinwies und die Schagzeilen vorlas.

»Was ist in meinen Hund gefahren?« So viele Verletzte durch Tierbisse wie nie zuvor! Zahl der Toten durch Schlangenbisse stark gestiegen

Florida: Dutzende Sportboote von Alligatoren umgekippt – bisher zwanzig Verletzte

Detroit, New York, Chicago: Mehrere Kraftwerke und Fabriken ausgefallen oder in Brand geraten, Polizei ermittelt wegen durchgebissener Kabel

Schock am Himmel: Mehrere Verkehrsflugzeuge müssen notlanden, weil Äste oder Steine in ihre Triebwerke geraten sind

Und das waren nur einige wenige Meldungen von vielen.

Also, das dürfte die Menschen misstrauisch gemacht haben, denn normalerweise haben Äste und Steine am Himmel nichts zu suchen, meinte Dorian. *Die sind bestimmt von Vogel-Wandlern geworfen worden.*

Wir blickten uns an und dachten alle das Gleiche. Konnte

es sein, dass Andrew Milling dahintersteckte? Falls er für diese Anschläge verantwortlich war, musste er schon unfassbar viele Verbündete im ganzen Land haben. *Ich würde es ihm zutrauen – Milling schadet den Menschen, wo er kann,* sagte ich. *Und irgendwann wird er Ernst machen mit seiner Rache. Weißt du noch, in seinem Stützpunkt haben wir gehört, wie sie über diesen Großen Tag geredet haben.*

Mit einem mulmigen Gefühl blickten wir uns gegenseitig an.

Dieser Piss-Puma! Hollys Fell hatte sich gesträubt, ihre Augen blitzten. *Gestern gab es eine Mitteilung vom Rat dazu, das hab ich am Lehrertisch belauscht. Darin heißt es, dass man bitte eingreifen soll, wenn man merkt, dass ein Woodwalker einem Menschen schaden will. Damit haben sie bestimmt diese Anschläge gemeint. Und ich habe auch gehört, dass der Rat gerade eine Ermittlung gegen Milling laufen hat und Beweise sammelt, um ihn endlich verurteilen können!*

Gut, sagte ich grimmig. *Was ist eigentlich, wenn sie ihn verurteilen, was blüht ihm dann für eine Strafe?*

Darüber hab ich neulich mit Mr Brighteye gequatscht ..., meldete sich Dorian zu Wort. *Man kann aus der Gemeinschaft der Woodwalker verstoßen werden, niemand darf mehr mit einem reden oder einen ansehen. Heftig, oder?*

Manche müssen auch ein paar Jahre in diesen Tierparks absitzen, die eigentlich Gefängnisse für Woodwalker sind, berichtete Brandon. *Aber die härteste Strafe ist, dass sie einem die Verwandlungsfähigkeit blockieren. Das geht! Weiß ich direkt von Miss Clearwater.*

Schockiert schwiegen wir. Für mich war es undenkbar geworden, nur noch als Puma oder als Mensch zu leben ... ja, so was war wirklich eine schwere Strafe.

Meine Gedanken wanderten zurück zu den Anschlägen. *Es*

reicht nicht, nur im Notfall einzugreifen, sagte ich spontan. Während Dorian die Meldungen vorgelesen hatte, war eine Idee in meinen Kopf gekrochen – jetzt war es an der Zeit, sie auszusprechen. *Was haltet ihr davon, wenn wir einen Wir-helfen-Menschen-Club gründen und den Menschen als Ausgleich so viel Gutes tun, wie wir können? Vielleicht können wir sie auch schützen. Ich will nicht, dass sie anfangen, uns zu hassen.*

Sehr cool, sagte Brandon sofort, der als Mensch aufgewachsen war. *Aber der Name klingt langweilig, wie wäre es mit ›Secret-Ranger-Club‹? Ranger helfen den Menschen ja auch, aber wir tun es heimlich.*

Alles klar, meinte Dorian und seine grünen Katzenaugen leuchteten. *Vielleicht können wir es auch irgendwie so drehen, dass wir das mit dem Helfen in unserem Praktikum machen.*

Bin dabei!, johlte Holly.

Vielleicht können wir noch ein paar der Leute aus Costa Rica für die Sache gewinnen, meinte Brandon hoffnungsvoll. In einer Woche stand schon der Gegenbesuch unserer neuen Freunde an, die Vorbereitungen liefen auf Hochtouren.

Ab jetzt hatte die Menschheit eine ganze Menge Schutzengel – uns, die Woodwalker, die auf ihrer Seite standen! Es machte mir Mut, wie ruhig und entschlossen die anderen wirkten. Wir waren alle nicht blöd und wir meinten es ernst. Vielleicht konnten wir mehr bewirken, als wir jetzt ahnten.

Das heißt aber auch, wir sollten nicht irgendwelche Praktika machen, nur weil wir sie spaßig finden, sagte ich schweren Herzens. *Wir müssen die Chance nutzen, uns in Schlüsselpositionen zu bringen. Herausfinden, was für den großen Kampf wichtig sein wird, auch wenn wir noch nicht wissen, was überhaupt passieren wird. Wir müssen lernen, so viel wir können, das könnte später nützlich sein.*

Brandon nickte. *Dann ist das mit deinem Rangerjob eine ziemlich gute Idee. Ich hatte mir eigentlich vorgenommen, ein Praktikum im Klärwerk zu machen – einfach um meine Eltern zu ärgern. Aber ich könnte auch zum Beispiel zur Feuerwehr gehen.*

Er blickte ein bisschen leidend drein. Da kein Woodwalker Feuer mochte, war das ein echtes Opfer.

Holly zögerte keinen Moment. *Ich natürlich zur Bergrettung!*

Wir beschlossen, dass wir, wenn irgendwie möglich, außerdem noch Leute bei der Polizei, im Krankenhaus, bei der Strom- und Wasserversorgung, in der Stadtverwaltung und in der Computersicherheit unterbringen wollten.

Aber da muss man sich bewerben, was ist, wenn die uns nicht wollen? Hollys Stimme klang plötzlich wieder ganz klein, vielleicht waren ihr ihre Schulnoten eingefallen.

Dorian meldete sich zu Wort. *Ich weiß, dass Miss Clearwater für die Praktika des letzten Jahrgangs eine Menge Kontakte aufgebaut hat. Mit etwas Glück kann sie uns Plätze vermitteln.*

Ein Schauer des Glücks und der Aufregung überlief mich. Carag, Ranger. Kämpfer gegen das Unrecht. Es klang wie der Titel eines echt miesen Films. Aber egal! Es fühlte sich gut an, einen Plan zu haben.

Eine seltsame Nachricht

Es kostete mich etwas Überwindung, aber ich musste versuchen, Jeffrey auszuhorchen. Am besten, ich tat so, als wüsste ich schon etwas darüber. »Wie findest du es eigentlich, dass Milling seine Anhänger dazu aufgerufen hat, irgendwelche Aktionen zu unternehmen? Ich meine Aktionen, die den Menschen schaden?«, fragte ich ihn in der Pause.

»Was geht dich das an?«, knurrte Jeffrey und musterte mich feindselig.

»Vielleicht mache ich ja doch mit«, log ich.

»Erstens glaube ich dir das nicht, zweitens sind das wichtige Sondereinsätze, für die würde er einen Verräter wie dich im Leben nicht einteilen.«

»Stimmt«, sagte ich und bedauerte sehr, dass ich kein Aufnahmegerät mitgenommen hatte. Jeffrey hatte mir schon verraten, was ich hatte wissen wollen. Es war tatsächlich mein ehemaliger Mentor, der hinter dieser »Pechsträhne« steckte!

Ich überlegte, ob ich Jeffrey noch fragen sollte, wer Arula sein konnte, von der oder dem wir durch Zufall erfahren hatten. Doch dann hielt ich den Mund. Erstens durfte er nicht wissen, dass wir diesen Namen überhaupt kannten, und zweitens wusste er über solche sehr geheimen Dinge garantiert nichts. Er war nur ein sehr kleines Licht in Millings Organisation.

Aber jeder wusste, dass er und die Wölfe Andrew Milling

weiterhin unterstützten, obwohl Miss Clearwater uns jeden Kontakt mit meinem ehemaligen Mentor verboten hatte. Doch die Wölfe dachten nicht daran, ihre Anweisungen zu befolgen, sie hielten ihre Aktivitäten einfach geheim und schienen keine Angst zu haben, dass sie deswegen womöglich von der Schule flogen.

Sofort machten wir uns daran, Mitglieder für unseren Secret-Ranger-Club zu rekrutieren. Ich quatschte so viele Leute an, wie ich konnte, von Shadow und Wing über Nimble bis hin zu ein paar Wandlern aus den höheren Jahrgängen, die ich flüchtig kannte. »Unsere erste Sitzung findet kurz vor Sonnenuntergang in der Bibliothek statt«, kündigte ich jedes Mal an.

Viola saß gerade vor dem Fernseher und schaute irgendeine Quiz-Show, sie war nicht begeistert, dass ich sie dabei störte. »Nee, ist nichts für mich«, meinte sie nur, als ich ihr von meinem neuen Club erzählte, und schielte an mir vorbei auf den Bildschirm, wo der gut aussehende Moderator und seine verbissen lächelnde Assistentin mit der blonden Löwenmähne gerade die 20 000-Dollar-Frage ankündigten.

Enttäuscht ging ich weiter in unser Klassenzimmer. »Und, kommst du, Juanita?«, fragte ich und blickte hoch zur Decke, an der unsere Spinnenwandlerin gerade Herzformen in ihr Netz webte.

Mal schauen, kam es vorsichtig zurück, gefolgt von einem tiefen Seufzer. *Ooooh, ich freue mich so, dass Ignacio bald zu uns kommt!*

»Klar, ich mich auch«, versicherte ich ihr.

Auch die anderen sagten meist nur, sie würden es sich überlegen. Bestimmt würden, wenn sie drüber nachdachten, die meisten einsehen, dass wir den Menschen unbedingt helfen mussten! Oder fanden sie Milling und das, was er machte, etwa gut? Bei manchen, wie etwa Berta oder den Wölfen, wusste ich, dass es so war, bei anderen, wie zum Beispiel Leroy oder Nimble, war ich nicht sicher.

Als ich das Grüppchen sah, das sich am Abend in der Bibliothek zusammengefunden hatte, war ich enttäuscht. Natürlich waren meine Freunde da, aber von all den Leuten, die wir angequatscht hatten, waren nur Shadow, Wing und Amber gekommen.

»Ich weiß, ich bin nur eine Ameisen-Wandlerin«, meinte Amber verlegen. »Aber vielleicht kann ich trotzdem ein bisschen was helfen. Bei all den Anschlägen von Milling-Anhängern können die Menschen doch gerade jede Hilfe gebrauchen, oder?«

»Ja, das glaube ich auch«, meinte ich und lächelte sie etwas mühsam an.

Brandon hatte wohl gemerkt, wie ich mich fühlte. »Wir schaffen das. Immerhin haben wir Luftunterstützung.«

Stolz setzten sich Shadow und Wing – beide waren gerade ein Junge und ein Mädchen mit feinen Zügen und langen schwarzen Haaren – aufrechter hin. »Na, klar doch«, sagte Wing. »Allzeit bereit und ganz schön gescheit!« Das war der neueste Lieblingsspruch der beiden Raben.

Holly hielt sich ein Buch vor den Mund, damit niemand ihr Kichern hörte. Was nicht besonders gut funktionierte, dadurch klang es nur, als würde sie gerade ihr Frühstück ausspucken.

Wieso war Lou nicht dabei? In meinem Hals bildete sich ein Kloß, wenn ich an sie dachte. Bei Tikaani verstand ich es noch, sie wollte sich nicht mit ihrem Rudel anlegen, aber dass Lou nicht gekommen war, kapierte ich nicht. Falls ich mich traute, würde ich sie später fragen, warum sie nicht mitmachen wollte. Und Nell! Aber die hatte wenigstens eine gute

Entschuldigung und gleich gesagt, dass sie für die Abschlussprüfung lernen musste, weil sie vorhatte, die Prüfung unbedingt zu bestehen. Nach dieser großen Prüfung am Ende des ersten Schuljahres waren wir endlich Zweitjahres-Schüler.

»Also lasst uns mal überlegen, was wir alles machen könnten«, verkündete ich. »Es ist gut, dass wir schon einige Lernexpeditionen hinter uns haben und uns in Jackson Hole und Umgebung frei bewegen dürfen.«

»Wir könnten für die Menschen Dinge suchen, die sie verlegt haben«, sagte Holly. »Weißt du noch, wie schnell du den Autoschlüssel gefunden hast, den ich in den Wald geschmissen hatte?«

»Äh, ja«, erwiderte ich, »das wäre nett von uns. Hilft aber nichts gegen Millings Anschläge. Es sollte schon etwas Wichtigeres sein, was wir machen.«

»Am besten wäre es, wir könnten verhindern, dass die Menschen überhaupt angegriffen werden«, meinte Dorian. »Wir müssten dafür allerdings zur richtigen Zeit am richtigen Ort sein.«

»Aber eins ist klar, wir helfen nur Leuten, die freundlich zu uns sind!«, rief Holly. Offensichtlich hatte das mit dem Autoschlüssel böse Erinnerungen in ihr wachgerufen.

Dorian zog die Augenbrauen hoch. »Wie willst du das denn feststellen, muss jeder Kandidat erst mal einen Test machen, wie sympathisch er ist?«

»Na klar, wir rufen ihm einfach aus der Luft ein paar Testfragen zu.« Wing grinste.

»Aber richtig schwere«, bekräftigte Amber gut gelaunt. »Einen Woodwalker-Schutzengel gibt es nicht kostenlos!«

»Eine Schutzameise meinst du wohl«, meinte Brandon.

»Klingt jedenfalls besser als Schutzhuftier«, sagte Holly.

Schließlich einigten wir uns darauf, dass wir immer zu zweit auf Patrouille gehen und nach Gelegenheiten Ausschau halten würden, Hilfe zu leisten oder etwas Schlimmes zu verhindern.

Als ich daran denken musste, wie viel Schaden Andrew Milling und seine feindlich gesinnten Woodwalker den Menschen zufügen konnten, überlief es mich kalt. »Natürlich reicht es nicht, wenn nur wir so etwas machen. Um den Menschen wirklich helfen zu können, brauchen wir solche Gruppen wie unsere im ganzen Land. Vielleicht kann uns dabei der Rat unterstützen, der will schließlich, dass man wachsam ist und Schlimmes verhindert, solange Milling noch nicht der Prozess gemacht werden kann.«

»Was willst du tun? Bittest du Miss Clearwater, den Kontakt herzustellen?« Brandon blickte mich beeindruckt an und auch die anderen hatten große Augen bekommen. Der Rat war für uns mehr eine Legende als real, keiner von uns hatte schon mal persönlich mit ihm zu tun gehabt.

»Genau«, sagte ich und verlor keine Zeit, sondern machte mich auf den Weg zu unserer Schulleiterin. Brandon und Holly blieben an meiner Seite.

Zum Glück war Lissa Clearwater – bei der wir Biologie hatten, die höheren Jahrgänge auch Chemie – gerade nicht im Unterricht. Als ich an ihre Bürotür klopfte, kam sofort ein »Herein«. Zu dritt traten wir ein, und damit ich es hinter mir hatte, sprudelte ich direkt heraus, was uns aufgefallen war und was wir dagegen unternehmen wollten.

»Keine schlechte Idee.« Lissa Clearwaters durchdringende Augen musterten mich. »Ich werde sie dem Rat vortragen. Vielleicht gibt es solche Clubs auch schon anderswo? Ihr seid wahrscheinlich nicht die Einzigen, denen diese seltsame Häufung von Ereignissen aufgefallen ist, und schließlich hat der Rat alle Woodwalker darum gebeten, Anschläge auf Menschen wenn möglich zu verhindern.«

Ich senkte den Kopf. Wieso hatte ich eigentlich gedacht, dass es eine neue Idee war, die wir hatten? Wir waren ja nur eine Handvoll Jugendliche, längst nicht fertig ausgebildet.

»Auf jeden Fall danke für euren Vorschlag«, fügte Miss Clearwater freundlich hinzu.

Brandon, Holly und ich nickten stumm.

Als wir uns zum Gehen wandten, blieb mein Blick an dem Kalender hängen, auf dem die derzeitigen Ratsmitglieder abgebildet waren. Ein Fuchs, ein Falke, eine Bienenkönigin, ein Delfin und noch sechs andere. Zehn Mitglieder und zwei Anwärter hatte der Rat. Einige unserer klügsten Köpfe. Würden sie eine Lösung dafür finden, wie wir die Menschen gegen Andrew Milling verteidigen konnten? Würden sie Beweise finden, um Milling rechtzeitig den Prozess machen zu können, noch vor seinem Großen Tag der Rache?

Es war noch ein bisschen Zeit, bis James Bridger mich in seinem Büro erwartete, um mir und Jeffrey mitzuteilen, welche Strafaufgabe wir erfüllen mussten. Deshalb schlenderte ich in den Aufenthaltsbereich im zweiten Stock, um eine Mail an Melody zu schreiben. Zwischen mir und meiner Pflegefamilie, den Ralstons, war noch immer etwas, das mir wie eine riesige Nebelwand vorkam. Eine, die kein Wort durchdringen konnte. Wir mussten uns bald aussprechen, aber zuerst wollte ich meiner kleinen Stiefschwester erklären, was passiert war.

Doch dazu kam ich nicht. Ein kaltes Prickeln überlief mich, als ich sah, dass eine sehr eigenartige Mail für mich eingetroffen war. Sie kam von Dellaconda Enterprises, einer Firma, von der ich wusste, dass sie Andrew Milling gehörte. Der Betreff lautete einfach »Neues«. War das wieder eine Warnung? Irgendein Ultimatum? Oder würde mein Computer sich einen fiesen Virus einfangen, wenn ich dieses Ding aufmachte? Wir hatten erst neulich in Menschenkunde durchgenommen, dass auch Geräte krank werden konnten.

Ich ging das Risiko ein und öffnete die Mail. Katzen sind nun mal furchtbar neugierig. Verblüfft starrte ich auf den Inhalt der Nachricht.

100 28 3
68 7 6
77 17 7
8 21 12
84 26 5 & 6 & 7
105 4 6 1

Eine solche Mail hatte ich noch nie bekommen, war das ein Virus? Ich hatte keine Ahnung, wie die aussahen. Blitzschnell klickte ich auf *Drucken,* bevor sich die Nachricht wie üblich von selbst vernichten konnte, und der Drucker begann zu surren. Besser, ich zeigte diese komische Mail Mr Bridger oder Sarah Calloway, unserer Menschenkunde-Lehrerin. Nach dem Ausdrucken löschte ich sie zur Sicherheit, bevor sie irgendwen oder irgendwas anstecken konnte.

Noch ziemlich durcheinander von der unerwarteten Entdeckung, ging ich zu James Bridgers Büro, das mit Karten der USA und anderer Länder tapeziert und mit Büchern vollgestellt war. »Ah, da ist ja ein Teilnehmer der Strafaktion«, begrüßte mich Bridger. »Setz dich, Carag.«

Gerade als ich ihm von der seltsamen Mail erzählen wollte, schlenderte Jeffrey herein und ich schloss den Mund wieder. Der dämliche Wolf war zu spät, aber er dachte gar nicht daran, sich dafür zu entschuldigen. »Also, was geht?«, fragte er gelangweilt. »Müssen wir wieder Kartoffeln schälen? Wenn ja, dann sagen Sie's gleich, dann können wir in die Küche gehen und es hinter uns bringen.«

»Nein, diesmal nicht.« Bridger lehnte sich gemütlich zurück, schob seinen schwarzen Cowboyhut in den Nacken und legte die Füße auf seinen Schreibtisch. »Stattdessen braucht Theo Unterstützung. Die Clearwater High soll ordentlich aussehen, wenn die Austauschschüler aus Costa Rica eintreffen.«

»Ah, wir sollen putzen?«, meinte ich.

»Falsch geraten. Euer Job ist es, morgen Nachmittag gemeinsam das Müllhäuschen hinter der Schule neu anzustreichen.«

»Oh, wie spannend«, sagte ich und verzog einen Mundwinkel nach oben.

»Nein, nein, der spannende Teil kommt erst danach«, versicherte uns Mr Bridger. »Nämlich dann, wenn ihr aufpassen müsst, dass die Farbe ungestört trocknen kann. Ich weiß, dass es unter Schülern ein beliebter Sport ist, seine Pfotenabdrücke in der frischen Farbe zu verewigen. Das ist nicht verboten, aber wir hätten lieber ein Müllhäuschen ohne Abdrücke.«

Ich unterdrückte nur knapp ein Stöhnen. Wieder einmal hatten Jeffrey und ich etwas mit Farbe zu tun. Wie die Wölfe dem Schulleiter Señor Cortante zu einem gelben Rückenpanzer verholfen hatten, würde ich nicht so schnell vergessen! Zusammen mit Jeffrey dem Zeug beim Trocknen zusehen? Oh danke, das würde meinen Tag deutlich verschönern.

Jede Menge Kleckse

Erst am nächsten Morgen fiel mir ein, dass ich vergessen hatte, Mr Bridger die seltsame Mail zu zeigen. Und jetzt war es erst mal zu spät, er war den ganzen Tag im Unterricht und unternahm am Nachmittag einen Ausflug mit den Zweitjahres-Schülern.

Bei uns dagegen stand kein Ausflug auf dem Programm. Jeffrey und ich schleppten zwei große Kübel mit dunkelgrüner Farbe zum hinteren Teil der Schule, wo das Müllhäuschen stand. Es war aus Beton und abschließbar, damit wilde Bären nicht an unseren Abfall drankamen.

»Ja, das hat wirklich Verschönerung nötig«, fand ich und betrachtete angewidert die abblätternde braune Farbe, die Theo zum großen Teil schon mit einer Drahtbürste entfernt hatte. »Das ist genau der gleiche Farbton wie bei Essen, das ich fertig verdaut habe.«

Shadow an Carag, bitte kommen! Bitte kommen! Hörst du mich? Eine vertraute schwarze Gestalt flappte an mir vorbei.

Äh, natürlich höre ich dich, gab ich erstaunt zurück und schaute mich nach ihm um. Mit einem *Position erreicht, Fahrwerk ausgefahren!* begann Shadow gerade den Anflug aufs Dach des Müllhäuschens.

»Auf manche Leute haben Reisen mit einem Verkehrsflugzeug einen schlechten Einfluss«, sagte Jeffrey und seufzte. »He, Shadow, was machst du hier? Sollst du uns Gesellschaft leisten oder was?« Die Raben waren die einzigen Woodwalker an der Schule, die sowohl mit den Wölfen als auch mit mir befreundet waren.

Ziel der Mission ist Überwachung von Bodenzielen!, kam es sofort zurück, während Shadow seine Federn sortierte.

»Aha«, meinte ich und musste schmunzeln. James Bridger hatte an alles gedacht.

»Lass uns anfangen, dann haben wir es schneller hinter uns – quatschen kannst du auch später, Puma!«, knurrte Jeffrey und riss den Deckel von einem Kübel, was mir Farbspritzer auf der Hose bescherte. Zum Glück war es eine alte Jeans, die bei Verwandlungen schon etliche Krallenspuren und Risse abbekommen hatten.

»Würde es dir etwas ausmachen, die Farbe nur auf der Wand zu verteilen und nicht auch auf mir?«, fragte ich ihn.

»Ach, halt doch deine blöde Schnauze!«, gab Jeffrey zurück, tunkte eine Malerrolle in die Farbe und klatschte das Ganze auf das Häuschen. Jetzt sah es aus, als hätte ein Elch daraufgespuckt.

»Ich halte genau dann die Schnauze, wenn ich das will!« Schon jetzt hatte ich genug von seinen blöden Bemerkungen. Ich schnappte mir die zweite Malerrolle und begann an der anderen Seite der Wand.

»Hm, aber vielleicht willst du ja, dass dein Vater hier eine gute Zeit hat beim Unterrichten …?« Mit einem unangenehmen Lächeln sah Jeffrey mich an. »Dann haben alle was davon, wenn du in Zukunft die Schnauze hältst.«

Ich konnte kaum glauben, was ich gehört hatte. »Sag mal, ist das etwa eine beschissene Drohung?« Ich schmiss die Malerrolle mit so viel Schwung in den Kübel, dass er überschwappte. Jetzt waren auch die Wolfsklamotten mit grünen Sprenkeln verziert.

»Spinnst du oder was?«, schrie Jeffrey.

Achtung, Achtung, Bombenabwurf in eins ... zwei ... drei Sekunden! Shadow war aufgeflattert und stieß nun mit angelegten Flügeln auf uns herab. Etwas Feuchtes landete auf meinen Haaren. Ich griff mir auf den Kopf und betrachtete meine weißen Finger. Uäh, das war doch ...

»... Scheeeiße!«, schrie Jeffrey, er hatte ebenfalls einen weißen Klecks abbekommen. »Verdammt, was soll das, du Federzecke?«

Auftrag erfüllt, meldete Shadow zackig. *Bei Streit zwischen den Bodentruppen sofortige Gegenmaßnahmen!* Vor Vergnügen hüpfte er auf seinem Häuschendach von einem Krallenfuß auf den anderen und schlug mit den schwarzen Flügeln.

Jeffrey und ich säuberten unsere Haare am nächsten Bach, dann strichen wir in grimmigem Schweigen weiter. Immerhin, die grüne Farbe tat dem Müllhäuschen gut, es sah schon richtig waldig aus, obwohl es nicht so roch. Bald fertig.

In meinem Kopf brodelte es natürlich weiter. Wenn Jeffrey meinem Vater das Unterrichten zur Hölle machte, wäre Xamber noch stärker dagegen, dass ich auf die Clearwater High ging. Es war schwer genug gewesen, ihn überhaupt hierherzulocken!

»Vielleicht können wir einfach unsere Eltern aus dem Spiel lassen«, schlug ich schließlich vor. »Dein Vater hat es nicht leicht und meiner auch nicht, so ist es nun mal und wir brauchen nicht mehr drüber reden.«

»Wer sagt, dass es mein Vater nicht leicht hat?«, knurrte Jeffrey. Erschrocken sah ich, dass er sich mit dem Ärmel über die Augen wischte, die plötzlich verdächtig glänzten. »Er hat eine tolle neue Geschäftsidee, das wird ein Riesending und Andrew Milling glaubt daran, er hilft uns als Investor dabei!«

Erschrocken blickte ich Jeffrey an. Was, seine Familie hatte Geld von Milling angenommen? Das hieß, sie war jetzt völlig von ihm abhängig!

»Deine verdammten Eltern dagegen scheißen schon seit Jahren in den Wald und ...«

Klatsch! Jeffrey bekam einen fetten weißen Fleck, diesmal geliefert von Wing, auf die Schulter. Sofort fluchte er los.

Ich konnte nicht anders, ich prustete vor Lachen. »Haha, das steht dir echt gut, eigentlich könntest du das auch als Haarwachs verwenden, die nächste Bad Taste Party kommt bestimmt und dann ...«

Sinkflug eingeleitet, bereite Abwurf vor! Diesmal schoss Wing auf *mich* zu.

»He, Moment mal!«, rief ich halb alarmiert, halb empört. »Ist nicht mal ein kleines bisschen Schadenfreude erlaubt? Das kann doch wohl nicht ...«

Wahrscheinlich hätte ich nicht nach oben schauen sollen –

die Kackbombe landete genau auf meiner Wange. Jetzt schimpfte ich auch. Hastig strichen Jeffrey und ich das Häuschen fertig, dann stapften wir wieder mal zum Fluss, um uns abzuwaschen.

Doch leider hatten wir Mr Bridgers Warnung vergessen. Kaum hatten wir uns auf den Rückweg zum Müllhäuschen gemacht, sahen wir schon, dass unsere lieben Mitschüler die Gelegenheit genutzt hatten, sich in der frischen Farbe zu verewigen. Ich hörte ein Kichern im Kopf und sah einen Fuchswandler aus dem zweiten Schuljahr weghuschen. Und gerade presste eine Gestalt im Kapuzenpulli, die verdächtig wie Henry aussah, glucksend eine teilverwandelte Flossenhand gegen unser Werk.

»Seid ihr noch ganz sauber?«, brüllte Jeffrey und begann zu rennen. »Trudy! Trudy, ich brauch dich hier, aber dalli! Hier braucht jemand 'ne Ladung Kacke von oben, so viel davon, wie du kannst!«

Trudy hatte es so eilig, in Eulengestalt aus ihrem Zimmerfenster im ersten Stock zu hüpfen, dass sie sich in ihren Flügeln verhedderte und beinahe abgestürzt wäre. *Ich komme schon! Aber, äh, ich muss gerade nicht.*

Du musst nur wollen!, schrie Jeffrey. *Mach schon!*

Gerade war eine maskierte Gestalt, die selbst aus einiger Entfernung nach Viola roch, dabei, einen Hufabdruck zur Verzierung beizutragen. Trudy flog auf sie zu ... und tat ihr Bestes. Das Beste war in diesem Fall ein Gewölle, das sie hervorwürgte. Es verfehlte Viola, klatschte in die restliche grüne Farbe und ging unter.

Echt schwache Leistung, Flattervieh!, brüllte Jeffrey.

Arme Trudy, mit schwachen Flügelschlägen machte sie sich davon. Ausgerechnet von Jeffrey, den sie schon seit einer Ewigkeit anhimmelte, war sie so beleidigt worden. In den nächsten Tagen würde sie garantiert an Liebeskummer leiden.

Zum Glück hatten wir jetzt das Müllhäuschen erreicht. Mürrisch überstrichen wir es mit einer neuen Schicht Farbe … und platzierten schließlich in den Ecken unsere eigenen Pfotenabdrücke. Dann setzten wir uns auf den Boden und bewachten das verdammte Ding, bis es getrocknet war, was mehrere Jahre zu dauern schien.

»Übrigens – wahrscheinlich mache ich mein Praktikum bei einem Radiosender, als Moderator«, erzählte Jeffrey plötzlich, wahrscheinlich wollte er damit angeben.

»Wow, cool!«, sagte ich spontan. »Das ist das Richtige für dich, quatschen kannst du ja.«

Er grinste plötzlich. »Stimmt. Du aber auch. Soll ich mal fragen, ob du auch einen Platz dort bekommen kannst?« Es klang ernst gemeint und ich fand das unerwartet nett von ihm.

»Nee, ich will doch Ranger werden«, erinnerte ich ihn. »Aber danke.«

»Kein Problem«, murmelte er und sah aus, als wüsste er nicht, was eben in ihn gefahren war.

Mir fiel ein, dass ein Wolf als Radiomoderator vielleicht keine gute Sache war. Würde Jeffrey auf diesem Weg mit codierten Botschaften, die nur Woodwalker verstanden, Werbung für meinen schlimmsten Feind machen? Schließlich war es nicht lange her, dass ich übers Fernsehen vor Andrew Milling gewarnt hatte!

Wir redeten nicht mehr über meinen Vater. Ich musste wohl einfach abwarten, was Jeffrey tun würde. Morgen, bevor die südamerikanischen Gäste kamen, würde Xamber seine erste Unterrichtsstunde abhalten.

Unterricht mit Hindernissen

An den Dienstagen hatten wir immer Englisch. Ich nutzte die Chance, nach der Stunde mit meinem Ausdruck nach vorne zu gehen. »Miss Calloway, es kann sein, dass mir jemand einen Virus gemailt hat«, meinte ich und hielt ihr das Blatt hin. »Oder ist es irgendein eigenartiges Menschenritual, jemandem Zahlen zu schicken?«

Neugierig betrachtete unsere hübsche Lehrerin das Blatt und ich sah, wie ihre Augenbrauen immer weiter nach oben wanderten. Dann schmunzelte sie. »Nein, Carag, einen Computervirus kann man so wie einen Krankheitserreger für gewöhnlich nicht sehen«, erklärte sie und gab mir das Blatt zurück. »Und falls es so ein Ritual gibt, dann kenne ich es nicht.«

»Okay.« Ich zuckte die Schultern, knüllte das Blatt zusammen und warf es zielsicher in den Papierkorb auf der anderen Seite des Raumes. Treffer.

Kurz danach war es so weit – mein Vater hatte seine erste Stunde als Aushilfslehrer. Ich war nervös, aber auch sehr stolz auf ihn, als er ins Klassenzimmer kam – inzwischen besaß er ein paar Menschensachen und sah gut aus in Hemd und Jeans. Seine rötlich goldenen Haare waren frisch gestutzt. War er so aufgeregt wie ich? Falls ja, dann ließ er es sich nicht anmerken. Als er sich gegen den Tisch lehnte und uns zuwandte, strahlte er eine Ruhe und Würde aus, die mir gefielen. Doch man spürte auch deutlich den Puma an ihm, eine Art stolze Wildheit, die kaum verborgen unter der Oberfläche lag.

Ernst ließ er den Blick durch die Klasse schweifen, die ihn in völliger Stille neugierig anglotzte. Als Xamber mich sah, stahl sich ein winziges Lächeln in seine Mundwinkel. Fast unmerklich nickten wir uns zu.

»Wir werden die Elchsprache-Lektionen weiterführen und zusätzlich mit Bärensprache beginnen«, sagte er. »Du da, kannst du mir sagen, was ihr in Elchisch schon alles gemacht habt?« Leider deutete er ausgerechnet auf Trudy.

Trudy brach in Tränen aus. Liebeskummer!

Irritiert blickte mein Vater sie an und fragte sich wohl, was er falsch gemacht hatte. Stattdessen wandte er sich an Nimble. »Also, verrat du mir, was ihr schon könnt.«

»Äh, das … ich …« Nimble, unser Kaninchen-Wandler, saß in der ersten Reihe, bekam sicher eine volle Ladung Puma-Witterung ab und kämpfte wohl mit seinem Fluchtreflex.

Mein Vater runzelte die Stirn und deutete auf Bo. »Was ist mit dir? Kannst wenigstens du mir sagen, was ihr bisher durchgenommen habt?«

»Ich erinnere mich leider nicht«, gab Bo zurück und grinste frech, während Tikaani ihm einen finsteren Blick zuwarf.

»Wir erinnern uns alle nicht«, fügte Jeffrey hinzu, setzte eine selbstzufriedene Miene auf und verschränkte die Arme.

Ich stöhnte innerlich. Das durfte einfach nicht wahr sein!

Mein Vater sog durch seine Menschennase Luft ein, nahm Jeffreys Witterung auf. »Es ist mir neu, dass Wölfe ein so schlechtes Gedächtnis haben«, sagte er kühl. Doch Jeffrey hörte nicht mehr zu, er alberte unbekümmert mit seinem Rudel herum.

Großer Fehler!

Etwas Großes, Hellbraunes sauste durch die Luft, warf das Pult um und drückte Jeffrey platt gegen den Boden. Ein erschrockenes Raunen durchlief die Klasse. Mein Vater war eine wirklich große Raubkatze und jetzt gerade starrte er Jeffrey mit goldenen Augen aus einer Blattlänge Entfernung direkt ins Gesicht. Wie hypnotisiert starrte Jeffrey zurück.

Manchmal muss man nur ein bisschen nachdenken, dann fällt es einem schon wieder ein, sagte mein Vater.

»Äh, ja, ganz sicher fällt es mir wieder ein, ganz bestimmt«, stammelte Jeffrey und wagte nicht, sich zu bewegen. Wie erstarrt schaute sein Rudel zu.

Das ist schön. Mein Vater öffnete das Maul, vielleicht damit Jeffrey seine fingerlangen Fangzähne bewundern konnte. *Also, was heißt »Hör auf« in Elchisch?*

»Öh-ööh?«, gab Jeffrey zögernd von sich.

Du musst noch ein Schnauben hinzufügen, sonst klingt es nicht höflich. Mein Vater hockte noch immer mit seinen ganzen siebzig Kilo auf Jeffreys Bauch.

Jeffrey trötete und schnaubte, was das Zeug hielt.

Na also, geht doch. Mein Vater sprang von ihm herunter, wobei sich seine Hinterpfoten noch mal kräftig in Jeffreys

Bauch drückten, dann ging der Puma ohne Eile zu seinen Klamotten. Ein Rothörnchen war schon dabei, sie mit den Pfötchen zu packen und nach draußen zu schleifen. Mein Vater bedankte sich bei Holly, schlenderte in den Flur und kam angezogen wieder zurück.

Ganz entspannt lehnte er sich an den Tisch. »Schön, dass ihr ein paar Grundbegriffe schon kennt, dann machen wir jetzt mit der Entschuldigungsformel weiter. So klingt *Verzeih mir, ich habe Mist gebaut.*« Er gab ein tiefes Schnauben von sich, dann deutete er zum zweiten Mal an diesem Tag auf Bo. »Du da. Nachmachen.«

Kleinlaut schnaubte Bo eine perfekte Entschuldigung auf Elchisch. Mein Vater nickte, dann fuhr er mit dem Unterricht fort, als sei nichts passiert. Und, oh Wunder, diesmal arbeiteten alle eifrig mit.

»Das war eine sehr nussige Stunde!«, sagte Holly in der Pause strahlend. »Ich hatte schon lange nicht mehr so viel Spaß.«

»Jeffreys Gesicht war einfach göttlich«, schwärmte Nell. Dann ging sie mit einem Winken weiter, um mit Lou zu quatschen. Ich blickte ihr kurz hinterher, um einen Blick auf Lou zu erhaschen, und stellte erstaunt fest, dass ich heute erst zwei- oder dreimal an sie gedacht hatte.

»Ja absolut.« Brandon wandte sich mir zu. »Was hast du eigentlich Miss Calloway gezeigt? Ich habe es nur am Rande mitbekommen.«

Ach du Schreck, wegen dieser ganzen Strafaktion mit Jeffrey und der ersten Unterrichtsstunde meines Vaters hatte ich doch tatsächlich vergessen, meinen Freunden von der eigenartigen Mail zu erzählen! Das holte ich jetzt schleunigst nach. »Zum Glück war's anscheinend kein Virus, nur so 'n paar seltsame Zahlen. Ungefährlich.«

»Zahlen?« Brandon blickte mich stirnrunzelnd an. »Und du sagst, dass die Mail von einem Unternehmen kam, das Milling gehört?«

»Äh, ja, wieso?«

»Weil das vielleicht ein Code war, du dämliches Pelztier!«

»Wieso denn ein Code?« Holly glotzte ihn mit großen Augen an. »Aber wieso sollte Milling eine codierte ...«

»Zeig mir die Mail, jetzt sofort!« Brandon war so aufgeregt, dass er beinah mit den Hufen scharrte.

Leider musste ich ihm gestehen, dass ich die Nachricht aus Angst vor einem Virus gelöscht und den Ausdruck weggeworfen hatte. Ich konnte sehen, dass sich hinter seiner Stirn noch mehr unschmeichelhafte Bezeichnungen für Raubkatzen zusammenbrauten. Er schnaubte: »Carag, es wäre wirklich nett, wenn du aufhören würdest, dich wie ein Depp zu benehmen!«

So langsam kam ich mir vor wie sein Boxsack. »Na komm, einen Fehler werde ich ja wohl noch machen dürfen ...«

»Zehntausend Fehler«, wandte Holly ein und betrachtete mich, als hätte ich eins ihrer Kiefernzapfenverstecke ausgeräumt. »Du hättest diese Mail sofort Mr Bridger zeigen sollen. Schließlich versteht er voll was von Wissenschaft und Computern und so! Mit Menschenkunde hatte das doch nichts zu tun.«

Noch während ich eine Erklärung zusammenkratzte, stürmte Brandon zurück ins Klassenzimmer. »Zu spät für Reue, bete lieber, dass der verdammte Mülleimer seit heute Morgen noch nicht geleert worden ist!«

Ich wusste nicht, wie beten ging, aber ich hatte sowieso keine Zeit dafür, weil wir schon angekommen waren. Leider nahm Theo seinen Job als Hausmeister sehr ernst, im Papierkorb fand sich nicht mal ein winziges Schnipselchen mehr.

Brandon raste weiter, diesmal in Richtung eines Ortes, den ich inzwischen ziemlich gut kannte. Holly verwandelte sich im Laufen und ließ ihre Klamotten einfach liegen. Beim Papiercontainer des Müllhäuschens hielten wir an und Brandon warf mir einen vorwurfsvollen Blick zu. »Also dann!«

Ich ächzte. Wieso spielten Papiercontainer in meinem Leben immer wieder eine Rolle? War es das, was die Menschen Schicksal nannten?

Gut gelaunt sprang Holly als Hörnchen auf den Deckel des Containers und schob sich durch den Einwurfschlitz. Lautes Geraschel aus dem Inneren verriet, dass sie sich sofort an die Arbeit machte, und aus dem Schlitz begannen in schneller Folge Papierknödel zu quellen. Es sah aus, als hätte der Container sich in eine gigantische Popcornmaschine verwandelt, so wie die Ralstons eine hatten.

Checkt mal das und das und das!, hörten wir Hollys Stimme in unseren Köpfen.

Ich und Brandon entfalteten Papierknöllchen, so schnell wir konnten. Nichts, nichts, nichts.

»Was genau macht ihr da?« Theo kam auf uns zu und er sah nicht glücklich aus. Als ein Geweih aus seiner Stirn zu sprießen begann, fiel mir wieder ein, dass er ein Elchbulle war und keinen Spaß verstand, wenn es um sein Revier ging. Wenn wir nicht aufpassten, hatten wir gleich einen sehr großen Hufabdruck auf empfindlichen Teilen unseres Körpers!

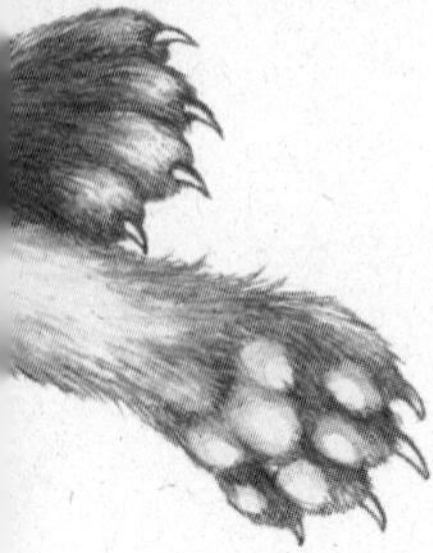

Codes und Fettnäpfchen

Such schneller!«, presste Brandon hervor.

Kurz bevor Theo uns erreichte, entfaltete ich endlich ein Stück Papier, auf dem ich die Zahlenkolonnen sah. »Hab es!«, brüllte ich, dann rannten zwei Jungen und ein Rothörnchen quer über die Wiese davon. Ich schnaubte noch schnell eine Entschuldigung über die Schulter.

»Warum bei allen sieben Bergspitzen wünschst du mir einen guten Appetit?«, rief Theo mir hinterher und schüttelte den Kopf. Ich musste wirklich an meiner Betonung arbeiten.

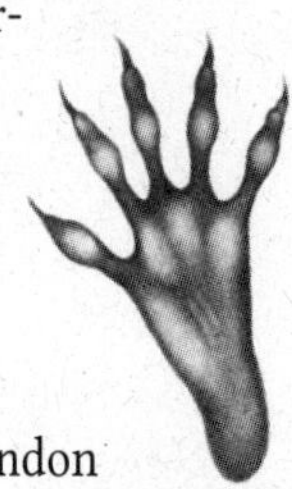

Zum Glück gab Theo kurz darauf die Verfolgung auf. Im Schutz einiger Drehkiefern am Waldrand ließen wir uns nieder und Holly machte ein paar matschige Pfotenabdrücke auf den Ausdruck.

»Also das ist eindeutig ein Code«, befand Brandon nach einem Blick. »Wie seltsam, dass der aus einem von Millings Unternehmen kommt. Der Kerl hat dir noch nie irgendwas Verschlüsseltes geschickt, oder?«

»Das heißt vielleicht, es ist besonders wichtig«, meinte ich und fühlte mich furchtbar begriffsstutzig. Vielleicht war es ein Test? Ein Test, ob ich schlau genug war, dieses Rätsel zu lösen. Aber wer sollte Interesse daran haben, mich zu testen? Andrew Milling wollte mich einfach nur tot sehen, damit ich ihm nicht mehr in die Quere kommen konnte.

Noch einmal ließ ich den Blick über die Mail gleiten und noch immer hatte ich keinen Schimmer, was der Inhalt bedeuten konnte. Immer drei Zahlen hintereinander, dann begann eine neue Reihe. Von diesen Dreiergruppen standen mehrere untereinander. Keiner von uns hatte eine Idee, wie daraus irgendetwas Verständliches werden konnte. Aber irgendwie ahnte ich, dass es wichtig war. Vielleicht sogar lebenswichtig.

Wir grübelten so lange, bis Shadow und Dorian von ihrer ersten Secret-Ranger-Patrouille zurückkamen. Dorian war in Menschengestalt, Shadow ließ sich als Rabe auf einem Ast nieder.

»Konntet ihr jemandem was Gutes tun?«, fragte ich gespannt.

»Na ja, nichts Großes ... wir haben einen entlaufenen Hund entdeckt und wieder zurückgebracht«, sagte Dorian ohne Begeisterung. Hunde waren nicht gerade seine besten Freunde.

Aber es war doch total schön, wie sich dieses Mädchen gefreut hat, als wir das Vieh abgeliefert haben, fandest du nicht? Shadow flog ihm auf die Schulter, pickte ihn ans Ohr und krächzte. *Sie hat sogar geweint und sich tausendmal bei uns bedankt!*

»Ja, das war schön«, gab Dorian zu. »Aua, könntest du bitte damit aufhören, ich wollte eigentlich kein Piercing!«

»Gut gemacht, ihr beiden, das war immerhin ein Anfang«, meinte ich. Morgen würden die Schüler aus Costa Rica eintreffen, dann würde unser Club ganz neuen Zulauf haben und die Menschen würden sich fühlen, als wäre gerade Weihnachten oder irgendwas in der Art.

Plötzlich kam Cookie auf mich zu in ihrer Gestalt als zartes

Mädchen mit ganz vielen Sommersprossen. »Du sollst bitte gleich zu Miss Clearwater kommen! Es gibt irgendwelche Neuigkeiten«, rief sie aufgeregt.

Ich tauschte einen beunruhigten Blick mit den anderen und hastete nach drinnen, zum Büro der Schulleiterin.

Lissa Clearwater verlor keine Zeit, sie kam direkt zur Sache. »Der Rat will sich mit dir treffen«, sagte sie. »In drei Tagen um Mitternacht ist es so weit, schneller geht es leider nicht. Der Treffpunkt ist noch geheim. Ich werde dich begleiten.«

Mein Mund war trocken vor Aufregung. »Warum mit mir? Hat das etwas mit unserem Vorschlag zu tun?«

»Das wirst du sehr bald herausfinden.« Mehr war unserer Schulleiterin nicht zu entlocken. »Bitte sprich mit niemandem darüber. Wir müssen jetzt sehr auf die Sicherheit achten. Du weißt, mit was für einem Gegner wir es zu tun haben.«

»Ja, das weiß ich«, entgegnete ich grimmig.

»Ach ja, eine gute Nachricht zu euren Praktika. Das geht klar, ich kann euch die meisten Plätze beschaffen, die ihr wollt. Nur das mit der Computersicherheit klappt nicht, fürchte ich.«

Halb so schlimm, außer Frankie war sowieso keiner von uns gut genug für einen solchen Job. »Danke schon mal«, meinte ich. »Ähm, hat Jeffrey eigentlich den Platz beim Radiosender bekommen, den er wollte?«

»Soweit ich weiß, haben die ihm gerade abgesagt, und allmählich wird es knapp mit den Plätzen – wenn er sich nicht was anderes organisiert, muss er im Tierheim helfen, da wäre noch was frei«, sagte Miss Clearwater und begann, in Unterlagen zu blättern, die Besprechung war offensichtlich vorbei.

Im Tierheim? Fast hätte ich losgeprustet, ich konnte mich gerade noch beherrschen.

Natürlich wollten meine Freunde wissen, was für Neuigkeiten Miss Clearwater mit mir hatte besprechen wollen. »Ähm ... also ...«, druckste ich herum und überlegte, was ich ihnen erzählen sollte. Sollte ich mir irgendetwas ausdenken? Nein, ich hatte keinerlei Lust, meine Freunde zu belügen.

»Jetzt rück schon damit raus, Pelzohr!«, drängelte Holly.

»Geht nicht, leider alles geheim.«

»Ihr wollt einfach ohne uns die Welt retten?«, beklagte sich Dorian.

»Natürlich nicht, dafür brauche ich euch doch«, versicherte ich ihm und den anderen. Zum Glück konnte ich dann von Jeffreys Problemen bei der Praktikumssuche erzählen. Hörnchen, die sich vor Lachen auf dem Boden wälzen, fällt es schwer, über Geheimbesprechungen nachzudenken.

In dieser Nacht traf ich mich mal wieder mit Tikaani, ein Blick und ein leichtes Kopfnicken beim Abendessen genügten und schon waren wir verabredet. Wie üblich trafen wir uns in unserer zweiten Gestalt auf einer Lichtung im Wald. Wie immer, wenn ich Tikaani sah, wurde mein Herz ganz leicht. Mit langen Sprüngen lief ich auf sie zu und versuchte, sie umzuwerfen. Klappte aber nicht. Sie tänzelte rechtzeitig weg, fiepte vor Vergnügen und schnappte nach meinen Hinterbeinen, meinen Schultern und meiner Schnauze. Schließlich hatte sie eins meiner Ohren zwischen den Zähnen.

Das war ganz schön hinterlistig, sagte ich. *Was soll ich jetzt machen? Mich auf den Rücken werfen und um Gnade betteln?*

Oh ja, das ist eine super Idee. Ich konnte an ihrer Stimme hören, dass sie lächelte.

Geht aber nicht, weil sonst mein Ohr in Streifen gerissen wird, wandte ich ein.

Kein Problem, dann kann ich an dir schon mal für mein Kran-

kenhaus-Praktikum üben, antwortete sie, ließ mich aber netterweise los.

Wir lagen nebeneinander und betrachteten den im Mondlicht silbern glitzernden Fluss. *Also, was geht gerade so ab in deinem Leben?,* fragte Tikaani.

Ich wusste, dass sie den anderen Wölfen nichts von dem weitertratschen würde, was ich ihr sagte. Deshalb erzählte ich ihr von dem Club, der Mail und dass wir noch nicht mehr über Arula hatten herausfinden können. Alles, was wir wussten, stammte aus unserem »Überfall« auf Millings Stützpunkt in der Sierra Lodge.

Blöd – nach dem, was diese Schlangenfrau am Telefon erzählt hat, könnte Arula entscheidend sein, meinte Tikaani nachdenklich.

Ja, das Gefühl habe ich auch, meinte ich. *Denkst du, Arula ist ein Mensch? Oder ein Woodwalker? Es klingt wie ein Mädchenname. Eine Stadt oder so ist es nicht, das habe ich schon nachgeschaut.*

Aber es könnte natürlich das Codewort für einen bestimmten Ort sein.

Bringt nichts, darüber zu spekulieren, wir müssen es herausfinden. Aber ich weiß leider auch nicht, wie. Tikaani nagte an einem Stück Ast herum, ich sah ihre weißen Zähne im Mondlicht blitzen. *Du kommst ja nicht mehr an Milling heran, ohne dass er oder seine Leute dir an die Kehle gehen.*

Okay, anderes Thema, meinte ich. Ich wollte nicht mehr über Andrew Milling reden. Dabei fühlte ich mich jedes Mal, als hätte jemand mich im Winter in einen See geworfen. Es gab noch andere Dinge, die mich beschäftigten. *Also ... äh ... ich habe das Gefühl, mit Lou nicht richtig weiterzukommen. Vielleicht hast du als weibliches Wesen ja einen Tipp, was ich noch versuchen könnte, um bei ihr besser anzukommen?*

Der Erfolg dieser Frage war, dass sie aufsprang und die Zähne in meine Richtung fletschte. *Verschone mich mit deinen Huftierproblemen!,* knurrte sie.

Ups, das war ja ganz schlecht runtergegangen. *Sorry,* sagte ich schnell, doch die Stimmung war hinüber. Kurz darauf schlichen wir uns wieder zurück zur

Schule und krochen nach einem kurzen Abschied in unsere Betten.

Eins war klar, ich hatte mich mal wieder dämlich benommen. Anscheinend konnte Tikaani Lou nicht leiden, was total schade war, weil ich beide so gerne mochte!

Als ich am nächsten Tag nach der Schule meine E-Mails checkte, war schon wieder eine dieser seltsamen Nachrichten da, die nur aus Zahlen bestanden.

246 17 2
188 10 4
125 30 7
91 22 2
33 29 7
58 19 1
83 28 8
105 4 6 1

Besonders eigenartig war, dass sie diesmal von einer anderen Mailadresse kam. Doch als ich sah, von *welcher* Mailadresse, fühlte ich mich, als pirschte ich gerade der leckersten Beute meines Lebens hinterher. Sie gehörte dem Fitnessclub in Jackson Hole! Zum ersten Mal ahnte ich, von wem diese Botschaften kamen, und sofort schien mein Blut dreimal so schnell durch meine Adern zu kreisen.

Ich druckte die Mail aus und rannte damit zu Brandon. »Sieh dir das an! Das ist ein echter Anhaltspunkt. Verdammt, wieso sind wir nicht gleich darauf gekommen?«

»Hä?«, sagte Brandon nur.

»Der Fitnessclub! Weißt du nicht mehr? Dort waren Frankie, ich und Henry im Schwimmbad und ich wurde dort angegriffen. Diese Mail stammt so sicher, wie in jedem Jahr der Winter kommt, von einem Wasserwesen ... von Frankie!«

»Deine Logik ist umwerfend – man könnte sie auch Wunschdenken nennen«, meinte Brandon trocken. »Kann genauso gut sein, dass jemand aus dem Club dir eine Probemitgliedschaft anbieten will.«

»Falls Andrew Milling sich Frankie irgendwie geschnappt hat, würde der sich wohl kaum aus dem Fitnessclub melden«, gab ich verlegen zu.

Leider half uns die Mailadresse auch nicht, aus dem Inhalt schlau zu werden. Brandon, der Klassenbester in Mathe war, zählte die Zahlen zusammen und zog sie voneinander ab, multiplizierte sie und versuchte, Muster darin zu erkennen. Aber das brachte ungefähr genauso viel, wie einen Baumstamm abzuschlecken, wenn man Hunger hatte.

Irgendwann gaben wir auf – keiner von uns konnte sich mehr richtig konzentrieren, wir fieberten alle der Ankunft unserer Gäste aus Südamerika entgegen. Am liebsten hätte ich Tikaani gefragt, ob sie mit mir zusammen warten wollte, doch sie alberte gerade mit ihren Rudelgefährten herum ... und war vermutlich noch sauer auf mich, warum auch immer.

Kurz darauf lag ich, weil keine Menschen in der Nähe waren, als Puma auf dem Dachbereich über dem Eingang der Schule. Dort hatte ich eine super Aussicht. Im Vergleich zu den scharfkantigen Felsen, auf denen ich und meine Familie früher so rumgehangen hatten, fühlte sich das Ding an wie eine Couch.

Neben meiner rechten Vorderpranke hibbelte ausnahmsweise kein Hörnchen, sondern eine kleine schwarze Spinne herum. *Oh, ich freue mich so auf Ignacio, ich halte das nicht mehr aus!*

Nicht vom Dach fallen!, riet ich ihr. *Das ist sogar für Spinnen ungesund. Er und die anderen kommen bestimmt gleich.*

Doch die Besucher aus dem Colegio La Chamba ließen auf sich warten.

Hoffentlich ist mit denen alles in Ordnung, sagte Dorian, der als Katze um den Eingang der Schule herumstrich. *Eigentlich hätten sie längst da sein sollen.*

Ja, irgendwie komisch. Von oben konnte ich sehr gut Sarah Calloway und Bill Brighteye beobachten, die ebenfalls am Eingang warteten und immer beunruhigter Ausschau hielten. Dadurch knutschten sie zum Glück nicht.

Hoffentlich sind die Ticos nicht verhaftet worden! Holly lief vor lauter Anspannung einen Baum nach dem anderen rauf und runter. Wenn sie so weitermachte, würde sie kleine Pfade in die Rinde wetzen.

Warum sollten sie denn verhaftet werden? Doch auch ich machte mir Sorgen, das Schnurren hatte ich schon längst eingestellt.

Schließlich klingelte Mr Brighteyes Handy und ich hörte ihn »Ah«, »Verstehe« und »Dann bis gleich« sagen. Ungefähr zwei Dutzend Augenpaare richteten sich gespannt auf ihn. »Ihr Bus hat eine Panne«, verkündete unser Kampflehrer. »Die Kids laufen die letzten beiden Kilometer, ihr Gepäck kommt dann einfach etwas später an.«

Oh nein! Juanita trippelte mit allen acht Beinen panisch herum. *Ignacio ist in Schwierigkeiten! Er braucht mich!* Bevor ich einmal mit den Tasthaaren zucken konnte, seilte sie sich an einem Faden nach unten ab und war verschwunden.

Ich spähte einen Moment lang gespannt in die Ferne, dann hielt auch ich es nicht mehr aus. In drei, vier weiten Sprüngen war ich auf dem Boden und machte mich ebenfalls auf den

Weg. *Warte, ich komme mit!,* schrie mir Holly zu und hüpfte auf meinen Rücken.

Ich glaube eher nicht, dass ich gleich Hörnchenunterstützung brauchen werde, zog ich sie auf.

Hmph, was weißt du denn! Etwa einen Lidschlag lang war Holly eingeschnappt.

Dann trabte ich los und sie hatte genug damit zu tun, sich festzuhalten.

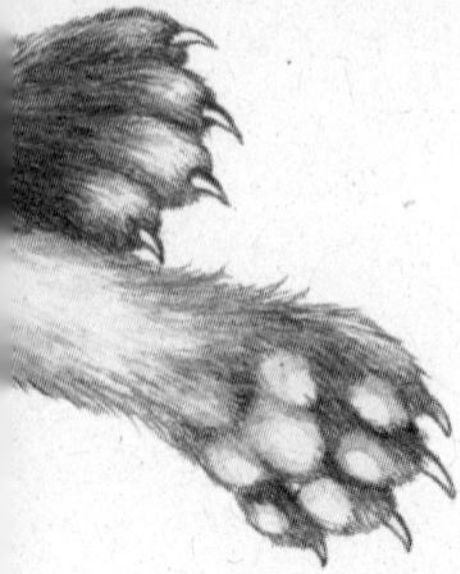

Die große Eulenkatastrophe

Es war Pech, dass der Bus vor der Abzweigung zur Clearwater High den Geist aufgegeben hatte. Er stand am Rand der Landstraße.

Sämtliche südamerikanischen Gäste waren schon sehr beschäftigt. Ein paar waren tatsächlich ihren Lehrern gefolgt, die sie weiterwinkten, und marschierten in Richtung der Clearwater High. Aber ein paar waren auf Abwege geraten, obwohl die Lehrer versuchten, sie mit einem energischen »*Vamos!*« anzutreiben. Maureen, das Geier-Mädchen, kratzte als Mensch irgendwas von der Straße – ich wollte gar nicht wissen, was. Alfredo, der Ameisenbär, stöberte in zweiter Gestalt am Waldrand herum, vielleicht hatten schon ein paar Ameisen das Pech gehabt, seine Bekanntschaft zu machen. Etwas weiter turnte zum allerersten Mal in der Geschichte der Rocky Mountains ein Brüllaffe in den Kiefern herum.

Wieso verwandeln die sich hier schon? Das ist keine gute Idee, sagte ich alarmiert und duckte mich dann blitzschnell ins Gebüsch, als ein Auto mit einer Touristenfamilie vorbeikam. Verdammt, anscheinend hatten sie Estella entdeckt, denn der Fahrer latschte auf die Bremse, als hätte er einen Krampf im Bein. Durch die Scheiben sah ich vier Gesichter –

zwei große, zwei kleine – mit weit aufgerissenen Augen und Mündern.

»Oh, schau mal, Mama, das ist ein Affe!«

»Nein, Benjamin, das ist kein Affe, es gibt hier keine Affen.«

»Aber Mama, was kann das denn sonst sein?«

Schnell, lenk sie ab!, drängte ich Holly und sie reagierte sofort. In ihrer besten Hörnchen-Sunday-Manier – als niedlicher Nager, so wie sie in der ersten Zeit bei den Silvers aufgetreten war – hüpfte sie den Touristen auf die Motorhaube. Dort begann sie einen Tanz mit dem Scheibenwischer. Sofort war der Affe vergessen und vier »Oh wie süüüüüß!«-Rufe erschollen.

Inzwischen hatte Estella zum Glück begriffen, was los war, und sich in Deckung gebracht. *Pardón, bin schon weg!*, sang sie, zum Glück nur in unsere Köpfe.

Holly beendete ihren Auftritt und das Auto fuhr bald weiter. Zum Glück, denn eben hatte ich bemerkt, dass sich auch Blanca – meine schuppige Gegnerin aus dem Zweikampf – verwandelt hatte. Es hatte gerade noch gefehlt, dass die Touristen hier einen Kaiman sahen.

Anscheinend hatte Blanca dringend Erholung nötig nach dem langen Flug, denn sie kroch auf eine sumpfige Stelle der Wiese zu, statt den anderen Schülern zu folgen. Auf einem niedrigen Ast in der Nähe hockte völlig apathisch Trudy, die wegen Jeffreys Bemerkung noch immer unter verschärftem Liebeskummer litt. Am besten war, Trudy sagte diesem Kaiman freundlich, wo es in Richtung Clearwater High ging.

Doch irgendwie gefiel mir nicht, wie Blanca sich bewegte. Irgendwie lauernd. Was genau hatte sie vor?

Eben noch war Blanca schwerfällig vorangekrochen, doch jetzt schoss sie unglaublich schnell voran – und schnappte Trudy von ihrem Ast! In zwei Bissen hatte sie die kleine Eule verschluckt, fast ohne zu kauen, nur ein oder zwei braune Federn trudelten zu Boden.

Holly und ich stießen Schreie aus, die wahrscheinlich noch den Wandlern im etliche Meilen entfernten Jackson Hole im Kopf gellten. *Blanca, neeeein! Das ist verdammt noch mal eine Woodwalkerin!* »Gewesen«, hätte ich eigentlich hinzufügen müssen, denn von Trudy war nichts mehr zu sehen. Eiskalt gefressen.

Das durfte nicht sein! Trudy durfte nicht tot sein! Das war Mord!

Von allen Seiten rannten schockierte Woodwalker in allen Gestalten herbei. Aber ich war am nächsten dran – und, wie sich herausstellte, King, der Jaguar-Wandler.

Mit einem gewaltigen Satz, der Holly von meinem Rücken kegelte, jagte ich in Blancas Richtung, doch King – gerade in Menschengestalt als sportlicher blonder Junge – erreichte sie vor mir. »Halt du sie am Genick fest!«, rief er.

Ich verlor keine Zeit und tat genau das, obwohl das Kaiman-Mädchen zappelte und sich wand. Hatte sie immer noch nicht kapiert, was sie getan hatte? Ohne Rücksicht zu nehmen, senkte ich als Puma meine Zähne noch etwas tiefer in ihren Hals, obwohl es nicht leicht war, ihren Panzer zu durchdringen.

Währenddessen versuchte King mit bloßen Händen, Blancas Kiefer auseinanderzustemmen. Doch so stark er auch war, er bekam ihr Maul nur eine Handlänge weit auf. Zum Glück kamen jetzt Bill Brighteye und Maria La Chamba zu Hilfe. Und Blanca gab ihren Widerstand auf, als ihre Lehrerin in Spanisch auf sie einschrie. Ich verstand natürlich kein Wort.

»Kannst du ihr in den Hals greifen?«, keuchte Maria La Chamba in Richtung von Domino, die zurzeit kein Ozelot war, sondern ein Mädchen mit samtiger brauner Haut. »Vielleicht kannst du eure Eule noch rausziehen! Vielleicht ist sie nicht tödlich verletzt, aber wenn sie länger drinbleibt, erstickt sie!«

Gab es tatsächlich noch Hoffnung? Domino fragte nicht lange, sie steckte Blanca einfach den Arm in den Hals. »*Sí*, ich kann irgendwas fühlen!«, rief sie. »Irgendwas Weiches.«

»Dann los, zieh!«, sagte Mr Brighteye grimmig.

Kurz darauf lag eine etwas ramponiert wirkende Eule, die sich nicht bewegte, auf der sumpfigen Wiese. Sie war voller Blut und Kaimanspucke, einer ihrer Flügel hing seltsam herunter. Verzweifelt versuchte Bill Brighteye, sie zu beatmen und ihr eine Herzmassage zu geben, doch eine Mund-zu-Schnabel-Beatmung hatte auch er wahrscheinlich noch nie gemacht.

Ist sie tot?, fragte Miro. Unser Wolfswelpe zitterte am ganzen Körper.

Auch die anderen Wölfe schauten betroffen zu.

»Wird sie wieder okay?«, murmelte Jeffrey, sein Menschengesicht sah unnatürlich bleich aus. »Sie muss doch okay sein!«

Niemand antwortete. Bill Brighteye fuhr mit seinen Versuchen fort und irgendwann sah ich ein ganz leichtes Zucken über Trudys Körper laufen. Sie musste einfach überleben!

Kurz darauf begann das Eulen-Mädchen, sich wieder zu regen, und ich bemerkte, wie sich ihre Federn unter Atemzügen hoben und senkten. Mit ihren großen gelb-schwarzen Augen blinzelte sie ins Licht, offensichtlich verwirrt darüber, dass sämtliche Umstehenden in Jubel ausbrachen.

»Puh, das war knapp – aber sie hat einen gebrochenen Flügel, ein paar Bisswunden und viele kaputte Federn«, sagte Mr Brighteye und funkelte das Kaiman-Mädchen an. »Was zum Teufel hast du dir dabei gedacht, Blanca?«

Ich dachte, das ist ein normaler Vogel, und ich hatte nach dem langen Flug einfach Hunger, sagte Blanca, sie klang nicht besonders bedauernd – oder höchstens deshalb, weil sie ihr Essen eingebüßt hatte. *Außerdem haben mich diese blöden Stewardessen genervt. Alles, was mit Fliegen zu tun hatte, war irgendwie gerade blöd.*

King, Holly und ich ächzten im Chor.

Trudy wurde in Menschengestalt schnellstmöglich ins Krankenhaus gebracht. Wäre in nächster Zeit ein passender Flug nach Costa Rica gegangen, wäre Blanca – die einen doppelten Verweis ihrer Schule kassiert hatte – heimgeschickt worden. Doch das war anscheinend nicht der Fall und so kam sie mit einem Tag Arrest davon. Lissa Clearwater hängte persönlich zehn Kopien unserer Schulregeln überall auf. Rot unterstrichen war Regel Nummer vier: *Wer ein Beutetier reißen will, muss sich erst vergewissern, dass er es nicht mit einem anderen Gestaltwandler zu tun hat.*

»Es tut uns vieltausendmal leid, dass so etwas passiert ist«, versicherte Señor Trepador, einer der beiden Begleitlehrer, und Maria La Chamba sah aus, als würde sie gleich in Tränen ausbrechen.

»Ich weiß«, gab Lissa Clearwater zurück, sie war noch immer sehr blass. »Trotz dieses Unfalls wollen wir versuchen, diesen Austausch zu nutzen und voneinander zu lernen.«

»Immerhin haben wir schon prima gelernt, wie man nicht mit Geflügel umgehen sollte«, flüsterte Dorian und Wing rammte ihm einen spitzen Ellbogen in die Rippen, sodass er aufquiekte.

Wir hatten in der Clearwater High zwar ein paar freie Zimmer, doch damit sich die Gäste richtig schnell integrierten, hatten die Lehrer ausgeheckt, dass immer ein Gastschüler mit in einem unserer normalen Zimmer wohnen sollte. Auch in Brandons und meinem Revier klappte Theo kurzerhand ein Feldbett auf.

»Wer wohnt denn bei uns?«, fragte ich neugierig.

Theo lächelte. »Das werdet ihr schnell genug herausfinden.«

Und ja, so war es. Wir fanden es auf die harte Art heraus, als plötzlich die Tür aufknallte, ein Jaguar hindurchsprang und mit Wucht auf dem Feldbett landete, das prompt unter ihm zusammenbrach. Eine Staubwolke wallte auf. *Ich soll hier bei euch wohnen!,* verkündete King und musste niesen.

Wir waren beide zusammengezuckt, aber nach dem ersten Schreck freute ich mich wirklich – ich hatte bisher so wenige Raubkatzen-Wandler kennengelernt! Auch Brandon lächelte unseren neuen Mitbewohner an. Nur King selbst schien etwas durcheinander und traurig zu sein. Steckte ihm die Sache mit Trudy noch in den Knochen oder war er etwa unglücklich darüber, dass er bei uns wohnen sollte?

Es dauerte nicht lange, bis er mit der Sprache herausrückte. *Ich bin sonst immer mit Manuel zusammen,* sagte er zögernd und ging rastlos von einem Ende des Zimmers zum anderen und wieder zurück. Jedes Mal musste Brandon die Füße einziehen, denn mit dem Feldbett war es ein bisschen eng bei uns. *Aber eure Lehrer haben Manuel in einem ganz anderen Zimmer untergebracht. Am anderen Ende des Ganges! Könnt ihr euch das vorstellen?*

»Das macht doch nichts, ihr werdet euch trotzdem ganz viel sehen«, versuchte ich, ihn zu trösten, und erinnerte mich daran, dass King aus einem Zoo befreit worden war und noch nicht lange als Mensch lebte. Wahrscheinlich war Manuel, ein Reptilien-Wandler, in dieser fremdartigen neuen Welt von Anfang an eine Art Rettungsanker für ihn gewesen.

Damit er sich wohlfühlte, gingen wir gleich mal schauen, wo die anderen aus seiner Klasse untergebracht waren. Schließlich fanden wir Manuel bei Bo und Shadow in der Nummer 12 und luden ihn ein, bei uns im Zimmer 7 vorbeizukommen. Alfredo, der kurzsichtige, aber sehr lässige Ameisenbär, war ausgerechnet bei Jeffrey und Cliff gelandet.

»Hoffentlich machen die ihm nicht zu viel Ärger«, meinte Brandon besorgt.

»Wieso?«, fragte ich, doch dann fiel es mir wieder ein. »Stimmt ja, Alfredo hat Druck gemacht und so dafür gesorgt, dass die Wölfe ihre verlorene Wette einlösen. Schließlich ist er Klassensprecher.«

»Und Jeffrey hat ein gutes Gedächtnis für solche Sachen.« Brandon verzog das Gesicht.

Kurz darauf klopfte es an unserer Tür. Manuel schlenderte herein und hob grüßend eine Hand. *Da bist du ja,* sagte King erleichtert und hörte endlich auf, hin und her zu wandern.

»Schön habt ihr es hier«, meinte Manuel. Er musterte den bunten gewebten Teppich, Brandons mit Stahlstangen verstärktes Bett und unseren Schrank, an dem wir eine Pinnwand mit Fotos, Zetteln und Cartoons angebracht hatten. Und außerdem ein Kratzbrett, falls ich zwischendurch mal Lust hatte, meine Krallen zu schärfen.

Wir zeigten ihm und King das große runde Fenster, durch das man auf das Dach der Schule hinausklettern konnte. *Das ist sehr cool!,* fand King und setzte beide Vorderpranken auf den Fensterrahmen. Manuel stellte sich neben ihn ... und dabei entdeckte er auf meinem Schreibtisch das zerknüllte Blatt mit der codierten Nachricht und den zweiten Ausdruck mit der neuen Botschaft. »Was ist das denn? Sieht interessant aus.«

Im selben Moment, in dem ich »Ach nichts« sagte, erklärte Brandon: »Wir haben bisher noch nicht geschafft, das zu entschlüsseln.« Verdammt, hatte mein dickschädeliger Freund vergessen, dass Manuel ein Fan von Andrew Milling war? Und diese Botschaft vielleicht von Frankie kam? Der, so lautete jedenfalls meine Theorie, einer von Millings Gefangenen war?

Ich bewegte mich auf Manuel zu, um ihm die Blätter wieder aus der Hand zu nehmen, doch der Reptilien-Wandler schnappte sich ein Kissen und machte es sich auf dem Boden gemütlich. Mit dem Mail-Ausdruck!

»Hm, ich habe eine Idee, wie man den Code knacken kann«, sagte Manuel.

Wir starrten ihn alle drei verblüfft an.

Die Wasserbotschaft

Die Botschaft gehört zu einem Spiel, oder?«, fuhr Manuel fort, er wirkte amüsiert. »Oder einem Wettbewerb?«

»Wie kommst du darauf?«, fragte Brandon.

»Ein Code von dieser Art funktioniert nur, wenn man sich vorher abgesprochen hat oder sich gut kennt«, fuhr Manuel fort. »Es ist jemand aus der Clearwater High, stimmt's?«

Mein Mund war trocken geworden. »Sehr wahrscheinlich schon«, sagte ich.

»Dann gehen wir mal in sein oder ihr Zimmer und suchen nach Hinweisen.« Manuel war schon an der Tür.

Ich konnte nur nicken und hoffte, dass dies alles eine gute Idee war. Zu viert – drei Jungs und ein Jaguar – marschierten wir hastig durch den Flur, was natürlich den anderen Schülern nicht verborgen blieb.

»He, du Mistmieze, wolltest du etwa irgendwas Interessantes ohne mich machen?« Ein Schopf rotbrauner Haare lugte um die Ecke.

Mir fiel gerade keine witzige Erwiderung ein, dazu war ich zu aufgeregt. »Manuel hat eine Idee, wie man die Mail entschlüsseln könnte«, flüsterte ich Holly zu und schon hatten wir Frankies Zimmer erreicht, das er sich mit Henry teilte. Neben dem Schreibtisch blubberte ein Aquarium vor sich hin, in dem ein paar orangerote Fische hin und her schwammen. Manchmal hatte Frankie sie grinsend seine Snacks genannt, um jemanden zu schocken, aber es waren nie weniger im Becken – eher mehr, wenn mal wieder ein Fisch ein Baby bekommen hatte.

Henry lag auf dem oberen Doppelstockbett und las. Er wirkte verblüfft, als wir klopften und dann alle zusammen hereinstürmten. »Ist das ein Überfall? Wenn ja, darf ich das Kapitel trotzdem noch zu Ende lesen?«

»Ja klar«, sagte ich und so wie die anderen beobachtete ich den Echsen-Wandler. Manuel schaute sich ganz in Ruhe im Zimmer um, betrachtete gründlich die Filmposter an den Wänden, die ziemlich schlampig gestapelten Schulsachen und schließlich das kleine an der Wand über dem Schreibtisch befestigte Bücherregal. »Welches ist das Lieblingsbuch eures Freundes?«

Ich zuckte die Schultern. Keine Ahnung. »Henry? Weißt du das zufällig?«

Henry gurgelte irgendwas. Um näher an das Bücherregal heranzukommen, war King auf das obere Bett gesprungen und trampelte gerade auf meinem Mitschüler herum, ohne ihn ansonsten zu beachten. Fasziniert stupste er die Bücher mit der Schnauze an. *Das hier? Oder vielleicht das?*

Henry gab wieder irgendwas von sich. Es klang wie »Hackenburri«.

»Äh, was?«, fragte Brandon. »Kannst du vielleicht mal deutlich sprechen?«

»Versuch das mal, wenn du den Mund voll Fell hast«, brummte Henry, nachdem King den Hinterlauf aus seinem Mund genommen hatte. »Ich wollte sagen *Huckleberry Finn!*«

Huckleberrys kannte ich als dunkelviolette Beeren, mit denen sich Bären im Spätsommer und Herbst den Bauch vollschlugen. Während ich noch herumrätselte, was eine Beere mit einem Buch zu tun hatte, fischte Brandon das Ding schon aus dem Regal und reichte es Manuel. »Also?«

Ohne weitere Erklärungen setzte sich Manuel an den Schreibtisch, warf einen Blick auf die Mail und begann dann, in dem Buch herumzublättern. Zwischendurch notierte er hin und wieder ein Wort. Dann schob er uns den Zettel hin und wir drängten uns so neugierig darum, dass Brandon und ich mit den Köpfen zusammenstießen.

GEHT MIR GUT ABER IN DER PATSCHE. F.

Frankie lebte! Die Erleichterung ließ meine Knie weich werden.

Mit einem zufriedenen Grinsen hielt Manuel das Buch hoch. »Die erste Zahl bedeutet die Seite des Buchs, die zweite die Zeile und die dritte das Wort. Manchmal gibt es noch eine Zahl für einen einzelnen Buchstaben. Es ist eine einfache, aber ziemlich sichere Verschlüsselung, denn man kommt nur schwer darauf, welches Buch dafür nötig ist, wenn man es nicht vorher abgesprochen hat.«

»Also braucht man drei Zahlen, um ein einziges Wort hinzuschreiben?« Brandon wirkte fasziniert. »Er muss dort, wo er ist, genau das gleiche Buch haben, sonst funktioniert das Ganze nicht.«

»Wenn ihr wollt, entschlüssele ich euch gleich noch die andere Botschaft«, meinte Manuel, aber ich riss ihm mit einem instinktiven »Nein!« das zweite Blatt aus der Hand. Erstaunt darüber, dass ich so schroff reagiert hatte, blickten unsere südamerikanischen Gäste mich an und ich zwang mich zu einem Lächeln.

»Schließlich wollen wir auch ein bisschen Spaß beim Entschlüsseln haben, das ist doch der Sinn der Sache«, behauptete ich rasch. Keine Ahnung, ob Manuel uns das abnahm, denn blöd war er offensichtlich nicht. »Aber tausend Dank schon mal.«

Dann hatten wir nur noch eins im Sinn, die beiden Gäste loszuwerden, um die zweite Nachricht zu lesen. Zum Glück wollten King und Manuel sowieso die Schule erkunden gehen und so waren Brandon, Holly, Henry und ich alleine.

»Ich fass es echt nicht!«, hauchte Henry. »Frankie hat tatsächlich einen Weg gefunden, uns zu kontaktieren. Wir können Dorian sagen, dass er die Zeitung nicht mehr zu checken braucht.«

Kurz darauf hatten wir auch die zweite Botschaft entschlüsselt und ich war sehr, sehr froh, dass ich das nicht Manuel überlassen hatte.

VERBRECHER WEISS NICHT WER ICH BIN.
ARBEITE IN NEW ORLEANS FÜR IHN.
VERSUCHE FORTKOMMEN MORGEN. F.

»Wie zum Geier kommt Frankie nach New Orleans?«, rätselte Holly. »Das ist doch ewig weit weg! Fast so weit wie bis zum Südpol, oder?«

Ich grinste schief. Geografie war nicht so ihre Stärke. »Na ja, fast. Glaubt ihr, mit Verbrecher meint er Milling? Kann es wirklich sein, dass er für ihn arbeitet? Das wäre so krass!«

Keiner von uns hatte eine Idee, wie es dazu gekommen sein könnte. Rasch formulierten wir eine Antwort, »Wie konnte das passieren und wie können wir dir helfen?«, und verschlüsselten sie auf dieselbe Art wie Frankie – ganz schön mühsam! Dann schickten wir sie an die Fitnessclub-Adresse, die Frankie gekapert hatte. Schnell einigten wir uns darauf, dass wir den Lehrern noch nichts erzählen wollten, bevor wir mehr wussten und sicher waren, dass die Botschaften wirklich von unserem Freund kamen. Wenn sich herausstellte, dass das Ganze ein Streich der Wölfe war, standen wir sonst schön blöd da.

Erschöpft von all der Aufregung lagen wir in Henrys und Frankies Zimmer herum und diskutierten, wie Frankie nach New Orleans gekommen sein könnte ... bis es plötzlich klopfte. Wir zuckten alle zusammen. Kamen King und Manuel zurück? War das ein Lehrer? Oder ein Wolf? Hatte womöglich jemand durch die Tür mitgehört, was für geheime Dinge wir besprachen? Verdammt, wieso hatten wir keine Wache vor der Tür postiert! Aber die hätte noch mehr Aufmerksamkeit auf das gezogen, was wir hier taten.

»Äh, herein!«, rief Henry verwirrt.

Erleichtert sah ich, dass es Lou war, die hereinspähte. Etwas verlegen strich sie sich die langen dunkel-

braunen Haare aus dem Gesicht, schaute sich im Zimmer um und blickte dann mich an. Mich! »Carag, ich habe viel nachgedacht in den letzten Tagen … und ich wollte dir sagen, dass ich jetzt dabei bin bei deinem Club. Der ist eine gute Sache, glaube ich.«

Ich war ziemlich überrascht. »Das finde ich total schön«, sagte ich. »Hast du schon einen Praktikumsplatz? Wenn nicht, wäre es gut, wenn du einen aussuchen würdest, der dazu passt. Falls das okay für dich ist. Vielleicht in der Stadtverwaltung, beim Bürgermeister und seinen Leuten, dort haben wir noch niemanden.«

»Wenn's sein muss. Klingt ein bisschen langweilig.« Sie sah nicht so aus, als wollte sie gleich wieder gehen. Wapitis sind fast so neugierig wie Großkatzen. »Macht ihr hier gerade eine Club-Versammlung? Oder warum zwängt ihr euch alle hier rein?«

Ich brauchte nur zwei oder drei schnelle Herzschläge, um mich zu entscheiden. Wenn ich ihr nicht vertraute, wem dann? »Es gibt Neuigkeiten von Frankie – ziemlich heftige Neuigkeiten«, berichtete ich und erzählte ihr, dass er in New Orleans war und dort möglicherweise unerkannt für Milling arbeitete. Je mehr ich berichtete, desto größer wurden Lous ohnehin schon große Augen. »Heftig!«

»Bestimmt«, sagte Brandon. »Aber ich weiß nicht mal, ob wir von hier aus irgendwas tun können, um ihm zu helfen.«

Kurz darauf kam eine neue Botschaft, die anders aussah als die bisherigen. Anscheinend probierte Frankie eine neue Methode aus. Buchstabe für Buchstabe gab er uns einen Link durch, über den wir eine anonym abgeschickte, ausführliche Botschaft von ihm abrufen konnten.

Atemlos las ich:

HI, LEUTE,

JAJA, ICH WEISS, ICH WAR FURCHTBAR BLÖD. ALS IHR ZUR SIERRA LODGE GELAUFEN SEID, BIN ICH EUCH GEFOLGT. ABER ICH BIN NICHT MEHR REINGEKOMMEN, DIE TÜR WAR SCHON WIEDER ZU. ALSO BIN ICH IN ZWEITER GESTALT UMS HAUS HERUM UND HABE GESCHAUT, OB ICH ANDERS REINKOMME. WÄHRENDDESSEN SEID IHR SCHON WIEDER GEFLOHEN. ICH HABE NUR NOCH MITBEKOMMEN, DASS MILLING UND SEINE LEUTE HASTIG DIE BUDE AUSRÄUMTEN. DABEI STANDEN KURZ EIN PAAR KISTEN, KOFFER UND TASCHEN HERUM. ICH DACHTE, ICH KRIECHE MAL REIN, VIELLEICHT KANN ICH WAS WICHTIGES HERAUSBEKOMMEN. DABEI BIN ICH VERSEHENTLICH MITGENOMMEN WORDEN :-(ALS WIR IRGENDWO ANGEKOMMEN WAREN – ANFANGS WUSSTE ICH NOCH NICHT, WO ICH ÜBERHAUPT GELANDET WAR –, BIN ICH HEIMLICH RAUS AUS DER TASCHE UND HAB SO GETAN, ALS WÄRE ICH SCHON DORT IM HAUS GEWESEN. HAB BEHAUPTET, ICH SEI EIN GROSSER FAN UND WOLLTE UNBEDINGT BEI IHNEN MITMACHEN. ZUM GLÜCK HATTE MILLING MICH VORHER NOCH NIE GETROFFEN. GANZ PRAKTISCH, DASS MEINE MUM MIR HIN UND WIEDER SCHAUSPIELEREI-TIPPS GEGEBEN HAT.

IM MOMENT HELFE ICH MILLING IN SEINEM STÜTZPUNKT IN NEW ORLEANS DABEI, AUSRÜSTUNG ZU SORTIEREN, KAFFEE ZU MACHEN, IRGENDWELCHE LISTEN ABZUTIPPEN UND SO WAS. ICH VERSUCHE, BEWEISE UND INFORMATIONEN ZU SAMMELN, ABER ICH GLAUBE, ALLZU LANGE SOLLTE ICH NICHT HIERBLEIBEN. WENN MILLING RAUSKRIEGT, WER ICH BIN, WIRD'S BRENZLIG! DAS PROBLEM IST, ICH DARF NUR NACH DRAUSSEN, WENN SO EIN FIESER ALLIGATOR-AUFSEHER DABEI IST UND ALLES BEOBACHTET, WAS ICH MACHE. WENN ICH VERSUCHE ABZUHAUEN, BEISST DER MICH IN ZWEI TEILE, FÜRCHTE ICH.

WÜNSCHT MIR GLÜCK!

EUER FRANKIE

PS: ZUR SICHERHEIT ZERSTÖRT SICH DIESE NACHRICHT SELBST, NACHDEM IHR SIE GELESEN HABT. KENNST DU JA SCHON, CARAG.

»Das ist wirklich der Hammer«, sagte Brandon beeindruckt.

In mir wirbelten die Gefühle durcheinander. »Vielleicht kann er dort Beweise sammeln, die wir brauchen, damit der Rat Milling endlich anklagen kann. Aber eins ist klar, er muss möglichst bald da raus. Er kann jeden Moment auffliegen und dann …«

Vor lauter Entsetzen hatte Henry Froschflossen bekommen. »Wir müssen ihn dabei unterstützen abzuhauen!«

Ich holte tief Luft. »Ja logisch«, sagte ich und konzentrierte mich darauf, eine Halt-durch-Antwort an Frankie zu tippen, zu codieren und abzuschicken. »Aber wie?«

Lous Gesicht erhellte sich. »Wie wäre es mit einem Trick? Zum Beispiel könnten wir so tun, als seien wir Woodwalker, die Milling unterstützen, und sagen, wir bräuchten für einen Geheimauftrag einen Otter. So bekommen wir ihn vielleicht raus aus dem Stützpunkt in New Orleans und dann schafft er es schon irgendwie zurück zu uns.«

»Gar nicht übel«, meinte Henry.

Lou und Henry schnappten sich einen Laptop, um draufloszuformulieren, während Brandon und ich eine neue, anonyme Mailadresse einrichteten, über die wir unsere Botschaft versenden konnten. Kurz darauf war die Mail fertig. Im Flüsterton las Lou sie uns vor:

»Sehr geehrter Mr Milling,
wir – eine Familie, die Waschbären sehr nahesteht, wenn Sie wissen, was wir meinen – bewundern Ihre Tatkraft und Ihre Ziele schon sehr lange. Würden Sie es sehr bedauern, wenn in der Gegend von New Orleans, wo wir wohnen, ein paar Häuser in Brand geraten würden? So etwas liegt ja ganz oft an beschädigter Elektrik. Für unsere Arbeit wäre es von großem Vorteil, wenn uns ein Otter unterstützen würde, falls Sie einen solchen bei Ihren Leuten haben. Geben Sie uns bitte baldmöglichst Bescheid.
Mit freundlichen Grüßen,
Familie Summergreen.«

Brandon zog die Augenbrauen hoch. »Summergreen? Was soll das denn für ein Name sein?«

»Ich habe einfach das Erste genommen, was mir eingefallen ist«, verteidigte sich Henry. »Aber ist so was nicht ein typischer Woodwalker-Nachname? Ich dachte, ihr gebt euch die selbst ...«

»Der Name ist völlig okay«, meinte ich.

»Ja, finde ich auch und mir gefällt die Mail, gute Arbeit, Henry«, meinte Lou und warf Henry einen anerkennenden Blick zu. Henry lief tomatenfarben an, soso, gefiel Lou ihm etwa? Weil auch die anderen einverstanden waren, schickten wir die Botschaft gleich ab.

Mehr konnten wir im Augenblick nicht für Frankie tun.

»Lasst uns zum Abendessen gehen«, schlug Brandon vor, grub ein Maiskorn aus seiner Tasche hervor und zerkaute es. »Ich brauch jetzt mehr zwischen die Zähne als nur dieses arme kleine Maiskorn.«

»Wenn es arm und klein war, wieso hast du es dann auf grausame Art zerstört und runtergeschluckt?«, fragte Holly spitz.

»Ist doch klar, er hat es von seinem Elend erlöst«, mischte ich mich ein. »Und ich habe vor, beim Festessen heute Abend eine ganze Menge Tacos mit Käse und Hühnchen zu erlösen.«

»Bin dabei«, sagte Henry und wir machten uns auf den Weg zur Cafeteria.

Das Essen würde mich auf andere Gedanken bringen. Sonst grübelte ich die ganze Zeit darüber, ob Milling den Köder schlucken und Frankie gehen lassen würde. Und das half niemandem. Jetzt mussten wir erst mal warten, bis eine Antwort da war.

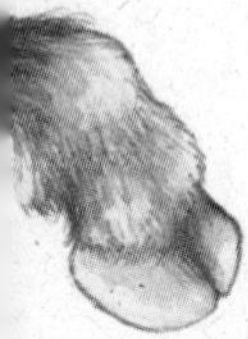

Saurer Bison mit Soße

Ich hatte nicht nur vor, es mir beim Festessen gut gehen zu lassen – ich und meine Freunde würden natürlich auch versuchen, südamerikanische Mitglieder für unseren Secret-Ranger-Club zu gewinnen.

Das funktionierte besser, als ich gedacht hatte. *Hey, Baby, du findest bestimmt, Hilfekram für Menschen ist gute Sache, hm?*, fragte Ignacio und legte drei seiner acht Arme um Juanita. Seine Angebetete nickte und Ignacio verkündete: *Also dann: Sí! Bin dabei!*

Auch Ozelot-Wandlerin Domino hatte Lust mitzumachen und kurz darauf schaffte es Holly, das Geier-Mädchen Maureen zu überreden. Da kam sie auch schon, um sich an unseren Tisch zu setzen, ich erkannte sie gleich an ihrem langen Hals, ihren strähnigen Haaren und ihrer etwas eigenartig geformten Nase. Wir begrüßten sie mit großem Hallo. Es machte nichts aus, dass sie beim Essen schmatzte und jedem etwas vom Teller klaute, wenn er gerade nicht hinschaute. Ich war hochzufrieden. Es gab unseren Club erst seit zwei Tagen und seine Größe hatte sich fast verdoppelt.

Auch Holly strahlte. »Jetzt können wir schon behaupten, dass wir weltweit helfen!«

Das erinnerte mich leider daran, dass unser Feind vermutlich Hunderte oder sogar Tausende von Unterstützern in allen möglichen Ländern hatte. Egal, irgendwo musste man schließlich anfangen. Und bald hatte ich ja auch das Treffen mit dem Rat, wo ich Werbung für unsere Aktion machen wollte.

»Wann darf ich zum ersten Mal auf Secret-Ranger-Patrouille?«, drängte Amber.

»Wie wär's mit gleich heute Nacht, nach der Feier?«, fragte ich. Das beste Mittel gegen Hilflosigkeit war, etwas zu tun! »Wir können zusammen gehen. Aber du weißt, dass wir vielleicht keine Gelegenheit finden, jemandem zu helfen, oder? Die Menschen warten ja nicht drauf, dass wir sie unterstützen.«

»Ach, es wird sich bestimmt was ergeben.« Amber winkte ab. »Schutzameisen müssen einfach *da* sein, damit sie im richtigen Moment eingreifen können.«

»Darf ich mit?«, fragte Shadow.

Bedauernd schüttelte ich den Kopf. »Besser, du fliegst mit einem der anderen auf Patrouille. Mehr als zwei Leute sind schon eine richtige Gruppe, die könnte auffallen.«

»Wir ziehen auch los, oder?« Holly knuffte Brandon.

»Klar.« Ein träumerischer Ausdruck trat in seine Augen. »Wie wäre es, wenn wir in zweiter Gestalt – sodass uns keiner bemerkt – die Straßen in der Gegend überwachen?«

»Wenn du eine von deinen beknackten Auto-Expeditionen machen willst, komme ich nicht mit.« Holly verschränkte die Arme. »Ich will nicht zusehen, wie du die in Grund und Boden rammst!«

»Mach ich doch gar nicht.« Brandon wirkte ein wenig gekränkt. »Das letzte Mal hat das Auto *mich* gerammt, falls du dich erinnerst.«

»Klar erinnern wir uns, das war toll von dir, aber du kannst das manchmal nicht so gut kontrollieren«, versuchte ich, ihm vorsichtig zu sagen.

»Er hat als Bison mal einen Chrysler in ganz kleine Stücke zerlegt«, erzählte Dorian den Gästen und Domino blieb vor erschrockener Bewunderung der Mund offen stehen.

»Hehe, jetzt mal langsam«, protestierte Brandon. »Erstens waren es ziemlich große Stücke und außerdem habe ich bei der Lernexpedition neulich geübt, ganz ruhig zu bleiben, wenn ich an einer Straße bin.«

»Mit nur einem Horn kann er doch sowieso nicht mehr so viel anrichten«, meinte Dorian zu mir – und das kam ganz schlecht rüber.

»Ach, verpisst euch doch alle!« Brandon stand so abrupt auf, dass er sich ein Schälchen mit Soße überkippte, funkelte uns an und stampfte davon. »Macht das doch alleine, wenn ihr das so gut könnt!«

Bevor wir etwas sagen konnten, war er schon auf der anderen Seite der Cafeteria. Etwas verlegen blieben wir zurück, doch plötzlich sprang Maureen auf und rannte ihm nach. »He warte, Brandon! Ich komme mit dir, ich mag Autos auch.«

Wir anderen schwiegen immer noch verlegen. Wir hätten das mit dem Horn nicht sagen sollen, das war ein wirklich wunder Punkt bei Brandon. Es tat weh, dass jetzt nicht nur Tikaani, sondern auch mein bester Freund sauer auf mich waren. Hoffentlich wuchs da bald Fell drüber. Ich schielte zu Tikaani hinüber, die wie üblich mit dem Rudel zusammensaß. Sie ignorierte mich. Verdammt, das fühlte sich nicht gut an.

»Ich hab noch ’ne Idee«, meldete sich Holly zu Wort. »Morgen haben wir Verhalten in besonderen Fällen. Vielleicht können wir James Bridger überreden, dass wir – statt normalen Unterricht zu haben – ins Krankenhaus gehen und Trudy besuchen. Bei der Gelegenheit können wir gleich ein paar kranke Kinder dort aufheitern, klingt das nussig oder was?«

»Nein, noch besser: Das klingt katzig«, meinte ich, obwohl mir nicht nach Herumgealber zumute war.

Wir aßen noch eine Menge Tacos, tanzten eine Runde, rissen Witze und waren dann bereit für unsere Mission. Ich musterte Amber, die in Menschengestalt ein Mädchen mit lila gefärbten Haaren war und jünger aussah als ich, obwohl sie in Wirklichkeit schon fünfzehn war. Wie üblich trug sie keinen Schmuck, keinen Rucksack und nur leichte Klamotten, damit sie bei einer unfreiwilligen Verwandlung nicht von ihren eigenen Sachen verletzt wurde.

»Wo wollen wir anfangen?«, fragte sie unternehmungslustig. »Was meinst du, wem könnten wir helfen?«

»Den Rangern«, antwortete ich instinktiv.

»Die findest du gut, was?« Amber lächelte. »Ich weiß leider noch nicht, was ich werden will. Nur eins weiß ich: Arbeiterin nicht! Das war ich schon bei dem Volk, bei dem ich aufgewachsen bin.«

Mir fiel auf, dass ich fast gar nichts über Amber wusste, weil sie im Jahrgang über mir war. »Wie ist es so, als Ameise zu leben?«

»Ätzend«, sagte Amber. »Du bist ein Nichts. Alles, was zählt, sind das Volk und die Königin. Und Arbeit, Arbeit, Arbeit ist alles, was das Leben dir zu bieten hat.«

Allmählich wurde mir klar, wieso sie sich die Haare gefärbt hatte. Sie liebte es, in einer Gruppe zu sein, aber durch die lila

Haare war sie immer ein bisschen anders. »Sehr mutig von dir, dich davon loszusagen.«

Sie verzog das Gesicht. »Was heißt lossagen. Ich bin rausgeworfen worden. Als ich jünger war, habe ich mit meiner Menschengestalt experimentiert und bin dabei auf vier oder fünf Arbeiterinnen aus unserem Volk draufgetreten.«

»Eulenkacke!« Erschrocken blickte ich sie an. Das musste ein echter Schock gewesen sein.

»Ja genau. Also, was ist – wollen wir los?«

»Klar«, meinte ich. Wir mussten erst mal in ihr Zimmer, in dem alles unglaublich ordentlich war, sogar die Schuhe waren zentimetergenau nebeneinander aufgereiht. Amber packte ihre Kleidung in einen braunen Beutel, den ich unauffällig im Maul mitnehmen würde – so konnte sie zwischendurch als Mensch auftreten, wenn es für unsere Mission nötig war. Dann verwandelte sie sich und ich musste genau hinsehen, um sie am Boden zu entdecken. Angestrengt kletterte sie über einen ihrer Schuhe, der plötzlich zum Gebirge geworden war, krabbelte an einem meiner Vorderbeine hoch – ich war inzwischen auch in zweiter Gestalt – und machte es sich in meinem Nackenfell gemütlich. *Ich hoffe, das kitzelt nicht zu sehr!*

Nein, nein, kein Vergleich zu Holly, beruhigte ich sie. Ich spürte Ambers winzige Beinchen kaum. *Hast du eigentlich mitbekommen, dass unter den Besuchern ein Ameisenbär ist?*

Ein Ameisenbär?, schrillte es durch meinen Kopf. *Wo ist er gerade? Kann man ihn irgendwo einsperren, während er hier ist?*

Ich fürchte nicht, sagte ich. *Das würde ihm nicht gefallen … und er ist Klassensprecher.*

Es fühlt sich nicht wirklich gut an, wenn eine Ameise versucht, sich in deinem Nasenloch in Sicherheit zu bringen. Reflexartig schnaubte ich sie aus. *Würde es dir sehr viel ausmachen, auf meinem Rücken zu bleiben?*

Oh, sorry, das war eine Kurzschlussreaktion!, gab Amber verlegen zurück. *Eigentlich will ich deine Popel gar nicht kennenlernen.*

Freut mich, gab ich zurück, während sich die kleinste Woodwalkerin der Clearwater High tief in meinem Nackenfell einrichtete.

Wir begannen unseren Streifzug durch die nachtdunkle Gegend und ich sog die klare, frische Luft ein, die noch immer nach Schnee roch. Es schneite in dieser Gegend so viel, dass manche Straßen bis Mai für Touristen gesperrt waren.

Wir schauten nach, ob auf dem Campingplatz alles ruhig war – nur ein kleiner Streit zwischen zwei Zeltnachbarn, die sich gegenseitig mit ihrem Lagerfeuer einräucherten, kein Grund zum Eingreifen. Ich trug Amber weiter in Richtung der Grand Tetons und überprüfte die Umgebung eines Besucherzentrums.

Wir sollten kontrollieren, ob auf dem Parkplatz am Beginn der Wanderwege noch ein verwaistes Auto steht, meinte Amber.

Stimmt, das könnte darauf hindeuten, dass jemand nicht von einer Wanderung zurückgekehrt ist und in Schwierigkeiten steckt, antwortete ich.

Es war ein tolles Gefühl, hier zu sein. So viel Verantwortung. Trotz meiner Pumagestalt fühlte ich mich beinahe so, als wäre ich selbst ein Ranger.

Auf dem Parkplatz stand tatsächlich ein einzelnes Auto. Es war ein großes dunkles und ziemlich schickes Teil. Brandon hätte mir wahrscheinlich sofort Marke und Modell sagen können.

Ich glaube, wir haben einen Vermissten! Amber klang entzückt.

Doch ich war nicht sicher. Ich bekam ein schlechtes Gefühl, wenn ich dieses Auto anschaute. Das war nicht die typische Touristen- und Wanderer-Kutsche. Etwas stimmte hier nicht, nur was?

Was sagt deine Nase?, fragte Amber und ich schnupperte an Fahrer- und Beifahrertür herum. Danach wusste ich ganz sicher, dass es hier ein Problem gab – diese Witterung kannte ich!

Ich hatte sie zuletzt auf einem verschneiten Berghang in der Nase gehabt, als wir Melody befreit hatten. Sie gehörte einem Bären-Wandler namens Derek, der für Andrew Milling arbeitete. Anscheinend hatte er einen dieser Spezialaufträge erhalten, für die ich nicht mehr infrage kam.

Wir müssen nachsehen – und zwar schnell!, sagte ich und lief los.

Eine fiese Entdeckung

Ich war sicher, dass mich kein Mensch sehen konnte, als ich lautlos den Pfad hochschlich. Aber es war kein Mensch, mit dem wir es hier zu tun hatten. War Derek noch irgendwo in der Nähe? Vielleicht hatte er seinen Auftrag schon abgeschlossen. Das Auto stand offenbar schon seit ein paar Stunden auf diesem Parkplatz, das Wasser in den Reifenspuren war schon mit einer dünnen, glasigen Eisschicht überzogen gewesen.

Der Wanderweg fühlte sich kühl und rau an unter meinen Pranken. Ich hörte, dass in der Nähe ein Marder jagte, witterte, dass am frühen Abend hier eine Maus entlanggelaufen war, hörte am Rauschen der Baumkronen, dass der letzte Wintersturm ein paar Äste geknickt hatte. Ein paar Schneekristalle rieselten auf mich herab.

Was ich nicht hörte, waren menschliche Geräusche. Falls der Fahrer des großen Wagens sich hier herumtrieb, bekam ich nichts davon mit, und das war mir nicht ganz geheuer.

Doch dann stieg mir eine Witterung in die Nase. Bär. Bären-Wandler? Derek war nicht mehr hier, aber er war hier gewesen!

Sofort blieb ich stehen und bewegte keinen Muskel mehr, versuchte, noch intensiver in die Nacht hineinzuspüren. Etwas in meinem Inneren schrie Alarm und ich wusste, dass ich meinem Instinkt trauen konnte.

Was ist?, flüsterte Amber. *Warum hast du angehalten?*

Etwas passt nicht, gab ich zurück. Besser konnte ich es nicht ausdrücken.

Soll ich erkunden gehen?, fragte Amber und begann, aus meinem Fell herauszuklettern.

Stopp, noch nicht. Erst wollte ich herausfinden, was mich irritierte.

Es dauert nicht mehr lange, bis ich Bescheid wusste. Etwa eine halbe Baumlänge vor uns spannte sich etwas über den Wanderpfad, das nicht hierhergehörte. Als ich näher kam, sah ich, dass es ein sehr dünner braungrüner Draht war, den jemand auf Knöchelhöhe gespannt hatte. Kein Mensch hätte ihn entdeckt, wenn er hier einfach so entlanggegangen wäre. Nicht mal die besten Ranger, und spätestens morgen wäre einer von ihnen hier entlanggekommen – es war ihre Aufgabe, die Wanderwege zu kontrollieren.

Das ist ja heftig!, meinte Amber. *Was passiert, wenn man gegen diesen Draht stößt?*

Dein Job, das rauszufinden, erwiderte ich und Amber verlor keine Zeit. Ich sah ihr nach, wie sie auf dem Draht entlanglief und ihm durchs dichte Unterholz folgte.

Es fühlte sich nicht gut an, hier zu sein. Jeder Atemzug kam mir mühsam vor, weil ich mich davon abhalten musste, umzudrehen und abzuhauen. Diese ganze Drahtkonstruktion strahlte Bösartigkeit aus.

Schließlich war Amber zurück. *Es ist eine Falle,* sagte sie ein bisschen zittrig. *Der Draht ist ein Auslöser – wenn jemand dagegenstößt, dann fällt ein morscher Baum genau auf diese Stelle und reißt noch ein paar schwere, angesägte Äste herunter. Das kann einem das Genick brechen oder den Schädel einschlagen.*

Eine tödliche Falle! Einen Moment lang hätte ich mich gerne geweigert zu glauben, dass Woodwalker so bösartig sein konnten. Aber das ging schlecht, wenn die Beweise direkt vor meiner Nase waren. Die »Pechsträhne«, genauer gesagt: die Serie von Anschlägen und Sabotageaktionen, die Milling für die Menschheit organisiert hatte, war lebensgefährlich. Ohne uns wäre hier schon sehr bald jemand schwer verletzt worden. Hätten wir diese Konstruktion nicht gefunden, hätten wir am nächsten Tag in der Zeitung davon gelesen.

Wir müssen dieses Ding beseitigen, sagte ich beklommen. *Und zwar, bevor der nächste Ranger oder Wanderer hier vorbeikommt.*

Ja logisch. Das geht besser mit zwei Händen. Schau mal weg, Carag.

Als ich wieder hinschauen durfte, war Amber ein voll angezogenes Mädchen mit lilafarbenen Haaren. Sie hockte sich neben den Draht und blickte nachdenklich hoch in die Wipfel. »Ich habe eine Idee, wie wir das Ding vielleicht entschärfen können.« In der nächtlichen Stille klang ihre Menschenstimme erschreckend laut. »Aber du musst mir dabei helfen, Carag, allein schaffe ich das nicht.«

Was soll ich tun?, fragte ich.

Wir können versuchen, den Draht hier an dieser Stelle zu blockieren, hier, schau, da führt er um einen Ast herum …

Vorsichtig begannen wir herumzutüfteln, um die Falle zu entschärfen, ohne dass wir selbst einen Baumstamm auf den Kopf bekamen. Ich musste mich auf die Hinterbeine setzen und teilverwandeln, um mit den Händen arbeiten zu können. Wahrscheinlich ein äußerst bescheuerter Anblick. Beobachtete uns jemand im Verborgenen? Nein, das hätte ich bemerkt, meinen scharfen Sinnen entging so leicht nichts.

Außer dann, wenn ich mich sehr konzentrierte, wie sich herausstellte. Zu spät bemerkte ich das Geräusch von Stiefeln, die sich auf dem verschneiten Weg näherten. *Beim hüpfenden Wildschwein, da kommt jemand!*, zischte ich Amber zu.

Amber zuckte zusammen. Sie wagte nicht, laut zu sprechen, schickte mir aber einen nervösen Gedanken: *Ein Ranger? Oder derjenige, der diese Falle gebaut hat?*

Keine Ahnung. Aber wir müssen so oder so hier weg – wenn ein Ranger mich als Puma auf dem Weg hocken sieht, denkt er, ich bin ein Problemtier. Es gab nur eine kleine Schwierigkeit: Während Amber an einer anderen Stelle der Falle herumbastelte, hielt ich den Stolperdraht in der Hand, den wir durchtrennt hatten und den ich nun unter Spannung halten musste, damit die Falle nicht auslöste.

Wir hatten vorgehabt, den Draht um einen möglichst hohen Ast abseits des Weges zu wickeln und ihn so zu sichern. Jetzt musste ich mich damit beeilen – denn während ich mit einer Menschenhand den Draht hielt, konnte ich natürlich nicht weglaufen!

Zum Glück war ein passender Ast in der Nähe, den wir uns schon ausgesucht hatten. Doch ich hatte nicht damit gerechnet, dass meine Menschenhände vor Aufregung schwitzig werden würden. Entsetzt merkte ich, dass der Draht ins Rutschen geriet.

»Nicht loslassen!«, rief Amber ängstlich. Doch das verdammte Ding war mir schon aus der Hand gerutscht.

Nein! Verdammt, *nein!* Es kam doch gerade jemand auf dem Pfad hoch!

Ameise in Schwierigkeiten

Achtung!«, brüllte Amber so laut, wie ich es ihr nie zugetraut hätte. Die Schritte auf dem Pfad stockten, die Warnung war angekommen. Aber würde der Fremde auch das Richtige tun?

Weg hier! Mit einem gewaltigen Sprung hechtete ich in der einen Richtung vom Pfad weg, Amber raste in die andere Richtung.

Dann ging es auch schon los, ein gewaltiges Rumpeln setzte ein. Knackend und berstend, brach der präparierte Stamm durch die Zweige und knallte wuchtig dorthin, wo wir eben noch gestanden hatten. Ein Schauer aus Schnee, Rindenteilchen und kleineren Ästen regnete auf uns herab. Vor und hinter dem Baumstamm brachen die beiden angesägten Äste auf den Pfad und bohrten sich tief in den Schnee. Einer streifte noch meinen Hintern, doch das war nicht schlimmer, als einen Biss der Wölfe abzubekommen.

Gerade noch entwischt! Aber was war mit Amber? Und mit dem Fremden? Beunruhigt duckte ich mich hinter einen Strauch und versuchte herauszufinden, ob jemand verletzt worden war.

Ich bin in Ordnung, mit dir alles klar?, verkündete die Ameisen-Wandlerin und ich schnaufte vor Erleichterung. *Ja, aber was ist mit diesem Neuankömmling?*

Das fanden wir sehr kurz darauf heraus – als er Amber am Arm griff. Im ersten Moment war ich erleichtert, als ich sah, dass der drahtige, grauhaarige Mann mit der dunklen Haut und dem ordentlich gestutzten Schnurrbart die Uniform eines Nationalpark-Rangers trug. An seiner Hüfte hatte er eins dieser Dinger, in denen Polizisten Pistolen herumtragen, und es war tatsächlich eine Waffe darin.

Keiner von Millings Leuten. Im Gegenteil. Das hier war einer von den Guten – und ich war stolz darauf, dass wir ihm gerade ziemlich sicher das Leben gerettet hatten. Wäre er hier entlanggekommen und hätte den Stolperdraht ausgelöst, wäre es ihm ergangen wie einem Dickhornschaf in einer Lawine.

»Alles in Ordnung, Mädchen?«, fragte er. »Was machst du hier um diese Uhrzeit? Da ist wohl ein morsches Teil runtergekommen und ...« Er stockte und sein Blick hatte sich an den tarnfarbenen Draht geheftet, der jetzt frei in der Luft baumelte. »Moment mal, was läuft denn hier? Hast du das dahin gehängt?«

Erschrocken sah Amber ihn an. »Nein, ich ... Ich habe hier einen Draht bemerkt und ... Ich habe nur versucht, dieses Ding wegzuräumen ...« Das war leider nicht sehr glaubwürdig, vor allem, da sie noch ein Teilstück der Falle in der Hand hielt, an dem sie sich anscheinend instinktiv festgehalten hatte.

Zwei Minuten später war sie verhaftet. In Pumagestalt, aus dem Gebüsch heraus, konnte ich es nicht verhindern und nur hilflos zusehen, wie der Ranger sie den Pfad hinuntereskortierte.

Amber verhaftet! Verdammt! Ungesehen rannte ich zum

Parkplatz und stellte fest, dass der schwarze Wagen weg war. Stattdessen stand dort ein weiß-grünes Patrouillenfahrzeug.

Ich hörte Amber und den Mann den Pfad herunterkommen, bevor ich sie sehen konnte. »... klären wir, ob das Wilderei war oder sogar ein Versuch, jemanden zu verletzen. Dir ist klar, dass so was kein harmloser Streich ist, oder?«

»Na logisch, das weiß ich – ich war es aber nicht!«, protestierte Amber. Ich wusste sehr genau, wie sie sich fühlte, schließlich war ich vor nicht allzu langer Zeit von Schulleiter Señor Cortante in die Mangel genommen worden. Aber hier waren Menschenorganisationen im Spiel und das bedeutete, der Ärger würde ein paar Nummern größer ausfallen.

»Wohin bringen Sie mich?«, protestierte Amber, sie sprach absichtlich laut, wahrscheinlich damit ich in meinem Versteck alles mitbekam.

»Nicht zur Rangerstation, sondern gleich zur Polizeiwache, dort werden wir deine Personalien aufnehmen und deine Eltern benachrichtigen. Wie alt bist du eigentlich?«

»Ich sage gar nichts mehr.« Amber war ernsthaft wütend. »Da versucht man, etwas Gutes zu tun, und dann ...«

»Kannst du gleich ausführlich zu Protokoll geben«, unterbrach der Ranger sie kühl. Ich war ein wenig enttäuscht von ihm. Konnte er nicht spüren, dass sie die Wahrheit sagte?

Gut, dass Amber mir einen Hinweis darauf verschafft hatte, wohin sie gebracht werden sollte. Ich wusste ziemlich genau, wo die Polizeistation von Jackson Hole war, da ich damals als *Mystery Boy*, der angeblich sein Gedächtnis verloren hatte, dort meinen großen Auftritt gehabt hatte. Quer durchs Gelände machte ich mich auf den Weg dorthin, damit ich nicht viel später ankam als der Ranger mit Amber.

Doch ich hatte meine Energie überschätzt. Nach einem aufregenden Schultag, einem Willkommensfest und einer halben Patrouille war meine Ausdauer nicht mehr das, was sie sonst war. Außerdem war es ganz schön weit. Auf halbem Weg bekam ich wunde Pfoten und tappte dahin, als wäre ich ein zahnloser alter Kater, der nicht mal mehr sein Revier verteidigen konnte. Obwohl ich sehr beunruhigt war beim Gedanken an Amber und daran, was sie jetzt durchstehen musste, konnte ich einfach nicht schneller. Sollte ich jemanden zu Hilfe rufen?

Plötzlich wünschte ich mir, Tikaani wäre hier. Der Wunsch war so heftig und deutlich, dass er mir fast Angst machte, und ich schob ihn schleunigst weg. Natürlich, Tikaani war als Wölfin eine Langstreckenläuferin, sie hätte das Polizeirevier viel früher erreicht als ich. Doch ich würde schon alleine klarkommen. Hatte ich mich zu sehr daran gewöhnt, dass sie mir zur Seite stand?

Als ich beim Jackson City Police Department ankam – einem braunen, einstöckigen Gebäude mit Schindeldach und einem Türmchen, auf dem eine Uhr prangte –, stand der Wagen längst dort. Nicht nur das, die Motorhaube war schon fast abgekühlt. Beschämt schlich ich um das Gebäude herum, versuchte, eine Witterung meiner Mitschülerin zu erhaschen, und spitzte die Ohren, um vielleicht Gesprächsfetzen aus dem Inneren aufzufangen. Außerdem versuchte ich natürlich, sie von Kopf zu Kopf zu erreichen. *He, Amber, was machen sie gerade mit dir?*

Hihi, nichts eigentlich! Die Gedankenstimme war so laut, dass ich vor Schreck ein Stück in die Luft hüpfte. Dann blieb ich stehen, wo ich war, senkte den Kopf und schaute mich gründlich um.

Das Biest hatte sich in Ameisengestalt von hinten an mich rangepirscht!

Was machst du denn hier draußen?, fragte ich Amber verblüfft.

Na, was wohl. Amber klang sehr zufrieden mit sich, während sie auf einem winzigen Kieselsteinchen balancierte. *Erst hat der Kerl mich 'ne halbe Stunde verhört, aber weil ich nichts sagen wollte, hat er mich in eine Zelle gesperrt. Da hab ich mich verwandelt und bin weg. Ich musste nicht mal warten, bis sie die Tür aufmachen, der Spalt darunter war groß genug. Ist ein bisschen schade um meine Sachen, aber was soll's. Puh, war das gruselig, verhaftet zu werden!*

Mein Magen fühlte sich an, als würde er gerade zwischen zwei Steinen zusammengepresst. *Bitte sag mir, dass du das nicht getan hast!*

Wieso denn nicht? Beleidigt wedelte Amber mit den Fühlern. *Beim Ei der Königin, sollte ich mich etwa die ganze Nacht lang verhören lassen? Der Kerl hat mir nicht geglaubt, dass ich das mit der Falle nicht war, und …*

Mit einem kurzen Fauchen unterbrach ich sie. *Diese Polizeistation hat in den Arrestzellen Videoüberwachung*, teilte ich ihr mit.

Jetzt endlich begriff sie, was sie angerichtet hatte, und ließ die Fühler hängen.

Ach, du fauliger Salatkopf!, sagte sie.

Genau, gab ich bitter zurück.

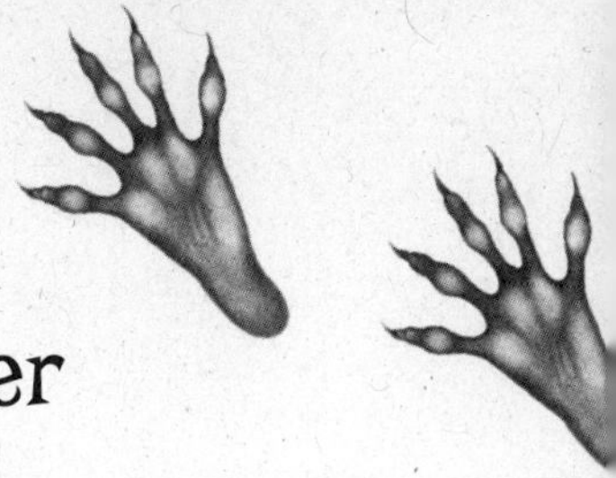

Undercover

Schon seit Jahrhunderten ist es ein gut gehütetes Geheimnis, dass es Woodwalker gibt. Kaum ein Verbot wird gründlicher durchgesetzt als das, sich zu verwandeln, wenn ein Mensch zuschaut. Ich hatte mich im Fach Verhalten in besonderen Fällen mal getraut, James Bridger zu fragen: »Warum eigentlich?«

»Angst«, hatte Bridger trocken erwidert. »Unsere Vorfahren – besonders manche pelzigen, vierbeinigen – waren noch nachlässiger mit dem Verwandeln, weil es damals keine Filme und Fotos gab. Und was ist passiert?«

»Die Leute gruselten sich vor Werwölfen«, brummte Cliff und zog eine Grimasse mit teilverwandelten Zähnen, bei der unser Opossum Cookie sich vor Schreck tot stellte und von ihrem Stuhl fiel.

»Genau«, sagte James Bridger, packte Cookie am Kragen und setzte sie auf ihren Stuhl zurück. »Und sie strickten Legenden um sie herum, von denen mir, ehrlich gesagt, schlecht wird. Mindestens zu achtzig Prozent frei erfundener Horror. Was meint ihr, was mit einem Wolfs-Wandler passierte, der damals ertappt wurde?«

Wortlos zog Jeffrey sich die flache Hand über die Kehle.

»Genau – Menschen töten, wovor sie Angst haben«, fasste James Bridger zusammen. »Also nehmt dieses Verbot bitte verdammt ernst. Zum Glück konnten wir kleinere Pannen bisher mithilfe des Rates als Halluzination, blühende Fantasie, Fotomontage oder Besoffenheit abtun. Aber es genügt ein richtig mieser Fehltritt und wir haben ein Riesenproblem.«

Das alles zischte mir jetzt durch den Kopf, denn es war sonnenklar, dass die Polizisten demnächst das Verschwinden ihrer Verdächtigen bemerken und ihre Videoaufzeichnungen checken würden. Und auf denen würden sie sehen, wie sich eine Woodwalkerin verwandelte. Wenn wir ganz viel Glück hatten, würden sie nur denken, das Mädchen hätte sich in Luft aufgelöst, so was soll ja vorkommen. Wenn wir weniger Glück hatten, bemerkten sie, dass unter den herumliegenden Klamotten ein Insekt hervorkroch und zielstrebig in Richtung Tür krabbelte.

Vielleicht gibt's bald gruselige Legenden von Werameisen, sagte Amber mit schwächlicher Stimme. *Allerdings glaube ich nicht, dass sich Menschen vor solchen Wesen fürchten würden. Ich meine, sieh mich an, ich bin KLEIN!*

Ich verdrehte die Augen. *Ist mir schon aufgefallen. Aber bei Ameisen kommt es immer drauf an, wie viele es sind. Die meisten Leute bekommen Schreikrämpfe, wenn zwanzig oder dreißig von eurer Sorte auf ihnen herumkrabbeln.*

Genau dies hatte ich mal bei einem Sommerpicknick mit den Ralstons erlebt. Das mit dem Schreikrampf war Melody gewesen, aber Anna hatte sich auch sehr, sehr schnell anderswohin bewegt, als sie gemerkt hatte, wer den Picknickplatz besetzt hielt.

Während ich mit Amber redete, überlegte ich angestrengt. Wir mussten Hilfe holen, und das möglichst schnell. Sehnlichst wünschte ich mir Frankie herbei, denn wir brauchten hier jemanden, der sich mit Computern auskannte. Aber er war gerade sehr, sehr weit von uns entfernt und selbst in viel größeren Schwierigkeiten als wir!

Ich streckte meine Gedanken aus und legte so viel Kraft hinein, wie ich konnte. Und der Zufall kam mir zu Hilfe: Nicht weit von Jackson Hole entfernt flatterte Shadow herum, der einfach, ohne mich zu fragen, ebenfalls auf Patrouille gegangen war, aber bisher keine Hilfsgelegenheit entdeckt hatte. *Gute Nachrichten, du kannst UNS helfen,* eröffnete ich meinem Rabenfreund.

Klar, und wir können die Secret Ranger auch in Carag-die-Pfote-halten-Club umbenennen, bot Shadow großzügig an und dann fragte er endlich, worum es ging. Ich erklärte es ihm. In meinem Kopf erklang ein fassungsloses Krächzen, dann stammelte Shadow: *Ich organisiere Hilfe!*

Ja bitte – wir brauchen hier eindeutig Holly, rief ich ihm noch zu, doch er war anscheinend schon außerhalb der Gedankenhörweite.

Ich machte es mir in einem dichten Buschwerk auf der einen Seite des Gebäudes halbwegs bequem, wartete mit Amber auf die Verstärkung und hoffte inständig, dass die Polizisten nicht allzu oft in ihre Zellen schauten. Wie viel Zeit hatten wir noch, bevor sie Ambers Verschwinden entdeckten?

Shadow hielt Wort. Kurze Zeit später brachte er Verstärkung mit und mir blieb glatt das Maul offen stehen, als ich sah, wen er alles angeschleppt hatte. Dorian in seiner Gestalt als eleganter Rassekater, Holly als Rothörnchen, außerdem noch Manuel und einen der südamerikanischen Jungen, dessen Namen ich mir bisher nicht gemerkt hatte. Er war als Einziger von uns in seiner Menschengestalt und sah etwas eingeschüchtert aus.

Alles cool?, meinte Manuel, gerade ein unscheinbares, kaum handlanges Reptil.

Äh, ist ja schön, dass du so viele Leute mitgebracht hast,

Shadow, aber was genau soll der da machen?, fragte ich meinen Rabenfreund und deutete verstohlen auf den Jungen.

Ich habe vorgeschlagen, ihn mitzunehmen, erklärte Manuel. *Das ist Gandul, er ist ein Helmleguan. Er kann stundenlang herumstehen, ohne sich auch nur ein kleines bisschen zu bewegen, es gibt niemanden, der besser Schmiere steht.*

Gandul lächelte schüchtern und nickte.

Ach so, okay, meinte ich. Jetzt fiel es mir ein: Das war der, der überallhin seine eigene Pflanze mitgeschleppt hatte – eine Pflanze, die auf ihm gewachsen war, weil er sich in seiner zweiten Gestalt nicht bewegt hatte.

Okay, Leute, wie ist der Plan?, fragte Holly unternehmungslustig, versuchte, an einem Zweig des Busches hochzuklettern, und sackte mitsamt Zweig zu Boden.

Ich holte tief Luft, dann sagte ich: *Dorian, könntest du am Eingang der Station den ausgesetzten Kater spielen, damit sie dich reinlassen? Wenn du drin bist, versuchst du, für Holly und Manuel ein Fenster zu kippen. Anschließend lenkst du die Polizisten und Ranger ab, damit Holly und Manuel an die Computer rankommen.*

Wird gemacht, bestätigte Dorian. *Es wird nicht ganz leicht, dreckig und vernachlässigt auszusehen, aber ich schaff das.*

Naserümpfend stolzierte er auf eine Stelle mit feuchter Erde zu und testete sie mit der Pfote, dann überwand er sich und wälzte sich dort. Es war ein trauriger Anblick, als er schlammbedeckt und mit herabhängenden Schnurrhaaren zur Tür der Station hinkte. So jämmerlich maunzend, als hätte er seit fünf Tagen nichts gefressen, obwohl ich selbst gesehen hatte, wie er beim Festessen heute ein ganzes Dutzend Krabben verdrückt hatte.

Doch eine ganze Weile geschah nichts – und das, obwohl

Dorian seine Lautstärke steigerte und dann das eindrucksvolle Schauspiel einer vor Hunger ohnmächtig werdenden Katze auf der Türschwelle aufführte.

Was ist, wenn die Polizisten keine Katzen mögen?, gab Holly zu bedenken.

Jeder mag Katzen, zischte ich zurück. Die Wölfe hätten sicherlich einen Lachanfall bekommen.

Dann endlich ging die Tür auf und ich sah eine Polizistin herauslugen. »Oh, du armes Kätzchen, was ist denn mit dir passiert?«, gurrte sie und nahm Dorian auf den Arm, wo er sofort zu schnurren begann. *Und schon ist die mein Fan, bin ich gut oder was?,* schickte er in unsere Richtung.

Du bist super, bestätigte ich erleichtert, während Shadow zum Dachfirst hochflatterte. *Vergiss über den Streicheleinheiten nicht das Fenster!*

Nein, nein, natürlich nicht. Mit seinen grünen Augen zwinkerte er uns zu, während er sich schlaff wie ein nasses Handtuch nach drinnen tragen ließ.

Kurz darauf wurde an der Hinterseite des Gebäudes ein Fenster gekippt. Na also.

Vamos! Arriba!, flüsterte Manuel. Holly schoss davon, als wäre ein Fuchs hinter ihr her, doch Manuel hielt ganz locker mit. Beide verschwanden durch den Spalt. Ich duckte mich tiefer ins Gebüsch und spürte meine Schwanzspitze unruhig zucken. Hoffentlich lief alles glatt – Polizisten waren bewaffnet, und

selbst wenn sie Katzen niedlich fanden, wollten die meisten doch keine Rothörnchen und Echsen im Haus!

Du hältst auf dieser Seite Wache, ich geh auf die andere Seite, flüsterte ich Gandul zu. Als Antwort senkte er nur kurz die Lider, dann stand er wieder völlig bewegungslos da. Ja, im Stillstehen war er richtig gut.

Habt ihr die Computer schon im Blick?, fragte ich Holly und Manuel nervös. *Auf denen haben sie normalerweise die Bilder der Überwachungskameras.*

Ja, flüsterte Manuel. *Aber wir müssen noch warten, bis die Polizistin irgendwohin geht, im Moment kann sie die Computer sehen.*

Ich fragte: *Wie viele Leute sind in der Station?*

Zwei, soweit ich sehen kann, hauchte Holly. *Die Polizistin und ein Ranger, wahrscheinlich der, der Amber verhaftet hat. Er telefoniert gerade. Anscheinend versucht er herauszufinden, ob irgendwo ein Mädchen vermisst wird.*

Hoffentlich ruft er nicht in der Clearwater High an! Amber klang entsetzt. Sie war sehr still gewesen in den letzten Minuten, vielleicht hatte sie durchgezählt, wie viele Verweise sie schon hatte und ob sie wegen dieser Sache von der Schule fliegen würde.

Ich hielt kaum aus, nicht zu wissen, was dadrinnen vorging. *Dorian, was machst du gerade?*

Ähm, mich streicheln lassen, gestand Dorian.

Ich weiß, es ist nicht schön, aber könntest du bitte irgendwo in die Ecke machen? Am besten in einem anderen Raum. Wir müssen diese Leute vom Computer weglocken!

Bäh, sagte Dorian ohne Begeisterung. *Eigentlich bin ich stubenrein, weißt du?*

Jetzt mach schon, es ist ein beknackter Notfall!, drängte Holly.

Ach, du großer Kiefernzapfen, jetzt steht der Ranger auch noch auf …

Wieso, das ist doch gut, wandte Manuel ein.

Aber er geht in Richtung Arrestzellen! Gleich findet er heraus, dass Amber weg ist! Und dann checkt er die Videoaufzeichnung.

Ich brachte nur heraus: *Bitte beeilt euch alle … ihr wisst, was auf dem Spiel steht!*

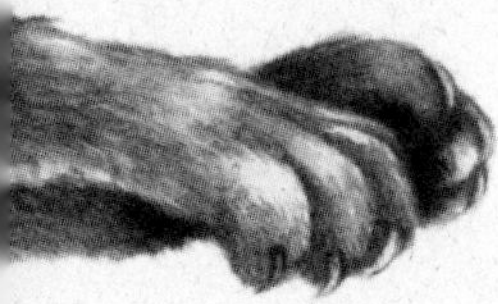

Hals über Pfote

Schlauerweise sandte mir Holly einen Gedankenstrom von dem, was sie in der Polizeistation sah und hörte. Und das war eine ganze Menge. Ein leises Plätschern verriet, dass Dorian in einem Nebenraum gerade sein neues Revier markierte. Das bekam die Polizistin ziemlich schnell mit und weitere Schmusestündchen rückten in weite Ferne.

»He, du Drecksvieh, lass das, aber sofort!«, rief sie, sprang auf und versuchte, Dorian zu packen, um ihn von weiteren Untaten abzuhalten.

Na, na, höflich geht anders. Dorian schlüpfte mühelos durch ihre Finger und lief in einen anderen Raum. Wütend stapfte die Polizistin hinterher.

Jetzt ran an den Kasten, bevor die beiden zurückkommen!, johlte Holly und im Eiltempo kletterten sie und Manuel hoch zur verwaisten Tastatur. Dann versuchten beide gleichzeitig, darauf herumzutippen. Oh toll. Ich vermisste Frankie mehr denn je.

Lass mich doch mal! Holly schubste Manuel weg. *Wir müssen irgendwie das Programm finden, das die Kameraaufzeichnungen verwaltet …*

Ja genau. Manuel hielt sich zurück und ließ Holly machen, obwohl er im Gegensatz zu ihr genau zu wissen schien, wie es ging. Ein leichtes Lächeln schwebte um sein Maul.

Bitte, sagte ich zu ihm.

Aaach, ich lasse sie einfach noch ein bisschen machen, okay?

Holly tippte irgendwas, quiekte auf, hämmerte mit den Pfötchen immer verzweifelter auf die Tastatur ein.

Pumas können sich nicht die Haare raufen und das ist wahrscheinlich besser so.

Na gut, knirschte das Panikhörnchen schließlich. *Manuel, kannst du mir bitte, bitte, bitte helfen? Tut mir leid, das mit dem Schubsen.*

Kein Problem, sagte Manuel großherzig und die beiden einigten sich darauf, dass Holly die Tastatur bedienen würde und Manuel die Maus. Jetzt kamen sie endlich voran, aber leider war auch die Polizistin weitergekommen mit dem Aufwischen von Dorians Hinterlassenschaften. Selbst von draußen konnte ich ihre Schritte und ihre gemurmelten Bemerkungen über pelzige, auf den ersten Blick niedliche Vierbeiner hören. Oh nein, sie kehrte in den Hauptraum zurück!

Könnt ihr euch da irgendwo verstecken?, fragte ich meine Freunde erschrocken, doch zurück kam nur ein hektisches Gedankenwirrwarr. Anscheinend war Holly gerade dabei, in eine Schublade zu kriechen, und Manuel versuchte, sich mit seinen Greifzehen an irgendwelchen Computerkabeln hinter dem Schreibtisch festzuhalten.

Man sieht noch ein oder zwei deiner Körperteile, schrillte Holly, aber Manuel blieb ganz cool. *Das macht nichts, mir scheint, die Frau holt sich gerade noch einen Kaffee. Los, wir machen weiter!*

Während drüben der Kaffee durch die Maschine gurgelte, brachten Holly und Manuel es fertig, die Kamerabilder aufzurufen. Kurz darauf sahen sie – und ich durch ihre Gedanken – live und in Farbe, wie der Ranger die Tür der Arrestzelle öffnete und verblüfft in die Runde blickte, weil kein Mädchen mit lila Haaren mehr darin war.

Jetzt habt ihr höchstens noch eine Minute!, schrie ich auf.

Hör auf rumzustressen, Carag, dadurch geht's auch nicht schneller, motzte Holly.

Ich unterbreche euch ja ungern, aber es kommt gerade jemand, meldete Gandul von der Vorderseite des Gebäudes.

Wer denn? Dorian klang nicht begeistert. *Also, noch mehr Polizisten kann ich nun wirklich nicht aufhalten!*

Es ist ein Polizeiwagen mit zwei Leuten darin, erklärte Gandul.

Na also!, verkündete Manuel. Gerade als ich dachte, dass er jetzt völlig den Verstand verloren hatte, jubelte Holly auf. *Geschafft! Wir haben die Aufzeichnung gefunden!*

Ach so, das meinte er.

Boah, Amber, du bist richtig gut drauf, fuhr Holly fort. *Mit dem Film wärst du vielleicht in die Fernsehnachrichten gekommen …*

Löscht das Ganze, jetzt macht schon! Wenn die Polizisten die Tür öffneten und sahen, wie sich ein Rothörnchen und ein Leguan an dem Computer zu schaffen machten, würden die beiden GANZ SICHER in die Nachrichten kommen!

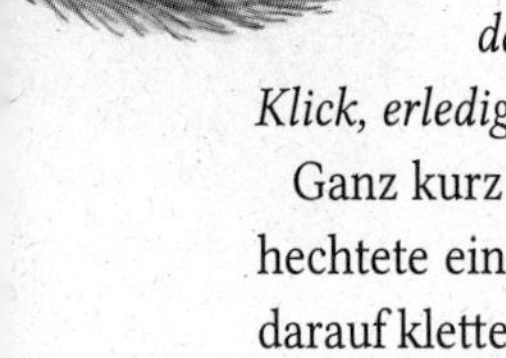

So, gelöscht, murmelte Manuel. *Jetzt müssen wir noch den Papierkorb auf dem Desktop leeren, damit man die Bilder nicht wiederherstellen kann. Klick, erledigt.*

Ganz kurz bevor ich vor Anspannung durchdrehen konnte, hechtete ein roter Blitz durch das gekippte Fenster und kurz darauf kletterte ein glotzäugiges grünbraunes Reptil hinterher. Fast gleichzeitig kam vom Eingangsbereich ein überraschtes

»He!« und gleich darauf raste Dorian um die Ecke. Es war vollbracht, das Geheimnis der Woodwalker war vorerst sicher.

So schnell uns die Flügel, Pfoten und Beinchen trugen, kehrten wir zur Schule zurück.

Als Amber und ich den anderen erzählten, was überhaupt passiert war und was für eine mörderische Falle wir auf dem Wanderweg zerstört hatten, waren sie schockiert.

»Er und seine Leute wollen also wirklich Menschen töten«, sagte Dorian leise.

Die anderen wirkten wie betäubt. Auch mir war es erst schwergefallen, das zu begreifen, aber inzwischen war es eingesickert … und es zog mich nicht mehr herunter. Eher im Gegenteil. Klar, unsere Aktion war größtenteils krachend schiefgegangen, aber wir hatten Andrew Millings Pläne durchkreuzt und dabei jemandem das Leben gerettet. Wenn der Rat unsere Idee unterstützte und Woodwalker im ganzen Land mitmachten, hatten wir eine echte Chance, diese Serie von Anschlägen und üblen »Zufällen« zu kontern.

Durch die Fernsehnachrichten bekamen wir mit, dass die Menschen noch längst nicht kapiert hatten, was gerade vorging. Vor dem Frühstück drängten Holly, Dorian und ich uns vor dem Fernseher, um die neuesten Nachrichten nicht zu verpassen. Gerade kam eine Sendung, bei der sie mehrere Experten in einen Raum gesperrt hatten und sie zwangen, sich miteinander zu streiten. Ich glaube, so was nannte man Talk-Runde.

»Solche Häufungen von Unglücken und Unfällen kommen einfach vor«, behauptete eine Professorin für irgendwas.

»Aber finden Sie es nicht auch merkwürdig, dass auffallend oft Tiere an diesen Zwischenfällen beteiligt sind?«, meinte der zweite Experte und das lächerliche Fell auf meinen Menschenarmen versuchte, sich zu sträuben. Ich wusste nicht, was Andrew Milling genau vorhatte. War es sein Plan, dass die Menschen Verdacht schöpften? Oder war es ihm egal, dass die Woodwalker durch seine Rachepläne womöglich enttarnt wurden?

Doch zum Glück lachte die Professorin im Fernsehen nur. »So ein Quatsch! Mir war nicht bekannt, dass Sie zu Verschwörungstheorien neigen. Wenn Sie sich mal mit Statistik beschäftigt hätten, dann ...«

Hollys wilde rotbraune Haare hatten sich gesträubt. »Was ist, wenn sie rauskriegen, dass es uns gibt? Wenn sie dann beschließen, uns auszurotten, weil wir ihnen schaden?«

»Ich weiß es nicht«, sagte ich besorgt. »Wir wissen ja noch nicht mal, was diese Aktionen sollen. Eigentlich dachte ich, dass er und seine Leute irgendwann zusammen mit aller Kraft losschlagen wollten. Aber das, was er bisher macht, erinnert mich eher an viele Nadelstiche.«

Dann war es Zeit für den Unterricht, schnell schalteten wir den Fernseher aus und rannten ins Erdgeschoss zu unserem Klassenzimmer.

Vor der ersten Unterrichtsstunde an diesem Donnerstag nahm mich Miss Clearwater beiseite. »Heute um Mitternacht ist das Treffen mit dem Rat, wir machen uns gleich nach dem Abendessen auf den Weg. Denk dran, Stillschweigen!«

Ich nickte und spürte, wie Aufregung in mir hochstieg. Welchen Ratsmitgliedern würde ich begegnen? Was für Gestalten würden sie haben und würde einer von ihnen feindselig sein, weil er keine großen Raubkatzen mochte, so wie Lou zu Anfang oder wie die Wölfe? Beim großen Gewitter, ich musste unbedingt einen guten Eindruck machen!

Im Unterricht fiel mir das an diesem Tag schwer, die Nacht war einfach zu lang gewesen. Ich war weder besonders wach, noch hatte ich die Energie, mich zu melden.

Das Gute daran war, es merkte keiner. In Geschichte ließ Bill Brighteye uns einen Dokumentarfilm zum Thema Werwölfe schauen, in Bio bei Miss Clearwater hielten ein paar unserer Leute Referate über die Rocky Mountains, in Englisch gab's ein lustiges Begriffs-Quiz. Wir grübelten über spanische Wörter und die Gäste bissen sich buchstäblich die Zähne aus an Begriffen der englischen Umgangssprache. Jedenfalls kaute King beim Nachdenken ziemlich intensiv auf seinem Stift herum. »Was heißt noch mal *yummy?*«, flüsterte er mir zu.

»Lecker«, wisperte ich zurück, und ob Absicht oder nicht,

in diesem Moment gähnte Blanca, ohne die Hand vorzuhalten, und fletschte dabei die Zähne. Vielleicht dachte sie gerade daran, wie Eule geschmeckt hatte. Ich hatte sie noch am Tag nach dem Zwischenfall dabei beobachtet, wie sie sich Federn aus den Zähnen gepult hatte. Heute Nachmittag wollten wir Trudy im Krankenhaus besuchen. Insgeheim wettete ich, dass Blanca sich davor drücken würde.

Mein Vater gab seine nächste Stunde Tiersprachen und den Austauschschülern schien es ebenso gut zu gefallen wie uns. Richtig interessant wurde es dann in der Vertretungsstunde Verwandlung.

Estella, die Brüllaffen-Wandlerin, war ziemlich aufgeregt und dementsprechend laut, als Mr Ellwood sie aufrief und nach ihrem Namen fragte. »Estella!«, schrie sie und Mr Ellwood hob irritiert ebenfalls die Stimme. »Würdest du uns bitte eine Teilverwandlung vorführen?«

»*Sí, sí,* Teilverwandlung, kein Problem«, brüllte Estella so laut, dass Tovi auf ihrer Schulter ein Stück in die Höhe flatterte. »Aber unsere Lehrer sagen immer, welches Körperteil wir verwandeln sollen! Welches Körperteil wollen Sie denn?«

Lous Vater glaubte wohl, dass seine Autorität in Gefahr war, denn er setzte auf eine dröhnende Oberlehrerstimme. »Das ist mir vollkommen gleichgültig! Fang an! JETZT! Wir warten!«

»Aber ich hab doch schon«, dröhnte Estella zurück.

Mr Ellwood stemmte die Hände gegen die Hüften. Sein Kopf hatte sich gerötet. »WO?«, donnerte er. »ICH SEHE NICHTS!«

»Na gut, wenn Sie unbedingt wollen ...« Estella stand auf und wandte ihm den Hintern zu. Ein dunkelbrauner Greifschwanz formte ein elegantes Fragezeichen in der Luft und in unserer Klasse brach Gekicher aus.

Ich blickte zu Brandon hinüber, um mit ihm ein heimliches Grinsen zu tauschen. Aber Brandon war immer noch sauer auf mich und er starrte geradeaus, ohne meinem Blick zu begegnen. Das zog mich ziemlich runter, ich mochte diesen Kerl! Ich musste mich dringend bei ihm entschuldigen für unsere herzlosen Bemerkungen über seine Vorliebe für Autos und sein einzelnes Horn.

Immerhin schien sich Tikaani wieder abgeregt zu haben, sie ließ mir einen Zettel zukommen: *Tolle Aktion letzte Nacht. Hab davon gehört. Lass es krachen, Puma :-)*

Ein warmes Gefühl breitete sich in mir aus. Ich kritzelte darunter: *Hätte dich beim nächsten Mal wirklich gerne dabei!!!*, und schickte den Zettel mit neuem Adressaten wieder zurück. Dabei bekam ihn auch Lou in die Hand, was in mir gemischte Gefühle auslöste. Doch Lou schien es nicht schlimm zu finden, dass ich nicht an sie schrieb, auch von ihr bekam ich ein nettes Lächeln, das prompt mein Herz schneller schlagen ließ.

Dann machte dieses einen erschrockenen Satz, als Isidore Ellwood seiner Tochter den Zettel aus der Hand schnappte und in winzige Fetzen zerriss. »Carag, wenn du was zu sagen hast, was ich sehr bezweifle, dann kannst du das genauso gut vor der Klasse tun.«

Ein bleischweres Schweigen breitete sich in unserem Klassenzimmer aus.

Ein Wunschtraum und eine Enttäuschung

Dieser verdammte Mr Ellwood! Entschuldigend blickte Lou mich an – sie sah aus, als wäre es ihr entsetzlich unangenehm, wie ihr Vater mich piesackte. Die Wölfe dagegen gackerten schadenfroh. Irgendwann würde ich sie mal fragen, ob sie Huhn-Wandler in ihrer Ahnenreihe hatten.

Eigentlich war ich Ärger mit Mr Ellwood gewöhnt und ich war selbst erstaunt darüber, dass mir seine blöde Bemerkung so viel ausmachte. Bevor ich darüber nachdenken konnte, war ich schon auf den Füßen. »Ja, ich habe was zu sagen.«

Ich hätte mir gewünscht, dass meine Stimme laut und klar klang, doch vor Aufregung bekam ich nicht richtig Luft und peinlicherweise klang ich, als würde ich gerade vor einer Hundemeute fliehen. »Findet ihr nicht auch scheußlich, was gerade passiert? Wir haben kein Recht, den Menschen zu schaden! Im ganzen Land schließen sich gerade Woodwalker zu Clubs zusammen, die den Menschen helfen, so wie an unserer Schule. Springt über euren Schatten und macht mit!«

Mit rotem Kopf ließ ich mich wieder auf meinen Sitz fallen. Eulendreck, was hatte ich da gerade gesagt? Noch hatte ich nicht mit dem Rat gesprochen – das mit den Clubs war glatt geschwindelt gewesen. Aber wenn ich Glück hatte, passierte es bald tatsächlich und dann war auch diese blöde Lüge aus der Welt.

Niemand reagierte auf das, was ich gesagt hatte, und Mr Ellwood fuhr einfach mit seinem Unterricht fort. Ich fühlte mich elend. Als Lou in der Pause – ich hatte mich in eine entfernte Ecke der Wiese zurückgezogen – auf mich zukam, verkrampfte ich mich. Hoffentlich fragte sie jetzt nicht nach, wie ich das mit den Clubs im ganzen Land geschafft hatte!

Doch das tat sie nicht, stattdessen lächelte sie verlegen und strich sich das lange schokoladenfarbene Haar zurück. »Du bist wirklich sehr mutig«, flüsterte sie leise. »Das habe ich schon ein paarmal gemerkt. Zum Beispiel bei diesem Kampf auf dem Berg, als wir deine Stiefschwester befreit haben.«

»Kann sein«, sagte ich, zuckte die Schultern und wunderte mich, dass ich diesmal nicht wie sonst herumstammelte, wenn ich mit ihr redete.

»Und das gerade eben fand ich auch total gut – du lässt dich nicht mal von meinem Vater einschüchtern«, fuhr Lou fort … und zögerte.

Beim wilden Wald, was hatte sie vor?

Ganz langsam streckte sie ihre Hand aus und nahm meine. Unsere Finger berührten sich, verschränkten sich. Es konnte nicht sein, dass dies hier wirklich passierte, oder? Das musste ein Wunschtraum sein, der aus meinem Gehirn ausgebrochen war. Aber der Traum platzte nicht wie eine dieser Menschen-Seifenblasen, er ging immer weiter.

»Ich wollte dich fragen, ob du mal zu uns zu Besuch kommen magst«, sagte Lou, während ihre Hand auf unglaubliche Weise meine wärmte. »Nicht alle Mitglieder meiner Familie sind gemein, wirklich. Die meisten sind sehr nett. Weißt du noch, wie mein Wapiti-Bruder Ken sich getraut und deine

Puma-Schwester Mia angesprochen hat, um sie zu fragen, ob sie möglicherweise einen Bruder vermisst? Damit du endlich deine Familie wiederfindest?«

»Natürlich weiß ich das noch«, sagte ich sofort und dann zögerte ich. Es war eine unglaubliche Ehre, dass sie mich ihrer Familie vorstellen wollte – hieß das, dass wir dann zusammen waren?! Aber der Gedanke an Mr Ellwood schreckte mich ein wenig ab.

»Ich würde mich wirklich sehr freuen«, meinte Lou und damit war der Fall klar.

»Okay, ich komme gerne«, hörte ich mich erwidern.

Dann schwebte ich förmlich zu Brandon hinüber, der in seiner Bisongestalt am Waldrand graste. Mit seinem einzelnen Horn sah er wirklich unverwechselbar aus. Ich wollte meinem besten Freund davon erzählen, was passiert war, jetzt gleich. Und selbst wenn ich seine Hufe abschlecken musste, um mich zu entschuldigen, verdammt, dann würde ich es halt machen!

»He«, sagte ich zu ihm und klopfte auf seine muskulöse Schulter. Aus seinem zottigen, braun gelockten Fell staubte es ein bisschen. »Es gibt sensationelle Neuigkeiten! Willst du die hören oder nicht?«

Meinst du die Neuigkeit, dass du Lou Ellwoods Hand gehalten hast?, brummte Brandon, rupfte weitere Grasbüschel ab und zermalmte sie. *Oder dass sie dich eingeladen hat?*

Woher weißt du das denn schon wieder? Ich glotzte ihn an.

Du hast nicht hochgeschaut. Wing saß keine zwei Meter über deinem Kopf.

Ihr seid alle elende Spione, beschwerte ich mich und zu meiner Erleichterung wehte mir ein amüsiertes Gefühl aus Brandons Kopf entgegen.

Hast du eigentlich gemerkt, dass es schon gegongt hat?, fragte er mich, kehrte in seine Menschengestalt zurück und zog sich an, während ich ihm Deckung vor Blicken gab. Wir taten das schon so lange, dass wir uns nicht mehr abzusprechen brauchten. Gemeinsam machten wir uns auf den Weg nach drinnen … und wurden von einem sehr aufgeregten Henry abgefangen.

»Eine Antwort! Es ist eine Antwort da!«, keuchte er und wir alle wussten sofort, was er damit meinte.

»Von Millings Leuten?« Ich riss ihm das Smartphone förmlich aus der Hand. Rasch las ich die Mail, die er schon geöffnet hatte. **Hallo, Familie Summergreen, ihr steht auf der richtigen Seite. Es wäre natürlich ein furchtbares Unglück, wenn Häuser in Brand geraten, aber so etwas kommt vor. Wir schicken unsere Leute nie einzeln hinaus, aber einen Otter und einen Alligator könnten wir entbehren. Gebt ihr uns die Adresse eines Treffpunkts? Bleibt treu und zeigt niemals Schwäche!**

Das Bündnis für den Großen Tag

»Eulendreck«, sagte ich. »Das heißt, er darf endlich mal raus, aber nur mit diesem Alligator. Es wäre lebensgefährlich für ihn, wenn er dabei versucht, sich abzusetzen. Möglich ist, dass Milling in der Gegend noch weitere Alligatoren hat. Ich will nicht, dass die alle Jagd auf Frankie machen.«

Wir schrieben erst mal zurück, dass wir nur einen Otter bräuchten und Alligatoren nicht wirklich mochten. Schon nach einer Minute traf die nächste Mail ein, die schon etwas kühler klang. »Entweder beide oder keiner«, lautete die Antwort.

Henry blickte sich um, suchte mit den Augen die Wiese ab. »Wo ist Lou? Vielleicht hat sie wieder eine Idee, schließlich ist ihr schon mal was Gutes eingefallen. Ist es nicht umwerfend, wenn ein Mädchen hübsch *und* klug ist?«

»Sie ist auch noch mutig«, sagte ich. Kurz darauf wünschte ich, ich hätte mir den Mund mit Kiefernharz zugeklebt. Denn jetzt blickte Henry noch anbetender drein, als wir auf Lou zugingen. Unser Frosch-Wandler hatte richtig geraten, Lou hatte noch eine Idee. »Als ihr erzählt habt, dass Frankie in New Orleans ist, habe ich mich mal umgehört, wer dort von unseren Leuten so lebt. Stellt euch vor, ein Freund meiner Cousine wohnt nicht nur dort, er hat sogar eine eigene Drohne ...«

»Eine männliche Biene?«, fragte ich verwirrt, aber Henry sagte sofort: »Cool. Ich glaube, ich weiß, worauf du hinauswillst. An dieser Drohne könnte man vielleicht eine Art Schlaufe oder Netz befestigen ...«

»... in das sich ein kleines Tier hocken könnte, um so durch die Luft transportiert zu werden ...«, ergänzte Lou und lächelte Henry an.

»... und schließlich an einer sicheren Stelle wieder zu landen.« Henry schüttelte lachend den Kopf. »Wow, der Plan ist echt verrückt, aber wer weiß, vielleicht klappt das. Wir holen diesen Otter zurück!«

Aha, anscheinend ging es um ein Fluggerät. »Aber woher wissen wir, in welchem Teil der Stadt der Stützpunkt ist und wo wir Frankie abholen sollen?«, wandte ich ein und merkte selbst, dass das ziemlich lahm klang.

»Können wir uns ja alles noch überlegen«, meinte Brandon und ich erlaubte mir langsam wieder ein bisschen Hoffnung. Ob wir es wirklich schaffen konnten, unserem Freund zu helfen?

Dieser Tag war bisher richtig gut! Und jetzt kam ein weiterer Höhepunkt, Mr Bridgers Unterricht.

»Ihr werdet es lieben«, versprach ich King. »Mr Bridger erzählt meist nur Geschichten und die sind ziemlich lustig oder spannend. Man merkt kaum, wie die Stunde vorbeigeht.«

King schaute neugierig drein, sagte aber nichts. An seiner Stelle antwortete Manuel: »*Muy bien.* Klingt gut, wir lassen uns überraschen.«

Wie so oft trug mein Lieblingslehrer Jeans, ein kariertes Hemd und braune, abgewetzte Cowboystiefel, die er wie gewohnt gleich auf dem Schreibtisch parkte. Doch etwas war heute anders an ihm, von seiner üblichen guten Laune war nichts zu spüren, er wirkte eher nachdenklich. Hatte er vielleicht über seinen Sohn Joseph nachgedacht, der es nicht geschafft hatte, seine zwei Welten in Einklang zu bringen, Probleme mit Drogen bekommen hatte und irgendwann abgehauen war? Der vielleicht längst tot war, ohne dass seine Eltern das erfahren hatten? Ich hätte gern mehr über ihn gewusst, doch Mr Bridger sprach fast nie über ihn.

Gespannt spitzte ich die Ohren, als Mr Bridger zu sprechen begann.

»Ich war mal in Arizona unterwegs, dort, wo die Felsen die Farbe eines Sonnenuntergangs haben und es jede Menge Kakteen gibt«, begann er zu erzählen. »Eigentlich war ich dort als Kojote, doch irgendwann hatte ich keine Lust mehr und entschied, mir einen Abend in einer Kneipe und ein kaltes Bier zu gönnen. Also suchte ich meine Klamotten aus dem Versteck heraus, zog mich um und fuhr per Anhalter zum nächstbesten Ort, einem winzigen Kaff, das aus wenig mehr als einer Tankstelle und einem Burger-Restaurant mit Bar bestand.«

»Hatten Sie denn Geld?«, unterbrach ihn Tikaani neugierig.

»Ja, ungefähr dreißig Dollar, ich hatte hin und wieder als Gelegenheitsarbeiter etwas dazuverdient und in meinem Versteck verstaut«, fuhr James Bridger fort. »Jedenfalls als ich in diese Kneipe kam, spürte ich sofort, dass ein Woodwalker in der Nähe war. Mein Gespür für so was ist nicht sehr stark, aber auf ein paar Meter Entfernung konnte selbst ich mich nicht irren.«

»Was für Leute waren denn da? Konnten Sie die erkennen?«, unterbrach ihn Alfredo, der Ameisenbär, spähte durch seine dicke Brille und witterte unauffällig. Wahrscheinlich roch er gerade nur Cowboystiefel, denn sie waren nicht weit von seiner Nase entfernt.

»Ja, konnte ich, Kojoten haben gute Augen«, versicherte ihm Mr Bridger. »Es waren ein paar Trucker da, ein Touristen-Pärchen mit Sonnenbrand und die Bedienung. Einer von denen musste es also sein. Unauffällig schaute ich mich um und versuchte festzustellen, ob jemand von denen sich verriet.«

»Also ich tippe auf einen der Trucker«, verkündete Wing. »Die sind viel unterwegs, habe ich gehört. Vielleicht war das ja ein Zugvogel-Wandler.«

»Ihr liegt leider falsch«, sagte Bridger. »Ich merkte schnell, dass die Bedienung – eine hübsche junge Frau – mich aus dem Augenwinkel immer wieder anschaute. Offenbar hatte sie auch gemerkt, was es mit mir auf sich hatte. Nachdem sie meine Bestellung gebracht hatte, blieb sie einen Moment lang an meinem Tisch stehen. ›Und, was bist du?‹, fragte ich sie leise, doch sie schaute mich nur feindselig aus bernsteinfarbenen Augen an. ›Das geht dich gar nichts an‹, meinte sie. ›Trink dein Bier aus und hau ab.‹ Das machte mich natürlich erst recht neugierig.«

»Vielleicht war sie ein Skorpion, es gibt in der Wüste ziemlich viele davon, habe ich gehört«, meldete sich Holly zu Wort.

»Ich meinte nur: ›Ganz easy, du hast keinen Grund, mich

rauszuschmeißen. Hast du schlechte Erfahrung mit unsereins gemacht?‹ Sie funkelte mich an. ›Allerdings. Aber die Menschen sind auch nicht besser. Früher hatten sie noch Respekt vor uns, sie haben uns verehrt, verdammt noch mal! Weil sie wussten, dass wir besondere Fähigkeiten haben und ihnen überlegen sind. Und heute sind wir Dreck für sie. Aber ich wette, sie hätten wieder Respekt vor uns, wenn sie nur wüssten, wer wir wirklich sind. Jemand sollte ihnen das sagen. Ich vielleicht.«

Ich musste schlucken. Diese Wut, dieser Hass, dieses Überlegenheitsgefühl ... all das erinnerte mich sehr an Andrew Milling. Wahrscheinlich um neue Verbündete zu gewinnen, hatte er in letzter Zeit oft betont, dass Woodwalker praktisch alles besser können als Menschen. Dass wir uns von Wesen, die nur über eine und nicht mal eine besonders starke Gestalt verfügten, nichts bieten lassen müssten. Diese Botschaft hatte bei seinen Anhängern leider begeisterten Anklang gefunden.

Nicht sehr nett, diese Frau, sagte Juanita vorwurfsvoll von der Zimmerdecke aus. *Ich hoffe, Sie haben ihr das Bier übergeschüttet.*

Sí! Ist manchmal einziger Weg, wie man Leuten was kann erklären!, bekräftigte Ignacio neben ihr.

James Bridger zog die Augenbrauen hoch. »Es war keine gute Marke, aber wenigstens kalt. Nein, ich habe versucht, weiter mit ihr zu reden. Denn diese Bemerkung hat mir Sorgen gemacht. Ihr wisst ja, es hätte ziemlich heftige Folgen, wenn die Menschen von uns Woodwalkern erfahren würden. Und diese Frau hatte anscheinend Lust, dieses Geheimnis zu verraten.«

Gespannt lauschten wir. Ich war sehr neugierig darauf, als was für eine Wandlerin sie sich schließlich herausgestellt hatte.

»Was haben Sie dann gemacht?« Selbst Jeffrey schien interessiert.

»Den Rest des Abends habe ich versucht, sie auszuhorchen. Aber es war leider ein kurzer Abend, denn als ich mein Bier ausgetrunken hatte, hat sie ihre Drohung wahr gemacht und mich rausgeworfen. Eigentlich hatte sie dazu kein Recht, doch sie hat gegenüber den Truckern behauptet, ich hätte ihr ein unanständiges Angebot gemacht. Daraufhin haben die mitgeholfen, mich aus dem Lokal zu befördern.«

Entsetzt-fasziniertes Kichern in der Klasse.

»Ihre Bemerkung hat mir keine Ruhe gelassen, am nächsten Tag schon bin ich zurückgekommen, um noch einmal mit ihr zu reden«, erzählte James Bridger weiter. »Aber da hatte sie schon gekündigt und war über alle Berge. Ohne eine Adresse zu hinterlassen. Ihr Name war angeblich May, aber ich wette, das war ein falscher. Leider konnte ich ihre Witterung nicht identifizieren, sie trug ziemlich viel Parfüm.«

»Aber Sie haben sie bestimmt wiedergesehen, oder?«, fragte Domino.

James Bridger schüttelte den Kopf. »Das Ganze ist nun drei Jahre her, doch diese Begegnung ist mir seither nicht aus dem Kopf gegangen.«

»Und Sie haben nie herausgefunden, was für eine zweite Gestalt sie hatte?« Ich war enttäuscht von dieser Geschichte. Zu Anfang war sie noch ganz interessant gewesen, aber einen richtigen Schluss hatte sie nicht. Jetzt saßen wir da mit unserer Neugier und konnten herumrätseln, bis uns das Fell ausfiel. Und das, nachdem ich unseren Gästen aus Südamerika angekündigt hatte, wie toll seine Geschichten waren!

»Falls ihr diese Frau jemals seht, dann sagt mir bitte Bescheid, mir oder einem anderen Lehrer«, meinte James Bridger und nahm die Füße vom Schreibtisch. »Ich habe immer noch das Gefühl, dass sie gefährlich sein könnte. Sie war ungefähr einen halben Kopf kleiner als ich, hatte blonde Locken und ein eher rundes Gesicht mit einem kleinen Mund. Aufgefallen sind mir mehrere kleine dunkle Flecken rechts und links von ihrer Nase.« Er gab eine Bleistiftzeichnung der blonden Frau herum, die er anscheinend selbst angefertigt hatte. Mr Bridger konnte erstaunlich gut zeichnen, das hatte ich noch nicht gewusst. Ich betrachtete das Bild und prägte mir die Gesichtszüge ein. Würde ich sie erkennen, falls ich sie mal traf?

»Eine Kopie der Zeichnung hängt ab sofort an der Pinnwand vor meinem Büro«, verkündete James Bridger zum Abschluss. »Dann könnt ihr noch mal vergleichen, wenn ihr bei jemandem nicht sicher seid. Vielen Dank fürs Augen-offen-Halten.«

Am Gemurmel in der Klasse merkte ich, dass auch die anderen Schüler irritiert waren. Immerhin, danach wurde es noch ganz interessant – wir diskutierten, wie man herausfinden konnte, mit was für einem Wandler man es zu tun hatte und wie man damit umgehen sollte, wenn ein fremder Woodwalker einem feindselig gegenübertrat.

»Also, ich fand die Geschichte von Mr Bridger nicht so besonders«, meinte Manuel, als wir uns nach der Schule in den Aufenthaltsbereich setzten, um noch ein bisschen zu chillen.

»Sie war wichtig«, meldete sich Domino zu Wort. »Diese Frau … echt gruselig. Er musste uns vor ihr warnen.«

»Wahrscheinlich schon.« Schlecht gelaunt, zuckte ich die Schultern und setzte mich an einen der Computer.

Momente später fühlte ich mich, als hätte der Blitz in mich eingeschlagen. Ich hatte eine weitere verschlüsselte Mail bekommen! Sie kam wieder von einem anderen Absender, aber ich erkannte den Code auf Anhieb.

Sofort sprang ich auf, rannte in Frankies Zimmer und holte das Buch, um die Botschaft zu entschlüsseln.

Aber das war ein schwerer Fehler, denn dadurch wurden die anderen aufmerksam auf das, was ich machte. »Ah, wieder euer Spiel«, meinte Manuel und spähte mir neugierig über die Schulter. »Was schreibt euer Freund denn diesmal?«

Mir wurde ganz kalt. Nein, das hier war kein Spiel. Frankie war in einer riskanten Lage, und wenn einer von Millings Leuten Verdacht schöpfte, wo er war und was er machte, dann war vermutlich sein Leben in Gefahr.

Beiläufig schlug ich das Buch zu. »Ach nichts«, erwiderte ich und begriff zu spät, dass dies die falsche Antwort gewesen war. Viel zu ausweichend. Und genau dadurch verdächtig.

»Soso«, sagte Manuel mit einem charmanten Lächeln und sein Blick glitt viel zu lange über den Bildschirm und den Ausdruck der Mail, den ich gerade zusammenfaltete. »Ihr habt wirklich 'ne Menge komischer Spiele. Das mit eurer Ameisen-Wandlerin und der Polizeistation zum Beispiel habe ich noch nicht ganz kapiert – lasst ihr euch manchmal zum Spaß verhaften?«

»Sag mal, habt ihr eigentlich schon unser Baumhaus entdeckt?«, mischte sich in diesem Moment Holly ein, die natürlich gesehen hatte, dass ich mich bedrängt fühlte. »Es ist echt nussig. Kommt mit, ich zeig's euch.«

»Oh ja, bitte«, sagte Domino glücklicherweise und King schob nach: »Ein Baumhaus? Wow, habt ihr das selber gebaut?«

Dankbar für die Ablenkung, machte ich mich daran, den Code zu entschlüsseln. Mit einem mulmigen Gefühl las ich, was er diesmal geschrieben hatte.

HI, LEUTE,

LEIDER LÄUFT'S HIER NICHT SONDERLICH GUT. ICH FÜRCHTE, ICH HABE KURZ GESTUTZT, ALS ANDREW MILLING DIE CLEARWATER HIGH ERWÄHNT HAT, UND DANN DÄMLICHERWEISE BEHAUPTET, DIE SCHULE NICHT ZU KENNEN, ALS ER MICH DRAUF ANGESPROCHEN HAT. HAB FÖRMLICH GESEHEN, WIE ER MISSTRAUISCH GEWORDEN IST, DENN ANSCHEINEND HAT HIER JEDER SCHON MAL DAVON GEHÖRT. BESSER, ICH MACHE MICH SEHR BALD AUS DEM STAUB, BEVOR ER IRGENDWOHER ERFÄHRT, DASS DORT EIN OTTER VERMISST WIRD. ICH HABE EINEN PLAN, WIE ICH DURCH DIE KANALISATION VIELLEICHT ZUM FLUSS KOMMEN KÖNNTE. WENN ICH ERST MAL DORT BIN, HABE ICH EINE CHANCE. ÜBRIGENS ARBEITEN VON DIESEN BÜROS AUS ÜBER HUNDERT SCHLANGEN UND ALLIGATOREN FÜR MILLING! SOWEIT ICH BISHER HERAUSFINDEN KONNTE, HAT ER MINDESTENS ACHT STÜTZPUNKTE ÜBERALL IN DEN USA. BEVOR ICH ABHAUE, VERSUCHE ICH, IN ERFAHRUNG ZU BRINGEN, WANN DER GROSSE TAG STATTFINDEN SOLL, BISHER WEIß ICH NUR, DASS ES IM SOMMER SEIN WIRD. WÜNSCHT MIR GLÜCK!

EUER FRANKIE

Im PS gab er Millings Adresse in New Orleans durch.

Das mit den Stützpunkten musste ich irgendjemandem mitteilen und die Lehrer mussten wissen, dass Frankie noch lebte. Doch gleichzeitig warnte ein Instinkt mich davor, diese Informationen zu offenbaren, solange unser Freund in dieser Lage war. Je weniger Leute im Moment davon wussten, wo er sich befand, desto besser.

Ich fühlte mich furchtbar hilflos. Ob unsere Idee mit der Drohne besser war als sein Plan, über den Fluss zu fliehen? *Sei vorsichtig,* schrieb ich ihm zurück. *Wir brauchen dich hier, Pelzwurst!* Dann erklärte ich ihm den Plan mit der Drohne.

Die Antwort kam schnell. *Bin nicht sicher, ob das klappen kann. Ich versuche erst mal das mit dem Fluss, aber könnte die Drohne für alle Fälle morgen um neun Uhr hier auf dem Dach sein? Da machen Millings Leute ihre tägliche Videokonferenz mit allen Kommandeuren und sind abgelenkt.*

Eins war klar, sehr bald würde sich entscheiden, ob es unserem Otter-Freund gelingen würde, heil zur Clearwater High zurückzukehren.

»Es wird schon klappen«, versuchte mich Lou zu trösten, als ich ihr und meinen anderen Freunden von Frankies neuster Botschaft erzählte und Lou Ort und Zeit für die Drohnen-Rettung durchgab. »Wieso hat er gemeint, er sei nicht sicher, ob das mit der Drohne klappen kann?«

Ich grinste schief. »Er hat Flugangst, vielleicht deshalb – weißt du nicht mehr, wie er sich auf dem Weg nach Costa Rica aufgeführt hat?«

»Stimmt!« Lou verdrehte die Augen.

»Jetzt kommt es erst mal darauf an, dass er nicht zu viele schlechte Witze auf Kosten von Millings Leuten reißt«, meinte ich.

»Das wäre doch gar nicht verkehrt, vielleicht wird er dann rausgeworfen«, antwortete Lou und versuchte ein Lächeln.

Hoffentlich schöpfte Andrew Milling keinen Verdacht, wer da in seinem Hauptquartier arbeitete!

Drei hohe Tiere

Beim Abendessen sah ich meinen Vater am Lehrertisch sitzen und mit Bill Brighteye und Amelia Parker plaudern, der Mops-Wandlerin, die Sei dein Tier und Kunst unterrichtete. Als er meinen Blick bemerkte, lächelte Xamber mir zu und deutete auf seinen Fuß. *Heilt gut,* signalisierte er mir und ich lächelte zurück. Wir hatten noch nicht viel Zeit miteinander verbracht, seit er hier war, aber es war trotzdem schön, ihn in der Nähe zu wissen und einfach ein paar Worte mit ihm wechseln zu können, wenn ich wollte.

Als wir gemeinsam am Buffet standen und gerade niemand sonst in der Nähe war, fragte mein Vater leise: »Ich habe gehört, du bist heute Nacht in geheimer Mission unterwegs?«

»Du weißt davon?«, fragte ich erstaunt. Eigentlich war geheim ja geheim!

Er zog die Augenbrauen hoch. »Deine Schulleiterin hat mich um Erlaubnis gefragt, scheint ja eine große Sache zu sein. Blamier die Familie nicht und pass ein bisschen auf diese Miss Clearwater auf, ja? Vielleicht ist sie mal drauf angewiesen, dass jemand sie vor Feinden beschützt.«

»Mach ich«, versprach ich stolz. Solange sie in meiner Begleitung war, würde sie so sicher sein, wie eine große Raubkatze das nur hinbekam!

»Bereit?«, fragte mich Miss Clearwater nach dem Essen und

ich nickte. Der geheimnisvolle Rat ... ob er mir glauben würde? Oder man mir Fragen stellen würde, die ich nicht beantworten konnte?

Die ersten Kilometer gingen wir zusammen in Richtung Nordwesten – ich als Puma, sie als Mensch – und blieben nebeneinander. Ich lauschte und witterte angespannt in die Dunkelheit. Kein Feind würde sich uns unerkannt nähern! Ich spürte die Kiefernnadeln unter meinen Pfoten und hörte Miss Clearwaters leichte Schritte, deren Schuhe auf vereisten Stellen knirschten.

Da, ein verdächtiges Rascheln im Unterholz! Sofort sprang ich vor Lissa Clearwater, um sie mit meinem eigenen Körper zu schützen, zeigte dem unsichtbaren Gegner meine Fangzähne und holte mit der Pranke aus, um ihn zu erledigen.

Miss Clearwater lachte. »Ich glaube, du hast gerade jemanden schwer beeindruckt.«

Eine winzige Hirschmaus tauchte hinter einem Stein auf, die Öhrchen hochgereckt, die Pfötchen um irgendeinen fressbaren Brocken geklammert. Einen Moment lang glotzte sie uns entgeistert an, dann machte sie sich davon, so schnell sie konnte.

Äh, ich war nicht sicher, ob das vielleicht ein Spion ist, murmelte ich verlegen.

Stimmt, man kann nicht vorsichtig genug sein, erwiderte unsere Schulleiterin ernsthaft.

Wo ist eigentlich der Sitz des Rates, falls er einen hat?, fragte ich, auch um ein bisschen von dem peinlichen Zwischenfall abzulenken.

Ja, er hat einen, aber der Ort ist geheim, erzählte sie mir. *Vielleicht wirst du ihn irgendwann sehen, der Mittelpunkt ist ein niedriger, runder Tisch mit zehn Sitzgelegenheiten. Es ist üblich, dass die Ratsmitglieder sich in ihrer zweiten Gestalt treffen, deswegen haben die Liege- und Sitzpolster ganz verschiedene Größen, manche sind an den Körper einer Maus angepasst, andere eignen sich für einen Hirsch oder einen Dachs. Ein Bassin für Wassertiere steht natürlich auch zur Verfügung. Für mich gab's damals, als ich noch Ratsmitglied war, eine sehr bequeme Sitzstange.*

Die letzte Etappe flog sie als Adlerin, während ich ihr am Boden folgte. Schließlich stieß Lissa in einer Waldgegend vom Himmel herab, setzte sich auf einen Ast und faltete die großen Schwingen zusammen. *Sie werden jeden Moment da sein,* sagte sie und ich ließ mich auf dem Boden nieder. Ein leichter Wind verfing sich in meinem Fell.

Dann warteten wir in der Dunkelheit. Ich war sehr aufgeregt, versuchte aber, es mir nicht anmerken zu lassen.

Erst stieg mir ihre Witterung in die Nase, denn sie näherten sich absichtlich mit dem Wind. Dann erfassten meine Augen ihre Silhouetten im Mondlicht, schließlich sah ich sie aus der Nähe.

Sie waren zu viert. Einer von ihnen war in Menschengestalt. Das zweite Ratsmitglied war ein Fuchs, der sich ein wenig steif bewegte, und der dritte eine Ratte, die mich aus kleinen dunklen Augen misstrauisch anblickte. Vierte im Bunde war eine junge schwarze Wölfin, aus der ich nicht recht schlau wurde. Die war höchstens so alt wie ich, konnte die ein Ratsmitglied sein?! Sie hechelte vergnügt und musterte mich.

Ich wusste nicht so recht, was ich tun sollte. Einfach »Hallo« sagen? Mich verbeugen? Schließlich senkte ich einfach nur den Kopf und wartete darauf, dass die Ratsmitglieder das Wort ergriffen. Sie begrüßten erst Lissa Clearwater.

Schön, dich wiederzusehen, Lissa, sagte der Fuchs und seine Mundwinkel schienen sich zu einem Lächeln zu verziehen. *Ich wünschte, du würdest wieder in den Rat eintreten, wir könnten dich sehr gut gebrauchen.*

Zu viel zu tun, David, so eine Schule leitet sich nicht von selbst, erwiderte Lissa Clearwater. In ihrer Stimme klangen Freundschaft und Respekt mit.

Der Woodwalker in Menschengestalt lächelte mich an. Er war noch jung, hatte einen dichten Schopf dunkler Haare und ein verschmitztes Lächeln. »Kommt, jetzt lasst uns erst mal unseren Ehrengast begrüßen. Er fühlt sich bestimmt wie bei einer Abschlussprüfung.«

Der Fuchs wandte sich mir zu und blickte mich mit seinen klugen Augen an. *Du hast natürlich recht, Farryn. Entschuldige, Carag. Danke, dass du hergekommen bist. Mein Name ist David Johnson, die Menschen kennen mich als Anwalt aus Salt Lake City. Ich bin jetzt seit zwei Jahren Vorsitzender des Rates und habe außerdem die zweifelhafte Ehre, das zweitälteste Ratsmitglied zu sein.*

Ich, äh, freue mich sehr, stammelte ich und senkte den Kopf in einer, wie ich hoffte, respektvollen Geste.

»Na, dann mache ich gleich mal weiter.« Der Woodwalker in erster Gestalt ließ sich im Schneidersitz auf dem Boden nieder. »Farryn García. Aufgewachsen bin ich als Delfin, zurzeit arbeite ich an der *Blue Reef Highschool* und unterstütze Jack Clearwater dabei, all diese Wasser-Wandler zu bändigen.«

Sie sind ein Delfin?, entfuhr es mir. Ich konnte kaum fassen, was für ein Risiko dieser Mann einging, um hier zu sein und mich zu treffen. Woodwalker, die Wassertiere waren, mussten ihre Gestalten perfekt im Griff haben ... wenn sie sich an Land versehentlich verwandelten, war das ihr Todesurteil.

Jetzt erst kroch das dritte Mitglied des Rates näher heran und witterte misstrauisch nach rechts und links. Ich sah, dass das Fell der Ratte vernarbt war, sie schien schon den ein oder anderen Kampf hinter sich zu haben. *Ennia Sandras aus Los Angeles,* stellte sie sich vor. Die Frauenstimme, die ich in meinem Kopf hörte, klang nüchtern, fast kühl. *Ich bin im Rat für die Sicherheit zuständig.*

Schön, dass Sie kommen konnten, sagte Lissa Clearwater höflich und ich war froh, dass sie bei mir war. Diese Rattenfrau war mir irgendwie unheimlich.

Die schwarze Wölfin hatte sich bisher zurückgehalten, doch jetzt tappte sie nach vorne. *Hi, ich bin Sierra,* sagte sie ... und stolperte über die Rattenfrau, die aufquiekte. Vor Schreck sprang die junge Wölfin mit allen vier Pfoten in die Höhe. *Ups, sorry, Mrs Sandras!*

Mit seinen Pfoten umzugehen, ist Glückssache, brummte die Rattenfrau und strafende Blicke von allen Seiten trafen die junge Wölfin. Doch die Zurechtweisung schien ihr nicht viel auszumachen. Mit hellwachen Augen, aus denen die Intelligenz leuchtete, blickte sie mich an. *Ähm, was ich sagen wollte, ich bin die Tochter des Delegierten aus Kalifornien. Hin und wieder arbeite ich für den Rat, deshalb durfte ich heute mit. Echt cool, dich kennenzulernen!*

Ich mochte Sierra sofort, obwohl sie eine Wölfin war. *Hi,* gab ich zurück und wandte mich wieder den Ratsmitgliedern zu. *Sie sind wirklich alle wegen mir hier? Wegen meinem Vorschlag, wie wir den Menschen helfen können?*

Das konnte ich mir noch nicht wirklich vorstellen, es klang, als würde ich mir das alles nur einbilden.

David Johnson lachte leise. *Du unterschätzt deine Bedeutung für uns, Carag. Du bist der einzige mir bekannte Woodwalker, der schon zweimal gegen Andrew Milling gekämpft hat ... und das überlebt hat. Und auch über seinen ersten Offizier Julian Goodfellow weißt du deutlich mehr als wir alle zusammen. Wir waren sehr neugierig darauf, dich kennenzulernen.*

»Das stimmt«, mischte sich Farryn García ein. »Dein Vorschlag, Woodwalker-Gruppen zu gründen, die die Menschen unterstützen, hat uns sehr gut gefallen. Er ist zwar kein Weg, wie man diese Anschlagsserie stoppen kann, aber zumindest ein kleiner Lichtblick in dieser Situation, die gerade zunehmend schlimmer wird.«

David Johnson sagte: *Übrigens haben wir durch das, was du im Hauptquartier mitgehört hast, geschafft, ein paar von Millings Führungskräften in anderen Teilen des Landes zu identifizieren.*

Aufregung durchflutete mich. *Habt ihr sie verhaften lassen?*

Nein, absichtlich nicht. Wir lassen sie beobachten und hoffen, dass wir dadurch Hinweise bekommen, was dieser Puma-Wandler vorhat.

Die Rattenfrau sagte nichts. Sie beobachtete mich nur unablässig. Ich konnte ihre Augen auf mir spüren, selbst wenn ich nicht in ihre Richtung blickte. Ganz bewusst musste ich verhindern, dass sich mein Fell sträubte. Ein Puma, der sich wegen einer Ratte Sorgen machte? Das war unter meiner Würde. Außerdem war sie ein Ratsmitglied, vielleicht schon seit Jahren.

Wie schätzt du diesen Goodfellow ein, diesen Tripel-Wandler?, wollte David Johnson wissen. *Soweit wir herausbekommen haben, lässt ihn Milling inzwischen den ganzen Westen kommandieren, Milling selbst konzentriert sich auf Süden und Südwesten.*

Eine Fliege setzte sich auf Johnsons spitze Schnauze und kitzelte seine Tasthaare, ihm entfuhr ein Niesen. Zum Glück war es keine Wespe gewesen.

Goodfellow wirkt nett und gemütlich, ist aber hinterhältig und hat keine Hemmungen, jemanden zu verletzen, erwiderte ich und begann, ausführlich zu erzählen. Sierra, die junge Wölfin, vergaß fast zu atmen, während sie zuhörte.

Mr Johnson, könnte der Rat das Revier dieses Mr Goodfellow kaufen, das in Gefahr ist?, fragte sie den Fuchs-Wandler. *Dadurch könnten wir ihn vielleicht auf unsere Seite ziehen.*

Johnson nickte beifällig. *Auf jeden Fall, wir wollen ja auch nicht, dass diese Wildnis zerstört wird.*

Es kamen noch sehr viele Fragen, ich wurde gnadenlos in die Mangel genommen.

Doch ich hatte auch ein paar eigene Fragen … sehr wichtige sogar. *Was glauben Sie, was all diese Anschläge und Sabotageaktionen bewirken sollen?*

David Johnson war es, der als Erster antwortete. Seine Stimme klang nachdenklich. *Ich glaube, diese Aktionen dienen Milling dazu, seine Leute zu trainieren. Verlässliche Teams zu schaffen, die gut zusammenarbeiten. Damit sie so weit sind, wenn es richtig ernst wird.*

Zum ersten Mal nahm Ennia, die Ratten-Wandlerin, am Gespräch teil. *Wir wissen leider nicht genau, wie viele Woodwalker er insgesamt auf seiner Seite hat. Wir schätzen, es sind etwa fünfzehntausend allein in Nordamerika, verteilt auf mittelgroße, sehr bewegliche Kampfgruppen.*

Das klang nicht gut. Aber ich zwang mich, ruhig zu bleiben. *Was kann der Rat denn tun, um ihn zu stoppen? Hat der Rat eine eigene Armee?*

Nein, mischte sich Lissa Clearwater mit ihrer ruhigen, ausgeglichenen Stimme ein. *Das nicht. Aber er hat Mittel und Wege, um ernste Bedrohungen zu bewältigen. Mittel, die selbst Andrew Milling nicht kennt.*

Ich kämpfte mit mir. Sollte ich jetzt offenbaren, dass wir mit unserem Otter Frankie anscheinend mehr durch Zufall jemanden in Millings Organisation eingeschmuggelt hatten?

Durch ihn wusste ich schon, wie viele Stützpunkte Milling in Nordamerika hatte und dass einer von ihnen sich in New Orleans befand. Bestimmt konnte er noch mehr herausfinden. Doch durfte ich diesen Leuten wirklich trauen? Zumindest die Ratte war mir nicht ganz geheuer. Wenn jemand das mit Frankie weitererzählte, war sein Schicksal besiegelt. Besser, wir hielten den Mund, bis er wieder da war. Dann konnten wir die Information immer noch weitergeben.

Farryn Garcia wandte mir mit geschlossenen Augen das Gesicht zu. »Wieso bist du misstrauisch?«, fragte er. »Und bitte verschweig uns nichts. Die Sache ist zu wichtig.«

Erschrocken wurde mir klar, dass er ein sehr starker Gedankenleser war. Unwillkürlich blockte ich ab. Vielleicht hätte er es trotzdem geschafft, in meinen Geist vorzudringen, doch das wäre ein verbotener Angriff gewesen. Er versuchte es nicht.

Carag hat gesagt, was er zu sagen hatte. Miss Clearwaters Stimme in meinem Kopf klang kräftig und entschieden. *Mit dem, was er bisher getan hat, hat er unser Vertrauen mehr als verdient.*

Ich war sehr dankbar, dass sie mich verteidigte.

Eins ist klar. David Johnson, der Fuchs-Wandler, hatte wieder das Wort ergriffen. *Du bist für uns ein wichtiger Verbündeter, Carag. Wir werden sofort beginnen, solche Wir-helfen-Menschen-Clubs wie deinen im ganzen Land anzuregen.*

Sierra, die schwarze Wölfin, blickte mich mit leuchtenden Augen an. *Ich mach auf jeden Fall mit. Kann ich dir sonst noch irgendwie helfen?*

Ich war skeptisch. Sie war noch so jung, bei was sollte sie mich unterstützen können?

Sierra schien meine Bedenken zu spüren. *Nee, ich bin nicht nur das Töchterchen, das Daddy mal zur Arbeit mitgenommen hat. Ich habe schon ein paar Fälle für den Rat gelöst, so was macht mir Spaß. Als Mädchen und Wölfin Spuren suchen und nachgraben, bis ich etwas gefunden habe. Und damit meine ich keine Hirschkeule von der letzten Jagd!*

Ich musste lächeln. *Okay,* sagte ich spontan, während sich die anderen Ratsmitglieder noch untereinander unterhielten. *Wir haben versucht, etwas über jemanden oder etwas namens Arula herauszufinden, anscheinend sucht Andrew Milling danach, es ist ihm wichtig. Aber wir sind noch nicht richtig weitergekommen damit. Arula hat anscheinend irgendeinen Bezug zu Kalifornien. Könntest du vielleicht nachforschen? Ich weiß nicht, ob der Rat sich dem wirklich intensiv widmen kann.*

Klar, mach ich gerne, erwiderte Sierra sofort und wedelte so eifrig, dass ihr pelziger Schwanz David Johnson eine Gesichtsmassage verpasste. *Oh nein, das tut mir leid, Mr Johnson!*

Missmutig spuckte der Ratsvorsitzende ein paar Haare aus. *Halb so wild.*

Total nett von dir, sagte ich zu Sierra und gab ihr meine E-Mail-Adresse und Telefonnummer, damit wir in Kontakt bleiben konnten.

Damit endete das Treffen und die drei Ratsmitglieder verschwanden mitsamt ihrer jungen Begleiterin so lautlos, wie sie gekommen waren.

Auf dem langen Heimweg erzählte ich Miss Clearwater, die hoch über mir flog, mit Verspätung von Frankie und seinen Nachrichten. *Wir waren erst nicht sicher, ob er es wirklich ist oder ob sich jemand einen Spaß erlaubt. Aber inzwischen glauben wir, dass die Botschaften echt sind. Frankie ist in Millings Stützpunkt in New Orleans, also im Süden.*

Eine Welle starker Erleichterung flutete mir aus Lissa Clearwaters Richtung entgegen. *Er lebt? Das sind wunderbare Nachrichten! Ich konnte nicht aufhören, an ihn zu denken, und seine Mutter hat weder geschlafen noch gegessen, seit er verschwunden ist.*

Ich balancierte eine Pfote vor der anderen über einen umgestürzten Baum und zwängte mich durch ein Gebüsch. *Jetzt muss er aber erst mal heil da rauskommen,* rechtfertigte ich mich. *Ich dachte, je weniger Leute davon wissen, desto besser. Sie haben mir ja mal erzählt, dass Andrew Milling Einfluss im Rat hat. Das würde ja bedeuten, dass man dem Rat nicht alles anvertrauen darf, oder?*

Ein Seufzer drang zwischen den Wolken hervor. *Ja, das stimmt leider. Aber nun weiß der Rat, dass du ihm etwas verschweigst. Wenn wir Pech haben, vertrauen sie dir nun nicht mehr. Ich hätte dich warnen sollen, dass Farryn sehr viel spürt, er ist der stärkste Gedankenleser im Rat.*

Ich hatte keinen guten Eindruck gemacht. Das war ein mieses Gefühl.

Sobald Frankie da raus ist, kann ich dem Rat ja alles erzählen und mich entschuldigen, meinte ich verlegen.

Keiner von uns fügte hinzu: Falls er da rauskommt.

Aber insgeheim dachten wir es beide.

Frankie in Not

Als ich heimkam, schnarchte Brandon, leise schnorchelnd, vor sich hin. Dafür war King auf seinem Feldbett noch wach, er war in seiner Jaguargestalt. *Ist dein Freund beim Schlafen immer so laut?*, erkundigte er sich.

Ach, das ist noch gar nichts, meinte ich.

Wo warst du eigentlich? King gähnte. *In drei Stunden wird es schon wieder hell.*

Ich zögerte nur kurz, dann vertraute ich meinem Instinkt und gab ihm eine ehrliche Antwort. *Treffen mit dem Rat. Wir überlegen, wie wir Andrew Milling daran hindern können, seine Anschläge gegen die Menschen fortzusetzen.*

Der junge Jaguar-Wandler schwieg lange und mir fiel ein, dass er den größten Teil seines Lebens im Zoo verbracht hatte. Auf Menschen war er sicherlich nicht gut zu sprechen.

Doch King überraschte mich. *Glaubst du wirklich, das, was Milling macht, ist der falsche Weg?*

Ich nickte in der Dunkelheit, weil ich wusste, dass er mich ebenso gut sehen konnte wie ich ihn. *Zum Hass aufzustacheln und Angst zu verbreiten, ist immer falsch, finde ich.*

Vielleicht hast du recht, erwiderte King und ich freute mich. Zum ersten Mal war er von seinem besten Freund Manuel getrennt und dadurch gezwungen, selbst nachzudenken. Das war gut für ihn!

Um neun Uhr am nächsten Tag war ich im Unterricht komplett nutzlos. Ich konnte nur an Frankie denken. War die Drohne gerade gelandet? Hatte es geklappt, ihn wegzubringen aus dem Stützpunkt? Oder war er schon vorher über den Fluss abgehauen? Dann würde er sich bestimmt bald melden.

In der großen Pause steckten Lou, Henry, Brandon, Holly und ich die Köpfe zusammen. »Was gibt's Neues?«, flüsterte Brandon.

Lou sah blass aus. »Die Drohne ist wie vereinbart zum Treffpunkt geflogen ... aber Frankie war nicht da.«

»Das kann heißen, dass er durch die Kanalisation geflutscht ist und jetzt im Fluss nach Norden schwimmt«, sagte Henry.

»Oder dass diese vierbeinige Pestbeule namens Milling ihn dabei erwischt hat«, meinte Holly und schaute hoch zur Sonne. »Jetzt ist es ungefähr elf. Noch keine Nachricht von ihm? Hat einer von euch was bekommen?«

Wir schüttelten den Kopf. In meinem Bauch war ein scheußliches Gefühl. Lebte Frankie überhaupt noch?

Sogar den Unterricht meines Vaters ließ ich über mich ergehen, ohne mich irgendwie zu beteiligen. Ich war so durcheinander, dass ich mich kein einziges Mal meldete. Jeder andere Schüler meiner Klasse war besser in Elchisch als ich, sogar die Ticos, die noch nie einen Elch gesehen hatten. In meinen Kopf passte nur ein Gedanke: War Frankie die Flucht gelungen?

Gegen Mittag kam endlich wieder eine Botschaft. Sie klang sehr beunruhigend.

FLUCHTVERSUCH HAT NICHT GEKLAPPT. BIN IN EINER RÖHRE STECKEN GEBLIEBEN UND BEINAHE ERTRUNKEN. MILLING IST MISSTRAUISCH. MUSS

DRINGEND HIER WEG. KÖNNTE MIT VIEL GLÜCK IN ZWEI STUNDEN NOCH MAL AUFS DACH. 14 UHR DROHNE? WENN DAS SCHIEFGEHT, HAB ICH NUR NOCH EINE IDEE, EINE ZIEMLICH BESCHEUERTE.

»Eulenkacke«, sagte ich. »Bekommen deine Kontaktleute das so schnell hin, Lou?«

Lou hängte sich sofort ans Telefon, um alles zu organisieren. Jetzt hieß es wieder warten. Am Nachmittag hatten unsere Lehrer für die Gäste und uns einen Ausflug in den Yellowstone-Nationalpark organisiert und um 14 Uhr war ich gerade dabei, meinen Rucksack zu packen. Jemand klopfte an Brandons und meine Zimmertür, Lou stand davor. Mein Herz schlug schneller, als ich sie sah, doch ihre düstere Miene machte mir Sorgen.

»Hast du was von Frankie gehört?«, fragte ich sie beunruhigt.

Als sie zögerte, wusste ich, dass es schlechte Nachrichten gab. »Er war wieder nicht am Treffpunkt«, berichtete sie. »Ich mache mir wirklich Sorgen.«

»Frankie hat gesagt, dass er noch eine andere Idee hat«, versuchte ich, sie zu trösten.

Brandon verzog das Gesicht. »Aber wenn er schon selbst sagt, es ist eine bescheuerte Idee …«

»Wir müssen Miss Clearwater Bescheid geben«, knurrte ich.

Und genau das taten wir.

Sie griff direkt zum Telefonhörer und gab der Polizei die Adresse in New Orleans durch. »Es ist möglich, dass der von uns vermisste Schüler dort festgehalten wird. Wir haben einen anonymen Hinweis bekommen. Ja, ich weiß selbst, wie unwahrscheinlich das ist, aber wollen Sie lieber nichts tun?«

Als sie aufgelegt hatte, blickten wir uns eine Weile schweigend an. Dann sagte ich: »Wahrscheinlich passiert das Gleiche wie in der Sierra Lodge. Sie räumen die Bude rechtzeitig, weil sie den Ärger schon gewittert haben.«

»Wenn auch nur die geringste Chance besteht, Frankie freizubekommen, dann hat sich der Aufwand gelohnt«, sagte Miss Clearwater und schickte uns zurück in unsere Zimmer.

Hoffentlich lenkte mich der Ausflug nach Yellowstone ein bisschen von den schwarzen Gedanken ab!

Ich war sehr stolz auf den Yellowstone-Nationalpark, der sich nicht weit im Norden unserer Schule erstreckte. Mein ehemaliges Revier. Klar, dass ich gespannt wartete, welche Bemerkungen unsere Gäste machen würden, als wir sie zu einem Ausflug dorthin mitnahmen. Die meisten Ticos enttäuschten mich nicht, besonders als die Fontäne des Great-Fountain-Geysirs vor ihnen in den Himmel fauchte.

»Der Hammer!«, verkündete Estella so lautstark, dass ein paar Touristen zusammenzuckten.

Nein, der Vollhammer, korrigierte der kleine grüne Sittich auf ihrer Schulter.

»Supercool!«, fand Manuel, korrigierte das aber zu »Nee, superheiß!«, als er einen Spritzer abbekam.

»Cuidado! – Vorsicht!«, schrie Maria La Chamba, die Begleitlehrerin der Ticos. Gehorsam wichen ihre Schüler zurück.

Ein bisschen schade war, dass Alfredo trotz seiner dicken Brille nicht viel von den bunten Teichen mit dem heißen Schwefelwasser erkennen konnte. Angestrengt kniff er die Augen zusammen, rückte seine Basecap zurecht und schlurfte bis ganz an den Rand der Absperrung. »Riecht fies, aber was ich davon sehen kann, ist 'ne Weltsensation.«

Gelangweilt blickte Blanca sich um. »Ganz nett«, urteilte sie.

»Apropos nett.« Freundlich wandte sich Ameisenbär Alfredo

ihr zu. »Wann hattest du eigentlich vor, Trudy im Krankenhaus zu besuchen?«

»Wer ist Trudy?«

»Die Eule, die du gefressen hast!«, stieß Jeffrey hervor. Eine Handbewegung und sein Rudel sammelte sich um ihn. Fünf Augenpaare blickten das Kaiman-Mädchen feindselig an, fünf Oberlippen hoben sich zu einem Knurren. Nur bei Miro wirkte das eher niedlich als bedrohlich.

Holly stieß mich mit dem Ellbogen in die Seite und deutete auf Jeffrey. Ich nickte. Konnte es sein, dass ihm Trudy doch etwas bedeutete?

»Ja genau, die Eule«, ergriff Alfredo wieder das Wort. »Du besuchst sie doch, oder? Heute Nachmittag wäre ein sehr guter Zeitpunkt.«

Blanca wirkte trotzig. »Heute Nachmittag passt es mir nicht.«

»Ein sehr guter Zeitpunkt«, wiederholte Alfredo gelassen. »Gestern wollten die anderen schon dein Feldbett nach draußen in den halb verschneiten Wald tragen, weil niemand mit einer Beinahe-Mörderin in einem Zimmer schlafen wollte. Aber ich habe ihnen gesagt, Nein, tut das nicht, weil Blanca schließlich morgen diese Eule besucht, da muss sie doch genügend Schlaf bekommen und darf nicht die ganze Nacht frieren.«

Blanca überlegte es sich spontan anders mit dem Besuch.

»Das ist schön.« Alfredo bedachte sie mit einem Lächeln und schlurfte weiter.

Allmählich wurde mir klar, warum er Klassensprecher war.

Als wir zurückkamen, erwartete uns eine heftige Nachricht. Einer der örtlichen Fernsehsender berichtete, dass in Yellowstone Menschen verletzt worden waren. Ein Bretterweg, der über vulkanisches Gelände führte, war an manchen Stellen anscheinend von Tieren durchgenagt worden, und zwar über

Nacht und so raffiniert, dass man es nicht hatte erkennen können. Eine Familie aus New York war durchgebrochen in den heißen Schlamm und ihr Kind wurde mit Verbrühungen im Krankenhaus von Jackson Hole behandelt.

»Klingt nach einem neuen Anschlag«, sagte ich entsetzt. »Und direkt vor unserer Haustür! Wen er dafür wohl eingespannt hat?«

»Wahrscheinlich ein paar Biber«, warf Holly in die Runde, vielleicht um gar nicht erst den Verdacht aufkommen zu lassen, dass ein Hörnchen etwas so Schändliches tun könnte.

»Die armen Leute – wollen wir das Kind im Krankenhaus besuchen und aufheitern?«, schlug Domino vor und wir waren sofort dafür. Die Secret Ranger durften auch einfach mal nett zu Menschen sein.

»Ich hab schon eine voll gute Idee, wie wir das mit dem Aufheitern anstellen!«, rief Holly strahlend und ich ahnte Böses. Nicht immer stellten sich ihre Ideen als wirklich brauchbar oder ungefährlich heraus.

»Ich kümmere mich währenddessen um die Sicherheit auf den Straßen«, sagte Brandon und blickte herausfordernd in die Runde, wahrscheinlich wartete er auf blöde Kommentare. Doch wir hatten dazugelernt und hielten alle den Mund. Bis auf Maureen. Und die machte es genau richtig: »Oh bitte, darf ich mit?«, bettelte sie. »Straßen sind *fantástico!*«

»Ja okay«, meinte Brandon mit einem skeptischen Blick. »Aber du verwandelst dich nicht, okay? Es gibt hier in der Gegend keine Geier.«

»Ich komme auch mit ins Krankenhaus«, verkündete Jeffrey und wir starrten ihn alle an. Doch schließlich zuckte ich die Schultern. Trudy würde sich ganz sicher freuen, sie war schon seit einer Ewigkeit in ihn verknallt.

Chaos im Krankenhaus

Was wollen wir Trudy mitbringen?«, überlegte Holly. »Vielleicht ein gutes Buch?«

»Trudy würde vielleicht darauf nisten, aber es nicht lesen«, brummte Jeffrey. Ganz erstaunlich, was Jeffrey alles über dieses Mädchen wusste. Hatte er nur so getan, als würde er sie ignorieren, während sie ihn anhimmelte?

»Dann eben Blumen! Alle Mädchen lieben Blumen, oder?«, verkündete ich leicht verzweifelt. »Außerdem kommen wir an die leicht ran, die Wiese vor der Schule ist voll davon.«

»Eine ganze Menge hat Brandon schon abgefressen«, bemerkte Holly spitz.

»Na ja, nur drei oder vier ... höchstens fünf.« Brandon musterte intensiv einen Kieselstein auf dem Boden.

Nachdem wir vom Ausflug zurück waren, pflückte Holly einen schönen bunten Strauß. Dann quetschten wir uns alle in den Kombi der Clearwater High – Jeffrey, Blanca, Holly, Domino und ich.

»Was Trudy noch viel besser gebrauchen könnte als Blumen, wären ein paar Ersatzfedern für ihre zweite Gestalt«, brummte Theo. »Gerade fällt mir ein, es gibt hier in der Nähe einen Jagd-Shop, in dem eine ausgestopfte Waldohreule steht, also so eine wie Trudy ... Weiß einer von euch, welche Federn Trudy abgebrochen sind?«

Zum Glück hatte ich ein gutes Gedächtnis für solche Dinge. »Eine aus der linken äußeren Handschwinge, eine aus der mittleren Handschwinge, die Schwanzfeder links außen ...«

Wenige Minuten später hielten wir vor dem Jagd-Shop in einer Seitenstraße von Jackson. Ich und Holly kletterten heraus. Im Laden roch es widerlich, nach Waffenöl und Leder. Auf einem Regal thronte tatsächlich reglos eine Waldohreule mit ausgebreiteten Flügeln und gelben Glasaugen. Gruselig. Hoffentlich war das nicht Trudys Onkel Walter oder Tante Susanne oder so was. Mit meinem freundlichsten Lächeln ging ich zur Ladentheke, während sich Holly ein bisschen im Laden umsah.

»Haben Sie ein Winchester-Gewehr Kaliber 1,2?«, fragte ich ihn und er schaute mich stirnrunzelnd an. »Ein was? Was willst du damit machen, Elefanten erlegen?«

Fünf Minuten später zogen ich und Holly wieder ab. Wann der Ladenbesitzer wohl entdecken würde, dass seine Eule jetzt etwas gerupft aussah?

Zurück im Kombi zog Holly die Federn unter ihrem Sweatshirt hervor und ich steckte sie vorsichtig in eine Tüte, die ich in einer Ecke des Kombi gefunden hatte.

Dann klatschten wir uns ab.

»Sagt mal, was habt ihr denn noch so vor dort im Krankenhaus?«, fragte Jeffrey wie nebenbei.

Bevor ich sie daran hindern konnte, meinte Domino heiter: »Wir erledigen was für den Secret-Ranger-Club ... du weißt schon, um wettzumachen, dass Andrew Milling den Menschen schadet.«

Jeffrey sah aus, als hätte er sich versehentlich in eine Lache Marderpisse gesetzt. »Ihr macht was?«

»Wie ich schon sagte, wir werden ...«, begann Domino, doch dann fing sie meinen warnenden Blick auf und verstummte.

Das half leider nichts mehr, Jeffrey hatte schon begriffen, worum es ging. »Ihr Deppen«, knurrte er. »Ihr habt immer noch nicht kapiert, auf welcher Seite man stehen muss, wenn man auf der Gewinnerseite sein will, oder?«

»Auf deiner jedenfalls nicht«, erwiderte ich charmant und kurz darauf fuhren wir zum Glück vor dem *St. John's Medical Center* vor.

Kurz bevor Theo uns absetzte, verwandelte sich Holly. *Also, ich habe mir überlegt, wie wir das von Millings Leuten verletzte Kind aufheitern könnten. Ihr tut so, als hättet ihr mich trainiert, ich mache alle möglichen Kunststücke ...*

»... und die Kinder lachen sich schlapp, wenn die Krankenpfleger uns packen und rausschmeißen«, meinte ich. »Aber gut, einen Versuch ist es wert. Wir müssen dich nur irgendwie da reinkriegen, ohne dass uns jemand erwischt.«

Ich verstaute Holly unter meinem Hemd, worauf sie sich prompt beschwerte: *Sag mal, wann hast du das Ding eigentlich zuletzt gewaschen? Puh, riecht das nach Katze!*

»Schon klar«, murmelte ich und sehnte mich danach, mal wieder Fell zu tragen. Das musste man nur hin und wieder sauber schlecken und hatte nicht all diesen Ärger mit Kaufen, Waschen, Trocknen, In-den-Schrank-Tun und Überstreifen.

Nicht nur Blanca sagte kein Wort, auch

Jeffrey war verdächtig ruhig, und das gefiel mir nicht. Natürlich hatte er schon vorher von unserem Club erfahren, aber vielleicht war ihm nicht richtig klar gewesen, dass wir damit Millings Aktionen kontern wollten. Hoffentlich versuchte er nicht, uns zu sabotieren. Doch das Beste – dass es diese Clubs bald landesweit geben würde – wusste er nicht, er konnte nicht ahnen, dass ich eine Audienz beim Rat gehabt hatte.

Wieder einmal wandten sich meine Gedanken Frankie zu. Wieso hatte er uns nicht geschrieben, was für eine Fluchtidee er noch hatte? So konnten wir einfach nur abwarten und hoffen. Hollys und meine Blicke trafen sich, sie sah besorgt aus und ich ahnte, dass sie etwas Ähnliches dachte wie ich gerade.

Da ich das Krankenhaus durch die Besuche bei meinem Vater ziemlich gut kannte, übernahm ich die Führung und ging zur Anmeldetheke, um mich nach Trudys Zimmernummer zu erkundigen. Die anderen tappten mit neugierigen Blicken hinter mir her. Domino hielt mit vorgestrecktem Arm den Blumenstrauß von sich weg. »Äh, Carag ...«

»Wie war der Nachname des Mädchens noch mal?«, fragte die Frau an der Anmeldung und ausgerechnet jetzt musste sich Holly unter meinem Hemd mit der Hinterpfote am Ohr kratzen. Deshalb zischte ich Domino nur kurz zu: »Was?«

»Carag, ich glaube, ich bin ...«

»Zweiter Stock, Zimmer A206«, flötete die Frau.

»... gegen irgendwas in diesem Strauß allergisch! *Hatschi!*«

Eulendreck, Domino hatte beim Niesen die Kontrolle verloren – ihren Kopf zierten zwei hübsche schwarz-beige Ozelotohren!

Blanca reagierte unglaublich schnell. Sie riss Domino den Blumenstrauß aus der Hand, drehte ihn um und setzte ihn ihr hutmäßig auf den Kopf. Jetzt waren die Ohren nicht mehr zu sehen. Allerdings wirkte es seltsam, dass Domino jetzt einen ziemlich zerknickten Blumenstrauß auf dem Kopf trug, dessen Stängel aus ihren dunklen Haaren in die Höhe ragten. Die Frau an der Anmeldung betrachtete uns mit großen, beunruhigten Augen. Wahrscheinlich würde sie bei unserer nächsten falschen Bewegung einen Arzt rufen, der für Gehirnkrankheiten zuständig war.

Domino schenkte ihr ein beruhigendes Lächeln und wir wieselten an der Theke vorbei zur Treppe.

»Danke!«, sagte ich zu Blanca. Man konnte über sie denken, was man wollte – diesmal hatte sie uns gerettet.

Jeffrey feixte. Wenn es nach ihm ging, konnte unser Besuch hier gerne eine Katastrophe werden. Dann würde er Andrew Milling berichten, dass meine Versuche, eine Gegenbewegung zu seinen Anschlägen aufzubauen, einfach nur jämmerlich waren.

Zwei Aufheiterungen

Trudy wirkte verblüfft, als wir in ihr Zweierzimmer drängten, in dem noch ein anderes Mädchen lag und eine alte, zerknitterte Klatschzeitschrift mit halb abgerissener Titelseite las. Zum Glück bekam das andere Mädchen gleich darauf ebenfalls Besuch und hinkte mit ihren Verwandten nach draußen, zu einem Aufenthaltsraum. Wir waren ungestört.

Mit dick bandagiertem Arm und Verbänden an verschiedensten Stellen lag Trudy im Bett und legte ihr Handy weg, auf dem sie gerade noch herumgetippt hatte. »Oh, hallo«, meinte sie etwas überrumpelt, aber erfreut.

Domino überreichte ihr mit einem schiefen Grinsen und einem »Gute Besserung!« den ramponierten Strauß und gleichzeitig streckte Holly mit einem *Hallöchen, Trudy!* den Kopf aus meinem Hemdkragen. Blanca und ich murmelten ebenfalls Begrüßungen.

Doch Trudy beachtete uns schon nicht mehr, ihre Augen bekamen neuen Glanz, als Jeffrey als Letzter durch die Tür schlenderte.

»Das ist aber nett, dass du mich besuchst«, sagte sie ganz leise. »Nachdem du mich ja schon gerettet hast …«

»Wie bitte?«, fragte ich und auch Domino schaute verdutzt drein. King, Domino, Bill Brighteye … eine Menge Leute hatten mitgeholfen, sie Blanca aus dem Rachen zu ziehen, aber

Jeffrey war keiner davon gewesen. Außer, in meiner Erinnerung klaffte ein Loch so groß wie der Grand Canyon!

Eine Krankenpflegerin kam herein und hastig stopfte ich Hollys Kopf wieder dahin zurück, wo er hergekommen war.

»Trudy, Jeffrey hat …«, begann ich.

»Ja, ich weiß«, sagte Trudy strahlend, sie konnte die Augen nicht von einem gewissen Wolfs-Wandler lassen. »Er hat mir eine Mail geschrieben. Ich weiß genau, was passiert ist, als ich ohnmächtig war.«

Domino, Holly und ich warfen Jeffrey gleichzeitig einen Blick zu, der ihn in einer gerechten Welt in ein rauchendes Häufchen Asche verwandelt hätte. Doch die Welt war offensichtlich nicht gerecht, denn Jeffrey lächelte nur, zog spöttisch eine Augenbraue hoch und setzte sich auf Trudys Bettkante. Einen Moment lang sah es so aus, als wolle er Trudys Hand nehmen, aber dann tat er es doch nicht.

Sobald die Krankenpflegerin weg war, ploppte wieder ein Rothörnchenkopf aus meinem Hemd hervor. *Wir jedenfalls haben dir eine Menge neuer Federn besorgt! Rück die doch mal raus, Carag!*

Trudy staunte, als ich ihre neuen Federn aus der Tüte holte, dann bekam sie tatsächlich feuchte Augen. »Oh, das ist total lieb von euch!«, sagte sie mit ihrer leisen Stimme, die eher an eine Maus erinnerte als an eine Eule. »Ohne die hätte ich ein ganzes Jahr warten müssen bis zur nächsten Mauser, erst dann hätte ich wieder fliegen können.«

Wissen Theo oder Sherri Rivergirl, wie man die Dinger richtig einsetzt?, fragte Holly.

»Ja, Theo hat mir schon mal eine Feder repariert – mit einem dünnen Metallstift und Sekundenkleber.« Oh Gott, jetzt fing Trudy auch noch an zu heulen. Fast wäre ich einen Schritt zurückgewichen. »Daheim auf der Farm in Kansas haben wir bei der Mauser immer eine große Feier gemacht und Witze darüber gerissen, dass wir gerade alle nicht fliegen können, aber danach immerhin aussehen wie neu …«

»Hast du ein bisschen Heimweh?«, brachte Blanca hervor und ich sah sie neugierig von der Seite an. Sie wirkte nicht mehr ganz so aggressiv wie zuvor.

»Ja schon«, sagte Trudy. Erstaunlicherweise wirkte sie nicht besonders sauer auf Blanca. »Es war so toll dort, wir konnten als Eulen und als Menschen leben und niemand hat uns gesehen, weil die Nachbarfarm fünf Meilen weg war. Aber ich kann ja sowieso nicht zurück, die Farm ist pleitegegangen und meine Eltern mussten sie verkaufen.«

Betroffen blickten wir sie an und dann auf den Boden, während sich Trudy über die Augen wischte.

»Es tut mir wirklich leid, dass ich dich gefressen habe«, meinte Blanca.

Ich fand es gut, dass sie sich entschuldigte, sie schien es ehrlich zu meinen.

Doch auf Jeffrey konnte man sich verlassen, er machte auch den schönsten Moment kaputt.

»Na also, geht doch«, murmelte er.

Ich konnte förmlich sehen, wie Blanca dichtmachte. Schon hatte sie wieder ihre mürrische Miene aufgesetzt. Doch einen flüchtigen Moment lang fing ich ein Gefühl von ihr auf … dass wir ihr alle unrecht taten und auf sie herabschauten. Dass sowieso niemand sie mochte und es deshalb egal war, was sie tat.

»So ist es nicht«, sagte ich zu ihr, aber die anderen schauten mich nur verständnislos an und Blanca zuckte wortlos die Schultern.

Holly turnte währenddessen über Trudy, das Gestänge der

Betten und über die medizinischen Apparate, dann verzierte sie das Bett von Trudys Nachbarin mit kleinen Pfotenabdrücken. Schließlich setzte Holly sich mitten auf die alte Zeitschrift und versuchte, mit allen vier Pfoten darin herumzublättern. Sie stupste ein Bild mit der Nase an. *He, schaut mal, Leute, diese Tussi hier sieht genauso aus wie die, die uns Bridger in der letzten Geschichte beschrieben hat!*, rief sie mit aufgeregt zuckendem rotbraunem Pelzschwanz.

»Du spinnst ja, das ist einfach nur eine blonde Frau, es gibt Hunderttausende von blonden Frauen«, sagte Jeffrey, ohne sich die Zeitschrift auch nur anzusehen.

Auch ich war eher skeptisch, aber wenn ich jetzt nicht nachschaute, würde Holly später im Baumhaus noch gnadenloser auf mir rumhüpfen. Ich spähte vorsichtig in den Flur, um zu sehen, ob Trudys Zimmernachbarin nicht gerade auf dem Rückweg war, dann schnappte ich mir die Zeitschrift. Die Frau auf dem Bild stand neben einem gut gelaunt wirkenden und schick gekleideten Quizmaster im Fernsehen, sie war anscheinend seine Assistentin. »Also ich finde, Holly hat recht, diese Frau sieht wirklich aus wie die Bedienung aus Mr Bridgers Geschichte«, meinte ich. »Sie hat versucht, die schwarzen Punkte neben ihrer Nase zu überschminken, aber wenn man ganz genau hinsieht, dann erkennt man sie noch.« Moment mal, konnten das etwa die Ansatzpunkte von Tasthaaren sein? War das womöglich eine Raubkatzen-Wandlerin? Ich rief mir Bridgers Zeichnung ins Gedächtnis – ich hatte sie vor seinem Büro so oft angeschaut, dass sie mir jetzt in allen Details vor Augen stand. Ja, passte.

»Vielleicht können wir die Zeitschrift dem Mädchen abkaufen«, meinte Trudy. »Oder die Seite abfotografieren.«

»Ach Blödsinn.« Jeffrey zerrte mir die Zeitschrift so grob aus den Händen, dass die Seite riss. Grinsend trennte er das Blatt ganz heraus, steckte es ein und warf den Rest wieder aufs Nachbarbett.

»Das war keine gute Idee.« Trudy sah aus, als wäre ihr nicht ganz wohl dabei. »Sobald sie das merkt, bekomme ich Ärger.« Ich fand es mutig, dass sie wagte, ihm zu widersprechen.

»Ach, dann sag ihr einfach, sie soll sich an mich wenden. Ich erledige das dann.« Jeffrey grinste mit teilverwandelten Zähnen und sah sehr wölfisch aus.

Behalt deine ungeputzten Beißerchen, ich jedenfalls gehe jetzt Kinder aufheitern! Holly sprang mit einem Riesensatz vom Bett und rannte in Richtung Tür. *Carag, Domino, kommt ihr?*

»Ja, machen wir«, sagte ich und winkte unserer Eule zum Abschied zu.

Es war mir nicht recht, dass Jeffrey die Zeitschriftenseite hatte – ich brannte schon darauf, sie Mr Bridger zu zeigen. Aber das musste warten, erst hatten wir etwas zu erledigen.

Nach kurzer Suche fanden wir ein Zimmer mit zwei Jungs und einem Mädchen. Einer der beiden Jungen, höchstens sieben oder acht Jahre alt, lag apathisch im Bett und wirkte fast zu kraftlos, um den Kopf zu heben – der Arme, er brauchte wirklich dringend Aufheiterung. Das Mädchen, vielleicht zehn, hatte einen Arm in einer Kunststoffschiene und ihr Gesicht war verbunden; was man davon erkennen konnte, sah aus wie ungeschickt gekneteter Ton, den jemand mit roter und lila Farbe angemalt hatte. Der zweite Junge, der fast so alt war wie ich, schien etwas gesünder zu sein, aber er hatte Verbände um die Füße. Wahrscheinlich war er es, der wegen Millings Sabotage am Brettersteg in den heißen Matsch getreten war und sich verbrüht hatte. Er wirkte, als würde er sich entsetzlich langweilen in seinem weißen Krankenhausbett. Auf seinem Nachttischchen lagen zwei Packungen Tabletten, vielleicht irgendwas gegen die Schmerzen.

»Was wollt ihr denn hier?«, fragte er, doch da turnte schon Holly meinen Arm hoch und setzte sich auf meine Schulter. Staunend glotzten die drei Patienten meine beste Freundin an.

»Oh hey ... ist das zahm?«, meinte das Mädchen, es hatte Mühe mit dem Sprechen.

Ich nickte grinsend. »Manchmal zumindest. Holly kann Kunststücke, magst du die sehen?«

»Klar«, sagte der Junge mit den verletzten Füßen.

»Klar!«, rief das Mädchen.

Begeistert legte Holly los. Sie sprang auf Dominos Kopf hinüber, machte dort Männchen und einen Kopfstand, während Domino tat, als wäre sie fassungslos über das, was auf ihrem Scheitel passierte. Alle drei Kinder riefen »Bravo« oder applaudierten, so gut sie es gerade konnten.

»Salto – los!«, kommandierte ich und Holly lieferte einen Salto.

»Und nun einen doppelten!«, befahl ich.

Du spinnst wohl, den kannst du selber machen!, kam es sofort von Holly. Zum Glück verkniff sie es sich, mir den Vogel zu zeigen.

»Na gut, dann was anderes.« Domino und ich rollten zwischen uns ein Seil aus, das wir mitgebracht hatten. »Drüberlaufen, aber dalli!«, kommandierte ich. Holly reckte mir ihr Hinterteil entgegen und ließ in meine Richtung einen winzigen Pups fahren. *Wie wär's mit einem etwas netteren Ton? Sonst läuft hier gleich gar nichts mehr!*

»Entschuldigung, Miss Lewis, würden Sie jetzt bitte die Güte haben, über dieses Seil zu laufen?«

Aber gerne! Mühelos lief Holly über das dünne Seil – und tat plötzlich so, als würde sie abstürzen. Erschrocken zuckte der kranke Junge in seinem Bett.

Eigentlich hatten wir nicht vor, diese Kids noch kränker zu machen, schimpfte ich.

Ach Blödsinn! Im letzten Moment hielt Holly sich mit einer Pfote fest und turnte weiter. Aus drei Betten kam atemloses Gekicher. *Siehst du? Die mögen das!*

Sie huschte auf alle drei Betten nacheinander hinauf und ließ sich streicheln. Der Junge mit den verletzten Füßen hätte sie am liebsten gar nicht mehr losgelassen. »Oh, bist du weich!«, schwärmte er und legte seine Wange an Hollys Flanke, seine Augen leuchteten. Mir wurde warm durch und durch und ich prägte mir diesen Anblick ein, um ihn nie wieder zu vergessen. Nein, Menschen waren nicht schlecht und es lohnte sich, sie zu verteidigen! Domino und ich tauschten einen lächelnden Blick und ich ahnte, dass ihr etwas Ähnliches durch den Kopf ging.

»Kann sie auch jonglieren?«, fragte das Mädchen.

»Was ist das?«, fragte ich dummerweise und drei Augenpaare starrten mich ungläubig an. Doch Domino reagierte schnell, sie befahl: »Holly, jonglieren!«

Leider vergaß sie zu sagen, womit. Bevor ich sie daran hindern konnte, hatte meine beste Freundin vier rote Tabletten aus einer Packung gedrückt und schleuderte sie mit den Pfötchen in die Luft. Amüsiert schaute der Besitzer der Tabletten zu. »Boah, wenn das die Schwester sieht«, meinte er.

Leg das Zeug weg, Holly, sagte ich, doch dieses Hörnchen dachte gar nicht daran.

Als ich versuchte, sie zu schnappen, stolperte ich über einen Hausschuh und stieß gegen eins der Nachttischchen. Ein Becher mit unglaublich stinkendem Zeug – vielleicht das, was sie zum Umbringen von Bakterien verwendeten – ergoss sich über mich.

Holly kicherte in meinem Kopf. *Oje, jetzt riechst du den ganzen Tag lang nach Krankenhaus und nicht mehr nach Puma!*

Das ist widerlich, beklagte ich mich. Als ich aus dem Bad zurückkam, wo ich mich abgewaschen hatte, ließ Holly lässig die Tabletten auf den Boden fallen und machte mit bunten Schoko-Erdnüssen vom Nachttisch des Mädchens weiter. Mit Süßigkeiten zu jonglieren, schien ihr noch deutlich mehr Spaß zu machen.

Der kraftlos wirkende Junge lächelte. »Fehlt eine«, flüsterte er und gleich darauf: »Fehlen zwei.«

Hä? Dann kapierte ich und zählte nach. Es stimmte, die Erdnüsse wurden beim Jonglieren auf magische Weise weniger, dafür schwollen Hollys Backen immer mehr an.

»Unglaublich – frisst kranken Kindern ihre Süßigkeiten weg.« Eine hämische Stimme, die ich etwas zu gut kannte. In der offenen Tür lehnte Jeffrey und beobachtete uns.

Rohe Kraft

Okay, packen wir ein, ich hoffe, ihr hattet ein bisschen Spaß«, sagte ich zu den jungen Patienten. Ich wusste, dass der Auftritt im Krankenzimmer vorbei war, ob wir wollten oder nicht. *Holly, komm schnell, rein in mein Hemd! Jeffrey hat bestimmt einem Pfleger Bescheid gesagt.*

Mit einem kühnen Sprung tauchte Holly in ihr Versteck. Keinen Moment zu früh, schon näherten sich Schritte und eine misstrauisch blickende Angestellte warf einen Kontrollblick ins Krankenzimmer.

»So viel Besuch ist nicht erlaubt«, mahnte sie und wunderte sich wohl, als wir mit Applaus und Johlen verabschiedet wurden. Domino und ich winkten in die Runde und in meinem Hemd rumorte es.

»Ich habe schon Theo angerufen, damit er uns abholt«, sagte Jeffrey. »Wieso hörst du nicht auf mit diesem Wir-helfen-Menschen-Scheiß? Wenn die Menschen wüssten, wer wir wirklich sind, würden sie uns hassen.«

»Da bin ich nicht sicher«, mischte Domino sich ein. »Diese Kinder eben … die hätten sich vielleicht eher gewünscht, dass sie so sein könnten wie wir.«

Jeffrey beachtete sie nicht, tat so, als hätte er nichts gehört. In seiner Stimme war so viel unterdrückte Wut, dass es mich schauderte. »Habt ihr vergessen, was Menschen Andrew

Milling angetan haben? Müssen sie erst *eure* Familien töten, bevor ihr es kapiert? Menschen sind nicht unsere Freunde!«

»Sind sie sehr wohl, zumindest manche«, gab ich wütend zurück. »Die meisten von ihnen haben nicht die Angewohnheit, Tiere abzuknallen! Du bist doch nicht blöd, im Gegenteil, wieso lässt du dir das alles von Andrew Milling einreden?«

»Es ist eben die Wahrheit, was hat das denn mit Einreden zu tun?«

Dieser Streit nervte mich. »Wie auch immer ... gut, dass du Theo schon Bescheid gesagt hast. Wir müssen James Bridger möglichst bald dieses Bild aus der Zeitschrift zeigen.«

Ein Fehler. In Jeffreys Augen brannte noch immer ein heißer Funke. »Irgendeine von zehn Millionen Blondinen«, höhnte er, kramte aus der einen Tasche das zerknitterte Blatt heraus und aus der anderen Tasche ein Feuerzeug. Ungläubig sah ich, wie er ein helles Glühen herbeischnippte und es an das Foto hielt. Tastend kostete die Flamme von dem Zeitschriftenpapier.

Ey, geht's noch, du jämmerliche Winselpfote?, brüllte Holly in unseren Köpfen. *Hast du nicht mitbekommen, wie wichtig das ist?*

Domino versuchte, ihm das Feuerzeug wegzuschnappen, doch rasch hielt Jeffrey es außer Reichweite. Blanca stand ziemlich nahe bei ihm, noch näher als Domino, doch die Sache schien sie ziemlich kaltzulassen, sie schaute sich nur nach dem Wagen um. Vielleicht wollte sie möglichst bald zur Schule zurück.

Wie von selbst hatten sich meine Fäuste geballt und scharfe, gebogene Krallen schoben sich aus meinen Fingerspitzen. Schneller, als ein menschliches Auge es erfassen konnte, holte ich aus und schlug Jeffrey das Feuerzeug aus der Hand, was ihm ein paar Krallenspuren auf dem Handgelenk bescherte. Das Plastikteil segelte ein paar Meter weiter weg, klapperte auf den Asphalt und platzte auseinander.

Nur leider änderte das nichts mehr daran, dass die Flamme sich das Papier schmecken ließ. Jeffrey ließ das Bild fallen und auf dem Bürgersteig verwandelte es sich in ein glimmendes Häufchen Asche.

Entsetzt starrte ich darauf. Vielleicht war das unser einziger Anhaltspunkt gewesen, diese gefährliche Frau zu finden, und Jeffrey hatte ihn zerstört, weil er mich ärgern wollte!

Mit zusammengepresstem Mund, bleich vor Wut, starrte der Möchtegern-Chef des Wolfsrudels mich an. Seine welligen, sorgfältig an Ort und Stelle gegelten braunen Haare waren durcheinandergeraten, Blut tropfte aus seiner Hand auf seine angesagten Markenklamotten. »Du hast mich verletzt«, sagte er ausdruckslos … und dann stürzte er sich auf mich.

Irgendwie hatte ich nicht damit gerechnet, dass er mich

hier angreifen würde, auf offener Straße mitten in Jackson, auf einem Bürgersteig keine Baumlänge vom Krankenhaus entfernt. Deshalb reagierte ich einen Moment zu spät und spürte, wie die Fangzähne eines Wolfes sich in die Haut meiner Schulter bohrten. Er hatte sich teilverwandelt, so wie ich.

»*Dios mío,* hört auf!«, zischte Domino, doch keiner von uns beachtete das Ozelot-Mädchen oder das Rothörnchen, das sich zeternd auf den nächstbesten Ast flüchtete.

Ich wusste, dass Jeffrey mich wieder angreifen würde, sobald ich auch nur ein Moment meine Deckung vernachlässigte. Der Typ hatte sie ja nicht mehr alle! Jackson war nicht mehr der Wilde Westen. Es war nur eine Frage der Zeit, bis wir irgendjemandem auffielen! Aber darauf konnte ich jetzt nicht achten, ich musste mich verteidigen, denn Jeffrey meinte es ernst.

Immerhin war er so schlau, sich nicht komplett zu verwandeln. Eine Art Wolfshund, der auf offener Straße blindwütig einen Menschen angriff, würde erschossen werden, bevor er zweimal knurren konnte.

Aber er hatte hier den Vorteil, dass auch ich nicht in meine zweite Gestalt wechseln konnte. Als Puma war ich deutlich stärker als er, doch ob ich das auch als Mensch war, würde sich zeigen müssen!

Ich versuchte, Jeffrey zu packen und ihm den Arm auf den Rücken zu drehen. Doch der Wolfs-Wandler brach aus, trat mir das Bein unter dem Körper weg und schleuderte mich zu Boden. Verdammt! Unter meiner Wange spürte ich die raue Betonplatte des Bürgersteigs. Mit vollem Gewicht warf sich Jeffrey auf mich und versuchte, mir einen Arm um den Hals zu legen und mich zu würgen.

Doch Bill Brighteye war ein guter Lehrer gewesen. Ich ergriff Jeffreys Arm mit beiden Händen, wälzte mich herum, wie ein Baumstamm von einem Hügel rollt, und nahm Jeffrey dabei mit. Ich rechnete damit, dass gleich Bremsen quietschen würden, weil wir auf der Straße gelandet waren, doch stattdessen stieg mir der Geruch zerquetschter Grashalme in die Nase. Jeffrey ächzte – nach fünf Umdrehungen lag er jetzt unter mir. Und dem Geruch nach auf einem Hundehäufchen, das sich auf dem Grünstreifen befunden hatte.

Mit roher Kraft hebelte ich seinen Arm von meiner Kehle weg und warf den Kopf nach hinten. Das Knirschen, das ich hörte, war wohl Jeffreys Nase gewesen. »Du Bastard!«, keuchte er.

»Tut mir so leid«, gab ich zurück. Ich riss mich aus seinem Griff, wollte mich abrollen und wieder auf die Füße kommen.

Doch ich prallte gegen ein Bein, das mir den Weg blockierte. Ein Bein, das in eine steinfarbene Stoffhose gehüllt war und in praktischen flachen Schuhen endete. Gleichzeitig gellte mir ein Kläffen in den Ohren, das mir irgendwie bekannt vorkam.

»Hört sofort auf, euch zu prügeln, Jungs! Mitten auf der Straße – was sind das denn für Sitten!«

Ich schaute an dem Hosenbein hoch und stellte fest, dass es zu einer älteren Frau gehörte, die streng auf mich herabstarrte. Sie trug eine Handtasche, aus der ein wie rasend bellendes, haariges Etwas hervorschaute. Es trug eine Schleife im Kopffell. Das Vieh kam mir bekannt vor ... Moment mal, mit dem hatten Tikaani und ich uns doch damals in der Apotheke herumärgern müssen!

Diesmal verlor es keine Zeit, sondern wand sich aus seiner Handtasche, sprang auf den Boden und wetzte auf uns zu, anscheinend finster entschlossen, den Wolf wenigstens diesmal zu erwischen. Einen Moment später hing der Mini-Hund an Jeffreys Wade und knurrte dabei, als wäre er mindestens zehnmal so groß. Mich ignorierte das Vieh, wahrscheinlich weil ich gerade nicht nach Puma, sondern nach Krankenhaus roch.

»Aber Susischatzi, was machst du?«, fragte die ältere Frau verstört.

»Auuuuu! Verdammte Scheiße, nehmen Sie doch Ihren Köter weg!«, brüllte Jeffrey und schüttelte sein Bein, um das haarige Etwas loszuwerden. »Sonst breche ich ihm das Genick!«

»Untersteh dich, uns zu bedrohen!« Die Frau sah aus, als wolle sie Jeffrey mit der Handtasche schlagen. Sie wandte sich um, schwenkte die Arme und rief nach Hilfe. Fasziniert schaute ich zu. Wobei genau brauchte sie Hilfe? Um ihren Hund von Jeffrey zu entfernen? Das hätte ich mit einem kräftigen Griff ins Nackenfell tun können, aber irgendwie hatte ich keine Lust dazu.

Eigentlich war Jeffrey gut in Verwandlung, es war schon ewig her, dass ihm zuletzt eine Panne passiert war. Aber diese Stresssituation war zu viel für ihn. Auf einmal war der Mensch Jeffrey verschwunden und an seiner Stelle, auf einem Häuflein aus Jeans und Sweatshirt, stand ein dunkelgrauer Timberwolf mit gefletschten Zähnen und gesträubtem Fell.

Oh, oh, sagte Holly und spähte neugierig aus meinem Hemdausschnitt. *Zum Glück hat die Frau gerade woandershin geschaut ...*

Der Mini-Hund bekam plötzlich Bedenken, ob dieser Kampf wirklich eine gute Idee war, und rannte, so schnell ihn seine Beinchen trugen, in Deckung hinter seine Besitzerin. Jeffrey knurrend hinterher.

Inzwischen waren ein paar andere Leute herbeigeeilt, die den Lärm gehört hatten, und sie entschieden sehr schnell, wer hier der Böse war. Natürlich nicht das niedliche Tierchen mit der Schleife, sondern der große, wolfsartige, nicht allzu gut riechende Hund mit den Blutspuren auf dem Fell, der es bedrohte.

»Der hat kein Halsband«, stellte ein kräftiger Mann in rotblauer Winterjacke fest und packte Jeffrey-den-Wolf am Hals. Jeffrey fuhr herum, um ihn zu beißen, überlegte es sich zum Glück aber anders.

»Ich rufe schnell das Tierheim an«, rief eine Frau, die ihre Einkaufstüten am Rand des Bürgersteigs abgestellt hatte und nun ihr Handy ans Ohr hob. »Die sollten den Hund auf Tollwut testen!«

Kurz darauf fuhr ein Kombi vor, und zwar nicht der Kombi der Clearwater High. Sehr interessiert sahen Domino, Blanca, Holly und ich zu, wie die Tierheimfrau – im rosa Jogginganzug – Jeffrey in einen Transportkäfig verfrachtete und das Gitter befestigte, ohne sich von seinem Knurren beeindrucken zu lassen. »Jaja, ist schon gut, Kleiner«, meinte sie nur.

Ich fürchte, du wirst das Futter dort nicht besonders mögen, rief Holly ihm hinterher. *Aber besser, du frisst es, sonst wird die Frau echt sauer!*

Sieh es positiv, das Ganze ist eine tolle Vorbereitung für dein Praktikum dort, trug ich bei.

Zurück kam eine Art geistiger Gewitterwolke, mit einer Menge Blitzen darin.

Wo ist Frankie?

Theo traf kurz darauf ein, brachte uns zur Clearwater High und fuhr noch mal los, um Jeffrey aus dem Tierheim abzuholen. Der Arme, ich war selbst überrascht darüber, dass er mir leidtat. Es musste bitter sein, dass er das Praktikum beim Radio nicht bekommen hatte. Und jetzt das.

Unsere Mission war für heute beendet. Ich hatte drei Menschen geholfen und trotzdem war ich unzufrieden mit mir und der Welt. Etwas besser ging es mir, als ich Tikaani draußen sichtete. Dichtes Schneetreiben hatte eingesetzt, der Winter kam mal wieder zurück. Ihr weißes Fell hob sich kaum vom frischen Schnee ab, als ich mich unter unserem Baumhaus als Puma mit ihr traf. Zur Begrüßung stupste sie mich mit der Schnauze an und ich rieb meine Nase an ihrer Schulter. Wie wunderbar einfach es war, sich zu berühren, wenn man in seiner zweiten Gestalt war. Der Hauch ihres Atems mischte sich mit meinem. Ich war erleichtert, dass sie anscheinend nicht ärgerlich auf mich war, weil ich mit ihrem Rudelchef gekämpft hatte.

Gibt's schon was Neues von Frankie?, fragte sie mich. *Hat die Polizei ihn in New Orleans gefunden?*

Ich habe bisher nichts gehört, erwiderte ich – das war es, was mir keine Ruhe ließ. *Verdammt, wir haben bisher viel zu wenig getan, um weitere Verbrechen an den Menschen zu verhindern oder Frankie zu helfen! Fragst du dich auch ständig, wie es ihm gerade geht und ob er jetzt einer von Millings Gefangenen ist?*

Lass uns was tun, stieß Tikaani hervor und blickte mir mit ihren mitternachtsblauen Augen ins Gesicht. *Jetzt.*

Ja, antwortete ich spontan. *Lass uns nach New Orleans fliegen! Schließlich konnte Frankie uns die Adresse dieses Stützpunkts durchgeben.*

Tikaanis Augen funkelten. *Genau, und vor Ort suchen wir ihn – die Polizei kann nicht wie wir seine Witterung aufnehmen!*

Meine Tasthaare zuckten nervös. *Nur – woher sollen wir das Geld für den Flug nehmen?*

Kein Problem, ich hab ein bisschen was gespart, gab Tikaani zurück, noch während sie losrannte.

Seite an Seite stürmten wir zu Miss Clearwaters Büro. Leider leer. Dafür war James Bridger in seinem Zimmer, er telefonierte mit jemandem. Er zog die Augenbrauen hoch und legte auf, als ein Puma und eine Polarwölfin sich ins Büro drängten und jede Menge dreckige Pfotenabdrücke auf dem Boden hinterließen.

Wir wollten nur Bescheid sagen, dass wir nach New Orleans fliegen, um Frankie zu suchen, sprudelte ich hervor. *Können Sie uns helfen, den Flug zu buchen? So was hab ich noch nie gemacht.*

»Moment, Moment, ganz cool bleiben, Leute«, sagte mein Lieblingslehrer. »Eben habe ich von Lissa gehört, dass die Polizei Andrew Millings Bude dort gründlich durchsucht hat.«

Ja und? Haben sie Frankie gefunden? Ich konnte kaum atmen vor Anspannung.

Bridger seufzte tief. »Nein.«

Genau! Um einen Woodwalker zu suchen, braucht man einen anderen Woodwalker!, rief Tikaani. *Einen mit richtig gutem Geruchssinn. Die brauchen uns dort, um …*

»Die Spürhunde der Polizei haben keinen viel schlechteren Geruchssinn als du«, unterbrach Bridger sie sanft. »Durch ein T-Shirt, das Frankie als Mensch in New Orleans getragen hat, hatten sie seine Witterung. Aber die haben seinen Geruch nur in den Räumen gefunden. Keine Spur führte aus dem Stützpunkt heraus, jedenfalls nicht auf offensichtliche Art.«

Tikaani entfuhr ein ratloses Winseln und ich fragte: *Was bedeutet das? Ist er tot?*

Nachdenklich stützte James Bridger die Fingerspitzen seiner Hände gegeneinander. »Meiner Meinung nach hat er es als Otter geschafft zu fliehen. Wir wissen nur noch nicht, wie.«

Die Energie wich aus mir wie aus einem angepikten Ballon. Vielleicht machte es tatsächlich wenig Sinn, nach New Orleans zu fliegen. Oder vielleicht doch? Vielleicht konnten wir es fertigbringen, dort Millings Pläne zu durchkreuzen?

Ich glaubte selbst nicht daran.

»Ganz ehrlich – besser, ihr bleibt vorerst hier«, sagte James Bridger und wir schlichen wieder aus seinem Büro.

Wenn Frankie in einer Woche noch nicht wieder hier in der Clearwater High ist, fliege ich trotzdem, flüsterte ich Tikaani in den Kopf und wortlose Zustimmung flutete zurück. Mit einem kurzen Abschiedsgruß kehrte sie zu ihrem Rudel zurück.

Geknickt beobachtete ich, wie Lou an die Schiefertafel in der Cafeteria schrieb:

Vergib stets deinen Feinden.
Nichts ärgert sie so.
Oscar Wilde

Es war sehr unwahrscheinlich, dass Jeffrey mir in nächster Zeit vergeben würde. Oder Andrew Milling. Und ich war auch überhaupt nicht sicher, ob *ich* es schaffte, *ihnen* zu vergeben.

»Am meisten wurmt mich, dass wir diesen Zettel mit dem Bild nicht mehr haben«, meinte ich zu meiner Rothörnchen-Freundin.

»Ach, Carag«, sagte Holly – inzwischen wieder in ihrer Mädchengestalt – und schaute mich ein bisschen mitleidig an. »Du bist noch nicht ganz angekommen in der Menschenwelt, oder?«

»Wieso?« Ich verzog den Mund. Mir war nicht nach Witzen zumute.

»Was meinst du, wie viele Exemplare gibt es von dieser Zeitschrift?«, fragte Holly mich.

»Na ja, eins, das lag doch in diesem Krankenzimmer«, antwortete ich.

»Nee, mein Lieber, es gibt ungefähr so viele wie abgefallene Blätter in einem Ahornwäldchen, wenn der Oktober vor der Tür steht.«

»Oh«, war das Einzige, was mir einfiel. Aber es war ein freudiges »Oh« – noch war nicht alles verloren!

»Also, keine voreiligen Triumphschreie oder so was ... es wird schwer, genau diese blöde Ausgabe aufzuspüren, weil sie anscheinend ziemlich alt ist und das Titelbild abgerissen war. Wir könnten an die Redaktion schreiben. Aber vielleicht brauchen wir das gar nicht, denn tataaa ...« Jetzt strahlte Holly über das ganze Gesicht. »... ich habe mir den Namen dieser Quiz-Show gemerkt, die unter dem Bild stand. *Rätsel-Power!* Viola schaut die ab und zu. Die Show läuft heute Abend, und wenn diese Frau dann wieder dabei ist, kann James Bridger sie sich live im Fernsehen anschauen.«

Ich fühlte mich auf einmal so leicht, als hätte jemand drei oder vier Bisons von mir heruntergehoben. Wenigstens ein paar gute Nachrichten heute. Und meine Laune wurde noch deutlich besser, als Tikaani ohne ihre Rudelgefährten auftauchte und sich kommentarlos zu uns setzte.

Sehr gespannt saßen wir an diesem Abend mit meinem Lieblingslehrer vor dem Fernseher. Sein schlanker, fast hagerer

Körper ließ Tikaani und Holly noch genug Platz neben ihm, ich kauerte in einem Sessel schräg daneben. James Bridger saß, leicht nach vorne gebeugt, auf dem Sofa, die Ellbogen auf die Oberschenkel gestützt, den Blick konzentriert auf den Bildschirm gerichtet. Mich interessierte die »Rätsel-Power«-Show nicht, die nun mit bombastischer Musik und Applaus des Publikums begann – ich beobachtete Bridgers Gesicht. Er war ganz ruhig, aber ich spürte, dass er angespannt war. Und mir entging es nicht, als sich plötzlich ein Muskel an seinem Kiefer verkrampfte.

»Ja«, sagte er nur. »Das ist sie.«

Ein König zu Gast

Es ist ein ziemlich komisches Gefühl, wenn Lehrer sich Sorgen machen. Und wir spürten alle, dass es so war – von dieser eigenartigen Frau ging eine Gefahr aus. Kurz nach der Fernsehsendung konnte James Bridger klären, wie sie hieß: Rebecca Youngblood. Ob das nun ihr richtiger Name war oder nicht.

»Jetzt versuchen wir, sie zu kontaktieren und rauszubekommen, ob sie irgendetwas vorhat«, erzählte mir James Bridger und zog sich in eine Besprechung mit Lissa Clearwater zurück, schon schloss sich die Tür ihres Büros vor unserer Nase.

Holly und ich tauschten einen besorgten Blick und besetzten mit Tikaani eine Ecke des Aufenthaltsraumes, um das alles zu diskutieren. Inzwischen war es Abend geworden, durch die Glaskuppel über dem zweiten Stockwerk glänzten die Sterne. Es sah aus, als würden sie in Scharen vom Himmel fallen, doch es waren nur Schneeflocken.

Wir hatten noch keine fünf Worte getauscht, da erschienen Brandon und Maureen, strahlend über das ganze Gesicht. »Wir sind ab jetzt die absoluten Stars des Secret-Ranger-Clubs«, erklärte Brandon stolz und warf sich mit so viel Schwung aufs Sofa, dass es protestierend knackte. »Gerade haben wir einen schweren Autounfall verhindert!«

»Oh cool, wie denn?«, fragte Lou, die in der Nähe vorbeigegangen war und sich nun zu uns gesellte.

»Maureen hat aus der Luft gesehen, dass ein SUV-Fahrer mit 'ner irren Geschwindigkeit die Teton Park Road entlangraste ...«, begann Brandon.

»... und unser Bisonjunge wusste, dass gerade hinter einer Kurve ein paar Wapitis über die Straße gingen«, fuhr Maureen mit ihrer krächzigen Stimme fort. »Es war klar, dass der Kerl gleich voll in sie reinbrettern würde!«

Lou wurde blass. »Aber ihr ... ihr habt ...«

»Keine Sorge, wir konnten die Wapitis gerade noch rechtzeitig warnen – sie waren allerdings sauer, dass ich, ein Bison, sie durch die Gegend gescheucht habe«, erzählte Brandon grinsend. »Damit der Auto-Typ nicht noch ein paar andere Tiere oder Leute überfährt, haben wir in riesengroßen Buchstaben LANGSAM! in den Schnee gestampft. Außerdem hat sich Maureen immer wieder dort, wo er vorbeigefahren ist, entlang der Straße auf Zaunpfähle gesetzt. Wir haben ihn sozusagen vor sich selbst beschützt.«

»Das sah bestimmt so aus, als würde ich nur drauf warten, dass er einen Unfall baut, damit ich ihn probieren kann!« Maureen zog den Hals zwischen die Schultern, krümmte die Hände zu Geierklauen und zog eine fiese Grimasse.

»War doch auch so, oder?« Brandons Grinsen wurde noch breiter.

»Iih, du hast sie ja nicht mehr alle.« Maureen griff sich an die Kehle. »Aber überfahrenen Bison würde ich schon mal gerne kosten.«

Brandons Grinsen fiel in sich zusammen.

»Du bist ein verdammt guter Secret Ranger«, versicherte ich ihm und musste an mein Praktikum denken ... und an die Bemerkung, die Jeffrey gemacht hatte: *Du wärst ein Scheiß-Ranger, du weißt wohl nicht, was die alles machen müssen, oder?*

Vielleicht sollte ich mal nachforschen, was er damit gemeint hatte, doch irgendwie war nie Zeit dafür.

Allmählich ging der Schüleraustausch seinem Ende entgegen und ich wusste jetzt schon, dass wir viele der Ticos vermissen würden. Aber übers Wochenende waren die Gäste noch da und wir sollten sie mitnehmen zu unseren Familien, damit sich die Austauschschüler übers Wochenende nicht langweilten und außerdem fleißig Englisch übten.

»Miss Calloway, ich fürchte, das passt diesmal nicht besonders gut«, sagte ich zu unserer Menschenkunde-Lehrerin, die das alles organisierte. »Ich muss mit den Ralstons einiges klären. Sie haben gemerkt, dass ich die ganze Nacht unterwegs war, und wollten mich zur Rede stellen, aber ich bin einfach abgehauen.«

»Das tut mir wirklich leid, Carag, aber wir müssen all diese Schüler irgendwo unterbringen«, meinte Sarah Calloway. »Es ist auch nicht so, dass du Estella mitnehmen sollst, die dir die Bude zusammenbrüllt. Ich dachte eher an King. Es macht ihm sicher nichts aus, sich zwischendurch mal eine Weile zurückzuziehen, und dann kannst du mit deiner Pflegefamilie reden.«

Ich versuchte ein Lächeln, aber ich glaube, es geriet ziemlich jämmerlich. In Wahrheit hatte ich Angst vor diesem Gespräch mit den Ralstons.

»Und am Sonntag bin ich außerdem bei Lou Ellwood eingeladen«, erklärte ich. Wenn nicht nur eine, sondern zwei Raubkatzen bei dieser Familie von Wapiti-Wandlern auftauchten, würde es fliegende Hufe geben! Oder fliegende Katzen, wenn die Ellwoods uns rauswarfen.

Doch Miss Calloway ließ sich nicht erweichen, also ging ich am Freitagnachmittag King suchen, um ihm die frohe Botschaft zu überbringen. Ich fand ihn auf seinem Feldbett, wo er sich als Jaguar zu einem Nickerchen zusammengerollt hatte, ein sehr großes Bündel aus gold-schwarz gemustertem Fell. Es schnurrte leise im Schlaf.

»Hey, King«, sprach ich ihn an. Mein neuer Freund hob den Kopf, betrachtete mich vertrauensvoll aus seinen Bernsteinaugen und gähnte. *Was ist denn?*

»Versprichst du mir, dass du das ganze Wochenende über niemanden anspringst?«

Na gut, wenn es sein muss.

»Und dass du dich nicht verwandelst?«

Okay.

»Und dass du nichts und niemanden vollhaarst, besonders keine Katzenallergiker?«

Aus großen Augen glotzte King mich an.

»Das Letztere war ein Witz«, informierte ich ihn. »Wenn du dich nicht verwandelst, haarst du ja niemanden voll.«

Genau! King reckte sich und machte einen Katzenbuckel. Für einen Jaguar war er nur mittelgroß, doch mir erschien er unglaublich massig und muskulös. Er fragte: *Warum darf ich mich nicht verwandeln?*

»Wir sind erst bei Menschen und dann bei Huftieren zu Gast.«

Menschen?! Mit einem Sprung war King von seiner Liege herunter und kroch unter mein Bett.

»Das darfst du übrigens auch nicht tun, wenn wir bei meiner Pflegefamilie sind«, eröffnete ich ihm. Dass er so schissig war, wenn es um gewöhnliche Zweibeiner ging, hätte ich nicht gedacht. Zum Glück konnte ich ihn schnell wieder hervorlocken, nur hatte er jetzt Staubflocken in den Tasthaaren. Brandon und ich hatten ewig nicht mehr unter dem Bett geputzt.

»Wir fahren schon heute Abend, deshalb ist es besser, wenn

du dich jetzt verwandelst und anziehst«, sagte ich behutsam. Zum Glück sah er in Pullover, Jeans und Jacke wie ein ganz normaler Junge aus, nur seine goldenen Augen waren ein Problem. Nicht umsonst hatte sich Andrew Milling Kontaktlinsen besorgt, um seine Augen zu tarnen. Aber meine Gastfamilie hatte zum Glück keine Ahnung, wie Leute aus Costa Rica aussahen. Vielleicht konnte ich ihnen einreden, dass die Menschen dort fast alle solche Augen hatten.

Als Alfredo neben mir herschlurfte, fragte ich ihn: »Wie kommst du eigentlich damit klar, dass du mit den Wölfen in einem Zimmer wohnst?«

Alfredo blickte durch seine dicke Brille zu mir hoch und lächelte. »Gut, wieso?«

So ganz konnte ich das nicht fassen. »Ist das nicht irgendwie … scheußlich? Oder nervig?«

»Nö, wir haben uns gut unterhalten, ich durfte Jeffreys Spielkonsole ausprobieren, Bo ist ein toller Geschichtenerzähler und Cliff hat mir geholfen, Kletten aus dem Fell zu bekommen«, erzählte Alfredo.

Ich verstand die Welt nicht mehr. Aber das war schon oft so gewesen und ließ sich nicht immer ändern. Am liebsten hätte ich mich sofort mit Tikaani getroffen und das alles mit ihr diskutiert, es machte mich fertig, dass das nicht ging!

Nachdenklich verabschiedete ich mich von all meinen Freunden – Brandon nahm Maureen mit, oje, und Holly hatte Alfredo im Schlepptau –, dann ließ ich mich und King von Theo in die Stadt kutschieren.

Die Ralstons wussten, dass ich an diesem Wochenende kommen und einen Gast aus Südamerika mitbringen würde. Donald hatte hinten im Garten den Grill angeschmissen und

King schnupperte mit glänzenden Augen, als ihm die Witterung von Steaks in die Nase stieg. Anna öffnete uns die Tür, sie begrüßte King mit einem Lächeln und mich mit einem Kuss auf die Wange. Dieser Kuss war schlimm – sonst hatte sie mich immer umarmt. Jetzt wirkte meine zweite Mutter vorsichtig und distanziert, das schnitt mir ins Herz.

Dann kam Melody die Treppe heruntergerannt und warf sich in meine Arme und alles war wieder gut. »Oh, Jay, wie schön, dass du wieder da bist«, sagte sie. »Du hast mir gefehlt, ganz wirklich!«

»Du mir auch«, entgegnete ich und drückte sie, aber nicht sehr fest, das vertrugen Menschen schlecht. »Wie geht's dir?«

Sie begann zu plappern – irgendetwas von einem Schultheaterstück, von ihrer besten Freundin Tilda, die sich einen Zahn ausgeschlagen hatte, und von Marlon, der es unglaublicherweise geschafft hatte, eine gute Note zu ergattern. King stand neben mir, hörte zu und blickte verwirrt drein – sein Englisch war gut, aber wahrscheinlich verstand er höchstens ein Drittel.

»Das ist King«, stellte ich meinen Begleiter vor, der brav *»Buenos Días«* sagte.

»Herzlich willkommen«, sagte Anna lächelnd und Donald fragte ihn, was er trinken wolle.

»Oh wow, wir haben den König von Costa Rica zu Gast«, witzelte Marlon.

Fragend blickte King mich an – wie viele neue Woodwalker war er nicht gut darin, Ironie zu erkennen. Ich schüttelte leicht den Kopf, als Zeichen, die Bemerkung einfach nicht zu beachten. Marlon war und blieb einfach ein Mistkäfer.

Jemand, dem ich nicht wirklich gefehlt hatte, drückte sich im Eingangsbereich herum, den Schwanz zwischen den Beinen – Bingo. Seine schlimmsten Befürchtungen waren wahr geworden. Jetzt trieben sich schon zwei Gestalten, die scheußlich nach Katze rochen, in seinem Revier herum!

Ich war dankbar, dass sich Donald und Anna wirklich Mühe mit King gaben. Sie erklärten ihm sämtliche Grillsoßen, zeigten ihm Haus und Garten, fragten ihn über Costa Rica aus. King verlor allmählich seine Scheu und wurde lockerer, lächelte immer häufiger und verputzte zu Donalds Freude drei Steaks, wenn auch ohne Soße.

Melody betrachtete ihn aus großen, neugierigen Augen. »Ist er auch ...?«, flüsterte sie mir zu. »... so wie du?«

»Ja, aber das ist sehr, sehr geheim«, gab ich ebenso leise zurück.

Jaguare haben verdammt gute Ohren. King hatte es gehört und sein Lächeln erlosch wie eine Kerze in einer Windböe.

Nach dem Essen zog er mich beiseite. »Hast du ihr etwas gesagt ... über uns?«, stellte er mich zur Rede. »Das ist gefährlich und verboten!«

Es hatte keinen Sinn, ihn anzulügen. »Es ging nicht anders. Bitte verpetz mich nicht.«

Beunruhigt blickte King mich an und den Rest des Abends war er sehr still. Schon früh sagte er, er sei müde, und ging hoch in mein Zimmer, wo schon ein Schlafsack auf ihn wartete. Auch Marlon hatte sich zurückgezogen, allerdings mit einem hinterlistigen Grinsen in den Mundwinkeln, das mir Sorgen machte. Hoffentlich brachte der nicht seinen Lieblingstrick und erschreckte unseren Gast mit dröhnender Musik – ich hätte King warnen sollen!

Kaum war der Gedanke durch meinen Kopf gehuscht, riss Marlon tatsächlich seine Zimmertür auf und knallte mit der Fernbedienung die Lautstärke hoch. Mieser Flohbiss! Ich verkrampfte mich. Was war, wenn King Marlon instinktiv ansprang, Versprechen hin oder her?

Aber oben erklangen keine Schreie und Anna brachte Melody ins Bett ohne eine Bemerkung über Blutvergießen im oberen Stockwerk. Dann setzten sie und Donald sich mir am Esszimmertisch gegenüber.

Ich wusste, es war so weit. Jetzt mussten wir über alles sprechen. Sonst würde ich nicht mehr zurückkommen können in dieses Haus. Zu diesen Menschen, die mir ans Herz gewachsen waren.

Verhör

Donald begann das Gespräch. »Jay, du weißt, dass in dieser Familie bestimmte Regeln gelten. Als du zu uns gekommen bist, hast du diese Regeln akzeptiert. Aber neulich warst du die ganze Nacht weg und hast uns dadurch zu Tode erschreckt!«

»Das tut mir schrecklich leid«, sagte ich schnell. Das war zwar ein bisschen übertrieben, aber schon vor zweieinhalb Jahren hatte ich festgestellt, dass dieser Satz in der Menschenwelt enorm viel bewirkte.

Diesmal funktionierte er leider nicht.

Anna betrachtete mich forschend. »Das war wirklich schlimm für uns, Jay. Aber noch schlimmer ist, dass du nicht ehrlich mit uns bist. Manchmal denke ich, du weißt mehr über deine wirkliche Familie, als du uns sagst.«

»Ich habe erst vor Kurzem mehr über sie herausgefunden«, gestand ich und das war sogar die Wahrheit. »Aber es ist ... sehr schwierig mit meinen richtigen Verwandten.«

Anna schnaubte. »Das kann ich mir denken, sie haben dich ja komplett vernachlässigt! Als du zu uns kamst, warst du in einem schrecklichen Zustand, völlig verwildert, du hattest nicht mal richtig was zum Anziehen und warst nie auf eine Schule gegangen!«

»Wer sind sie? Wohnen sie in der Umgebung von Jackson Hole?« Donald beugte sich vor und fixierte mich.

Ich biss mir auf die Lippe. Nichts davon durfte ich sagen, nichts davon durfte er wissen.

Während ich zögerte, fiel mir auf, dass aus dem oberen Stockwerk Stimmen drangen, Kings und Marlons Stimmen. Was redeten sie da? Es klang nicht, als ob sie streiten würden. Wegen der lauten Musik konnte ich leider nicht verstehen, was sie sagten.

»Woran erinnerst du dich? Du erinnerst dich doch an etwas?« Donald war nicht bereit lockerzulassen und Anna mischte sich nicht mehr ein, wartete mit beunruhigtem Gesichtsausdruck ab.

»Ein bisschen«, gestand ich, doch das war genau das Falsche, denn jetzt kam das Verhör richtig in Schwung.

»Dann sag uns bitte, an was genau du dich erinnerst.« Donalds Stimme war scharf geworden.

Mein Menschenkörper begann zu schwitzen und ich schmeckte Blut dort, wo ich mich selbst auf die Lippe gebissen hatte. »Wir waren im Wald ... zu jeder Jahreszeit ... wir haben gegessen, was wir dort gefunden haben. Mehr weiß ich wirklich nicht.«

»Zu jeder Jahreszeit? Wie habt ihr denn den Winter überlebt?« Anna wirkte perplex.

Aber Donald war noch nicht fertig. »Kannst du dich an Geschwister erinnern? Wie viele wart ihr?«

»Weiß ich nicht mehr.« Ich hatte nur eine Chance – absolut nichts mehr zuzugeben, die Ralstons so wie am Anfang gegen eine Wand laufen zu lassen. Sonst würde Donald, der schließlich Psychologe war, Stück für Stück alles aus mir herauswringen wie aus einem alten Lappen.

»Hatten deine Eltern Probleme mit Alkohol oder Drogen?«

»Nein«, antwortete ich spontan. Wieder ein Fehler. Ich hätte behaupten müssen, dass ich es nicht wusste.

»Wieso bist du so sicher? Das bedeutet doch, dass du dich erinnerst. Wieso erzählst du uns nicht einfach die Wahrheit?« Donald war jetzt wütend, ich sah es in den angespannten Muskeln seines Gesichts.

Die Fragen gingen weiter und weiter, sie hämmerten auf mich ein wie Brocken bei einem Steinschlag. Wie lange würde ich das noch aushalten?

Immer wieder sagte ich »Keine Ahnung« und »Ich kann mich nicht erinnern«. Doch schließlich konnte ich einfach nicht mehr. Ich hielt den Mund, schüttelte nur noch erschöpft den Kopf. Anna betrachtete mich mit gefurchter Stirn.

Aus dem oberen Stockwerk klang Lachen und die Musik wurde noch lauter gedreht, als sie ohnehin schon war. Was war dort eigentlich los?

Donald lief hoch und riss Marlons Zimmertür auf. »Marlon, Melody schläft schon!«

»Quatsch, die spielt noch mit ihren blöden Pferdchen«, kam es zurück.

Kurz dachte ich, der Hagel würde jetzt auf Marlon niedergehen statt auf mich und ich hätte es geschafft, mich aus der Schlinge zu ziehen. Doch ich hatte mich leider getäuscht. Während Donald weiter mit Marlon diskutierte, um einen höflicheren Umgangston durchzusetzen, blickte Anna mich eindringlich an. »Du hast jemanden getroffen, oder? Jemand aus deiner Familie? Ich will denjenigen kennenlernen. Egal, wie schlimm es ist.«

»Das geht nicht«, entfuhr es mir.

»Wieso nicht, wenn du weißt, wo deine Verwandten sind?«

»Sie … könnten gefährlich sein«, war das Einzige, was mir einfiel.

Anna zog die Augenbrauen hoch. »Ich habe schon in einer

Familie von Drogendealern dafür gesorgt, dass die Tochter ein halbwegs normales Leben führen kann. Deine Leute können wohl kaum gefährlicher sein! Und apropos gefährlich, du hattest erwähnt, dass du bedroht wirst? Was ist denn passiert?«

Ach, nur ein Anschlag auf mein Leben und das meines Vaters. Aber so etwas hatte keinen Platz in Annas ordentlicher geregelter Welt, sie hätte sofort die Polizei gerufen und das hätte nichts gebracht außer Ärger und noch mehr Fragen. »Ich habe euch ja schon erzählt, dass Andrew Milling mir Probleme macht, weil ich nicht wollte, dass er weiterhin mein Mentor ist«, meinte ich vorsichtig.

Anna seufzte tief.

Ich sprach weiter: »Dieser Mann ist gefährlich, leider, mir wäre es ja auch lieber, es wäre nicht so. Er lässt seine Anhänger schon jetzt Menschen verletzen, und soweit wir herausfinden konnten, plant er etwas noch viel Schlimmeres!« Unwillkürlich redete ich schneller, weil ich spürte, dass sie mir nicht mehr zuhörte.

Leider war Donald gerade wieder ins Zimmer gekommen. »Hast du dir diese Nacht, in der du weg warst, etwa mit Detektiv- und Agentenspielen um die Ohren geschlagen?«, fragte er schroff.

»Nein, habe ich nicht«, antwortete ich trotzig und schon kamen die nächsten Fragen.

Das Verhör dauerte noch die halbe Nacht. Nur durch pure Sturheit schaffte ich es, die Wahrheit für mich zu behalten.

Kurz bevor ich auf meinem Stuhl einschlief, wurde mir gnädigerweise erlaubt, auf mein Zimmer zu gehen. Uff. Erschöpft und erleichert zugleich, sprintete ich die Treppen hoch, begab mich aber nicht in mein Zimmer ... sondern in Marlons, aus dem noch immer Hardrock schallte. Als ich die Tür aufstieß, konnte ich es nicht fassen, was ich sah. Während aus den Boxen Geräusche drangen, die mich an einen Verkehrsunfall erinnerten, hockten King und Marlon zusammen auf dem Fußboden und wählten auf einem Tablet irgendwelche Musiktracks aus.

»He, Jay, dein Kumpel ist echt in Ordnung – als ich die Tür aufgemacht habe, hat er mir nur gesagt, ich soll lauter drehen!«, dröhnte Marlon mir entgegen.

»*Sí*, hab ich! Wir haben fast den gleichen Musikgeschmack.« King wirkte äußerst gut gelaunt.

»*Fantástico*«, sagte ich schwach und fragte mich, was die dort im Zoo mit Kings Ohren angestellt hatten. Vielleicht machte es einen Unterschied, dass er nie in der Wildnis gelebt hatte?

Ich ließ die beiden mit ihrer Fachsimpelei allein und ging stattdessen noch kurz rüber zu Melody, um ihr Gute Nacht zu wünschen.

»Könnt ihr euch nicht für mich verwandeln, du und der andere Junge? Nur ein ganz kleines bisschen?«, bettelte meine Schwester. Ich hatte die kurze Vision, wie zwei große Raubkatzen schnurrend in ihrem Zimmer mit ihr spielten. Nein, nein, bloß nicht. Zum Ausgleich ließ ich an meinem Zeigefinger eine Kralle wachsen und schlitzte damit die Verpackung ihres allerneuesten Spielzeugs auf, irgendwelcher Perlenkram, aus dem man ein Armband basteln konnte.

»Ooooh!« Melody war hin und weg. Von der Kralle, nicht von den Perlen. »Ich hab den coolsten großen Bruder der Welt.«

Wie schön, dass sie damit offenbar nicht Marlon meinte.

»Schlaf gut«, sagte ich, gab ihr einen Kuss auf die Stirn und verzog mich in mein Zimmer. Katzen brauchen nämlich viel Schlaf, besonders wenn sie sich die letzten Nächte um die pelzigen Ohren geschlagen haben.

Irgendwann sehr spät wachte ich auf, als King hereinkam. »Also, wenn man Menschen nicht durch Gitter hindurch kennenlernt, sind sie eigentlich ganz nett«, meinte King zu mir. »Oder nein, ziemlich sehr nett!«

»Oder so«, murmelte ich und schloss wieder die Augen.

Als Theo uns abholte, um uns zu Lou Ellwoods Verwandtschaft zu fahren, verbrachte er einen Großteil der Zeit damit, mich aufzuziehen. »Na, schon nervös, Pumajunge? Wie fühlt es sich an, bald deine zukünftigen Schwiegereltern kennenzulernen?«

»Schwiegereltern? Hat dich 'n tollwütiger Pfeifhase gebissen oder was?« Aber nervös war ich tatsächlich, mein Herz machte ganz komische Sachen in meiner Brust.

»Bist du in das Wapiti-Mädchen verliebt?« King schaute mich neugierig von der Seite an.

»Bin ich nicht«, schnauzte ich zurück.

King grinste nur und Theo machte irgendwelche unverständlichen Elchgeräusche. Bis zur Abschlussprüfung musste ich dringend Tiersprachen üben.

Ich quatschte mit King über Menschen, ihre Eigenheiten und warum sie Tiere im Zoo unbedingt mit Bonbons, Pommes frites und Radiergummis füttern wollten. Dann parkte Theo den Kombi vor einem unscheinbaren Holzhaus am Rand des kleinen Ortes Victor. Es lag an einer ungeteerten Straße, am Fuß mehrer verschneiter Hügel. Beim großen Gipfel, wir waren angekommen!

Kekse des Grauens

Eine ältere Frau im geblümten Kleid öffnete und betrachtete uns, als würden wir versuchen, ihr Jagdzubehör zu verkaufen. Ihr kleiner, verkniffener Mund erinnerte mich an Isidore Ellwood. »Ah, ihr seid die Gäste, nicht wahr?«, meinte sie und der Wind wehte ihr das offene graue Haar aus dem Gesicht.

»Ja, sind wir«, sagte ich und King steuerte ein *»Buenos Días!«* bei, auf das die Frau erstaunt »Was für ein Tierarzt?« erwiderte. Oh, das fing ja gut an.

Sie führte King und mich in das sehr große Wohnzimmer. Stühle, Sofas, Betten, alles stand wild durcheinander und überall waren Wapiti-Woodwalker – zwei junge Männer stritten sich gerade, während ein dritter auf ein Klavier einhämmerte. Ein hübsches Mädchen mit honigfarbenem Haar war dabei, den Jungen am Klavier zu necken und

zwischendurch ein paar Tanzschritte zu üben. Auf einem Sofa lag ein rundlicher Hirsch mit eindrucksvollem Geweih und glotzte auf einen Fernseher, auf dem eine Serie lief. Ein anderer Wapiti-Wandler reparierte mitten im Raum irgendein Autoteil und fluchte dabei vor sich hin, während ein langbeiniges Kalb an seinem Ohr schnupperte.

Wir bekamen ein paar misstrauische Blicke ab, als unsere Witterung den Familienmitgliedern in die Nase stieg. Das Kalb stakste zu uns her.

»Wir tun dir …«, begann ich vorsorglich.

Das Kalb roch, dass wir Raubkatzen waren, sprang mit allen vier spindeldürren Beinen gleichzeitig in die Luft und galoppierte in einen Nachbarraum.

»… nichts«, beendete ich den Satz lahm.

Ein bisschen hilflos schaute ich mich um und suchte mit den Augen nach Lou. Ich fand sie schließlich ganz am Rand des Raumes. Mit angezogenen Beinen hatte sie sich auf ein Sofa gekuschelt und las gerade ein Buch. In diesem ganzen Raum war sie die Einzige, die Ruhe und Stille ausströmte … und mit einem Schlag wurde mir klar, warum Lou manchmal so einsam und traurig wirkte. In dieser Familie war sie ebenso unwichtig und fehl am Platze wie ein Strauß Rosen in einer ranzigen Bar.

Als sie uns sah, ging auf ihrem Gesicht die Sonne auf, sie legte das Buch beiseite, sprang auf und kam uns mit schnellen Schritten entgegen. »Oh, Carag, King! Wie schön, dass ihr da seid!« Sie nahm meine Hand und führte mich durch den Raum, dabei stellte sie uns allen möglichen Leuten vor, deren Namen ich fast sofort wieder vergaß.

»Das hier sind meine Tante Violet, meine Tante Anemone, meine Großmutter Rose, dort drüben sind mein Onkel und meine beiden Cousins …«

Ich nickte, sagte »Hallo« und verlor innerhalb von Momenten völlig den Überblick. Aber bei Lous Geschwistern passte ich noch mal richtig auf: Das blonde Mädchen, das uns einen kecken Blick zuwarf und sofort begann, uns einen Tanz vorzuführen, hieß anscheinend Honey und die klavierspielenden, streitenden Brüder hießen Blueberry und Elderberry. Ich versuchte, nicht allzu blöd dreinzublicken. Ich hatte noch nie Leute getroffen, die nach Honig und Obst benannt worden waren.

»So stellen wir uns den Menschen natürlich nie vor«, meinte der Bruder, der den Namen Blueberry – Heidelbeere – abbekommen hatte. »Mein Menschenname ist Benny, der andere Kerl da nennt sich Ken.«

»Hi, Ken, danke für die Aktion mit meiner Schwester damals«, sagte ich dankbar – dieser Bruder hatte es damals gewagt, Mia anzuquatschen.

»Kein Problem, war mir ein Vergnügen«, gab Ken zurück.

Du bist also dieser verdammte Raubkatzen-Wandler, mit dem meine Nichte in die Schule geht?, dröhnte der Hirsch auf dem Sofa.

Eine der Frauen schnupperte in unsere Richtung. *Halt dich fest, es sind sogar ZWEI Raubkatzen-Wandler, Hieronymus!*

»*Sí*«, sagte der arme King eingeschüchtert.

»Vielleicht lernen die beiden wenigstens ein paar Verwandlungstricks von Lou, ich bin anscheinend nicht fähig, sie ihnen beizubringen!« Auch Isidore Ellwood war inzwischen eingetroffen, er hängte sein braunes Jackett über einen Stuhl und krempelte die Hemdsärmel hoch.

Lou verzog das Gesicht. »Es tut mir wirklich leid, Carag.«

»Macht nichts«, log ich. »Wo ist eigentlich deine Mutter?«

»Ach, die hat noch im Ort zu tun.« Diesmal war es Lou, die log. Ich folgerte, dass ihre Mutter, die schon mal von einem

Berglöwen verletzt worden war, keine Lust hatte, mir zu begegnen.

»Kleiner Snack gefällig?« Eine von Lous Tanten hielt mir und King lächelnd eine Platte mit Gebäck vor die Nase. Ich war so dankbar für ihre Freundlichkeit, dass ich zurücklächelte und die Hand nach den Leckereien ausstreckte. »Was ist das denn genau?«

»Heukekse und kandierter Klee, meine Spezialität, ich versende sie über meinen Internetshop ins ganze Land«, erklärte die Tante begeistert.

Meine eigene Begeisterung hatte gerade schlagartig nachgelassen. Heu? *Never ever!*

»Nein danke, das ist wirklich nett, aber …«, meinte ich.

»Ach, probiert doch einmal, sie sind wirklich berühmt!« King und ich bekamen je ein Gebäckstück in die Hand gedrückt. »Ihr würdet etwas verpassen!«

Na gut. Vielleicht schmeckte der Klee nicht so schlimm. Während King mit Todesverachtung einen Heukeks aß, nahm ich eins der gezuckerten Blätter, steckte es in den

Mund und schaffte es, einen Moment lang darauf herumzukauen. Dann tat ich so, als würde ich durch ein offenes Fenster die Aussicht bewundern, und spuckte das Zeug unauffällig aus.

Jedenfalls dachte ich, es wäre unauffällig gewesen.

He, wer spuckt denn hier mit kandiertem Klee?, rief das Wapiti, das auf der anderen Seite des Fensters gelegen hatte. Zehn Augenpaare richteten sich empört auf uns.

Leider hatte King den Keks nicht gut vertragen, er war merklich blasser geworden und begann plötzlich zu würgen. Seine Augen suchten verzweifelt etwas, vielleicht das Bad. Doch schon überkam es ihn und ich konnte förmlich sehen, wie sein Mageninhalt nach oben drängte. Leider stand er ausgerechnet neben dem Klavier – die braunen Bröckchen passten nicht gut zu den schwarzen und weißen Tasten.

Schockiertes Schweigen hatte sich über den Raum gesenkt.

Lou tat mir wirklich leid, so hatte sie sich den Besuch bestimmt nicht vorgestellt! Sie wirkte fertig, aber auch irgendwie ärgerlich. »Es war ein Fehler, euch mit hierher zu nehmen«, sagte sie. »Unsere Welten sind einfach zu verschieden ... und Raubkatzen haben manchmal wirklich Probleme, sich zu beherrschen!«

Ungläubig blickte ich sie an. Konnte sie uns nicht irgendwie verstehen? Nein, anscheinend nicht, so einfühlsam sie sonst auch war.

King und ich blickten uns an. »Wie lange dauert es noch, bis euer Elch uns abholt?«, flüsterte er mir ins Ohr und wischte sich mit verzogenem Gesicht den Mund ab.

»Drei Stunden«, flüsterte ich zurück.

Zwei Katzen, ein Gedanke. Wir verabschiedeten uns von Lou und baten sie, uns die Klamotten morgen in die Schule mitzubringen. Dann sprangen ein Puma und ein Jaguar durchs Fenster und rannten, so schnell sie konnten, in Richtung der Hügel.

Herzbeben Stärke 9

Als wir zurück waren an der Clearwater High, wollte ich nur eins – allein sein. Ich verabschiedete mich von King und sah zu, wie er die unbehauenen Granitblöcke, aus denen die wild zerklüftete Seite der Schule gebaut worden war, hochrannte und durch das Zimmerfenster schlüpfte. Dann streifte ich in den weißen Wald hinein, lief ziellos zwischen Drehkiefern entlang und rollte mich schließlich auf einer schneefreien Stelle unter einer Douglasfichte zusammen. Mein Herz fühlte sich an wie ein leeres Schneckenhaus, ich konnte es kaum schlagen fühlen. Konnte ich Lou nach diesem scheußlichen Treffen je wieder in die Augen sehen?

Es machte mir auch zu schaffen, dass meine Gefühle so verworren waren. Etwas hatte sich verändert in mir, doch ich wurde nicht schlau daraus. Es war, als hätte mein innerer Kompass vergessen, wo Norden war. In den letzten Wochen hatte ich Lou nicht mehr ständig beobachtet so wie früher. In manchen Momenten hatte ich sie einfach *vergessen.* Und dieses Treffen ... ihre Bemerkung ... hatten etwas kaputt gemacht. Nie war mir klarer gewesen, dass wir im Grunde nicht zusammenpassten. Uns fremd waren und vielleicht immer bleiben würden. Ich wünschte, Tikaani wäre hier, doch sie weigerte sich ja leider, über Huftiere zu reden! Mit ihr konnte ich das ganze Problem also nicht besprechen.

Als meine Ohren ein Geräusch auffingen, hob ich den Kopf. Da war es wieder, das leise Wippen schaukelnder Zweige. Sie schaukelten, weil ein Rothörnchen darüberlief und von Ast zu Ast sprang. *He, da bist du ja endlich, boah, war das anstrengend, dich zu finden! Der Schnee nervt, ich hab keinen Bock mehr auf Schnee, und das nennt sich Frühling, echt jetzt!*

Holly, was machst du hier?, fragte ich und merkte, dass ich mich freute.

Na, hier sein halt. Mit einem gewagten Sprung landete meine beste Freundin auf meinem Rücken und brachte eine kleine Lawine Schnee mit. *Wie geht's dir?*

Beschissen, sagte ich.

Holly streichelte meine Schnauze mit ihren winzigen Pfötchen. *Liebeskummer?*

Ich weiß nicht genau, meinte ich und dann sprudelte es aus mir heraus. *Eigentlich heißt es ja, dass Liebe alle Hindernisse überwindet, oder? Doch inzwischen glaube ich, es würde mir auch*

reichen, mit Lou einfach befreundet zu sein. Mehr muss da gar nicht sein.

Holly kuschelte sich zwischen meine Vorderpfoten. *Du liebst doch sowieso inzwischen jemand anders,* sagte sie, es klang fast amüsiert. *Und sie hat sich auch in dich verliebt, aber das hast du noch nicht kapiert, oder?*

Wen meinst du?, fragte ich, doch im selben Moment begriff ich schon. *Tikaani?*

Du bist ja doch nicht so begriffsstutzig! Wärst du jetzt gerne bei ihr? Würdest du ihr gerne in die Augen schauen? Ihr alles erzählen? Mit ihr durch den Wald laufen?

Ja, ja und ja, meinte ich und als Menschenjunge wäre ich sicher rot angelaufen. Schon an all das zu denken, fühlte sich sensationell gut an. *Aber ... ich bin eine Großkatze und sie ist eine Wölfin, glaubst du nicht, dass ihr das was ausmacht?*

Eins von Hollys Öhrchen zuckte amüsiert. *Ja und? Hast du nicht gemerkt, dass sie dich kaum aus den Augen lässt? Dass sie sich freut, wenn du in der Nähe bist, selbst wenn du sie um drei Uhr nachts aufweckst? Dass sie Lou nicht mehr ausstehen kann, weil sie weiß, dass du bisher für sie geschwärmt hast?*

Ja, wie dämlich kann man eigentlich sein? Es war wie eins dieser Menschenspiele, die sie Puzzle nennen. Auf einmal passten alle Teilchen ineinander. Sie hatten schon längst gepasst, ich war nur nicht auf die Idee gekommen, sie zusammenzufügen.

Kann sein, dass du recht hast, meinte ich vorsichtig. *Meinst du wirklich?*

Holly hangelte sich an meiner Schulter hoch, um sich auf meinen Kopf zu setzen. *Klar. Brandon und ich haben schon gewettet, wann du es endlich checkst.*

Ihr seid echt gemein, fauchte ich sie an, aber nur halbherzig, ich war viel zu sehr damit beschäftigt, dieses herrliche Gefühl in mir auszukosten. *Was meinst du, wieso ... wann ... was ...*

Meine beste Freundin kicherte leise. *Vielleicht ist es passiert, als ihr gemeinsam gegen diesen Sausack Andrew Milling gekämpft habt, auf diesem Berg, um deine kleine Schwester zu befreien. Jedenfalls war ein gewisses Wolfsmädchen garantiert ordentlich beeindruckt, dass du es geschafft hast, ihn zu besiegen!*

Es stimmte. Seit wir gemeinsam gekämpft hatten, gab es ein Band zwischen uns. Wir hatten uns unser Leben anvertraut und waren nicht enttäuscht worden. Plötzlich war mir alles klar: Auch dass sie wieder in ihr Rudel eingetreten war, hatte sie für mich getan, damit Jeffrey endlich aufhörte, mich für ihren »Verrat« zu bestrafen. Weil sie mich mochte ... in mich verliebt war? Noch konnte ich es nicht ganz glauben.

Tikaani! Ich hätte viel dafür gegeben, jetzt bei ihr zu sein, mit ihr reden zu können, doch sie war gemeinsam mit zwei Schülern aus Costa Rica – Criz und Sparky, einer Falschen Lanzenotter und einem Kolibri – abgeholt worden zu einem Besuch bei ihrer Familie im hohen Norden. Darauf war ich furchtbar neidisch, bestimmt wäre dieses Treffen ganz anders gelaufen als das mit den Wapitis! Erst spät am Sonntagabend würde ein Buschpilot die drei – zwei von ihnen wahrscheinlich furchtbar durchgefroren – zurückbringen.

Wie sollte ich es nur bis dahin aushalten?

Komm, wir gehen erst mal zurück zur Schule, meinte Holly und zupfte mich ungewohnt sanft am Ohr.

Brandon war ebenfalls zurück, als ich in mein Zimmer

schlüpfte, mich verwandelte und schnell ein T-Shirt überstreifte. »Wie ist es gelaufen?«, flüsterte er extraleise, weil King schon schlief.

»Schrecklich!«, versicherte ich ihm und gab ihm eine Kurzfassung. Brandon schnaubte vor unterdrücktem Lachen, besonders als ich erzählte, wie King den Heukeks ins Klavier gekotzt hatte. »Oh nein! Ich glaub's nicht. Das wird Mr Ellwood ihm nie verzeihen, gut, dass King bald abreist.«

»Und bei dir, wie war es mit Maureen?«

»Lustig. Sie hat meinen Eltern was vom Teller geklaut, als sie nicht hingeschaut haben, aber die haben es nicht gemerkt. Erst zum Schluss haben sie rausgekriegt, dass Maureen ein Geierweibchen ist, dann waren sie entsetzt, aber vorher haben sie sich eigentlich gut verstanden. Mein Vater hat versucht, mit ihr Spanisch zu reden, was ein bisschen peinlich war, aber sie fand das witzig.«

»Maureen ist schon in Ordnung«, sagte ich.

Danach lag ich einfach auf meinem Bett, schaute zur Decke und fantasierte vor mich hin.

»Willst du nicht mal schlafen?«, brummte Brandon.

»Eigentlich nicht, ich will noch mit Tikaani reden, wenn sie zurückkommt«, meinte ich.

»Aha, du hast also was kapiert, oder?«

»Ich glaube schon«, antwortete ich und spürte wieder diesen Sonnenschein durch meine Adern strömen. »Wieso habt ihr es mir nicht einfach gesagt?«

»Du hättest uns bestimmt vorgeworfen, dass wir nicht mehr alle Nüsse beisammenhaben.«

»Wieso Nüsse? Bin ich Holly oder was?«

»Oder nicht mehr alle Krallen an der Pfote oder so was. Keine Ahnung, was Pumas in solchen Situationen sagen.« Brandon gähnte. »Also ich jedenfalls schlafe jetzt! Wenn ich das schaffe … mir gehen ständig Frankie und Milling durch den Kopf. Letzte Nacht habe ich sogar geträumt, die beiden wären vorbeigekommen und hätten eine Brandbombe auf unsere Schule geworfen.«

»Bescheuerter Traum – Frankie würde höchstens eine Wasserbombe werfen«, murmelte ich und spürte, dass mein Gehirn an neuen Plänen zu arbeiten begann, wie ich meinem größten Feind das Handwerk legen konnte. Vielleicht konnte der Rat einen Aufruf an alle Woodwalker starten, nach Millings acht Stützpunkten Ausschau zu halten. Vielleicht konnten wir diese Orte dann öffentlich machen oder sogar angreifen?

»Wasserbomben sind gut, die mag ich«, sagte Brandon. »Grüß Tikaani von mir, wenn du sie siehst.«

Das nahm ich mir fest vor. Leider schlief ich dabei und beim Pläneschmieden anscheinend ein, denn als ich das nächste Mal die Augen aufschlug, dämmerte draußen der Morgen.

Verdammt!

Die Sache mit der Liebe

Blöderweise hatte ich nicht nur Tikaanis Rückkehr verpasst, sondern auch noch verschlafen. Das merkte ich, als mich ein gewisses Huftier an der Schulter rüttelte.

»Die Zahlen rufen!«, verkündete Brandon, denn montags hatten wir als erste Stunde Mathe.

»Mich nicht, ich höre nichts«, ächzte ich und hievte mich aus dem Bett.

Im Eiltempo wusch ich mich, zog mich an und schrubbte mir kurz über die Zähne. Dann hasteten wir nach unten zum Klassenzimmer.

Tikaani saß schon dort und alberte mit Miro herum, warf mir aber einen herzlichen Blick zu. Ich saß schräg hinter ihr und konnte kein einziges Wort mit ihr wechseln. Doch wenn ich genau darüber nachdachte, traute ich mich sowieso nicht, sie darauf anzusprechen, was Holly gesagt hatte.

Zum Glück tat Lou so, als wäre gar nichts passiert. Am besten, ich machte das genauso. Vielleicht würde ich es irgendwann schaffen, den peinlichen Besuch bei ihren Verwandten zu vergessen.

Heute war der letzte Tag unserer Gäste aus Costa Rica, deswegen hing ein bisschen Wehmut in der Luft. Und natürlich ein leichter Duft nach Affe und Reptil.

In Verwandlung hatte sich Mr Ellwood etwas Besonderes

ausgedacht. »Juanita und Ignacio, wie wäre es denn, wenn ihr euch heute beide verwandeln würdet? Sehen wir euch vor der Abreise noch mal in Menschengestalt?«

Na gut, hauchte Juanita aus ihrer Zimmerecke heraus. Gespannt sahen wir zu, wie sie sich an einem Faden herunterhangelte und mit ihrem achtbeinigen, haarigen Freund in die Mitte des grasbewachsenen Innenhofs marschierte.

Estella rannte los, um für Juanita und Ignacio Klamotten zu holen. Sie hatte es so eilig, dass ihre Freundin Tovi mit den Flügeln schlagen musste, um nicht hintenüberzukippen. *Wenn du jetzt öfter so schnell rennst, solltest du einen Sicherheitsgurt auf deiner Schulter anbringen,* motzte der Sittich-Wandler.

Spinnst du, bin ich ein Auto oder was?, motzte Estella zurück. Kurz darauf war sie zurück und warf Ignacio eine Jeans zu.

»Augen schließen!«, kommandierte Mr Ellwood uns, es raschelte ein wenig, dann durften wir schauen.

Ignacio, mit gegeltem schwarzem Haar und muskulösem Körperbau, stand Juanita gegenüber, die selbst in ihrem gelben Lieblingskleid ziemlich unförmig aussah. Verlegen schaute sie zu Ignacio hoch und rieb sich über die dünnen Arme, als wollte sie sie verstecken. Doch Ignacio trat einfach auf sie zu, nahm ihr Gesicht in beide Hände, murmelte »Schönstes Mädchen von Welt!« und küsste sie sanft auf die Lippen.

Wir johlten und klatschten.

»Ganz schön mutig«, murmelte Holly und stieß mich mal wieder mit ihrem Ellbogen in die Rippen.

»Lass das«, brummte ich. Wollte sie mir damit etwa sagen, dass ich Tikaani küssen sollte? Schon beim Gedanken daran bekam ich Panik. Ich wusste nicht, wie das mit dem Küssen ging!

Endlich, endlich war Pause. Jetzt fiel mir auch auf, dass Tikaani mich nicht aus den Augen ließ. Konnte es wirklich sein, dass

Holly recht hatte? Wir schlenderten aufeinander zu, sodass es ganz zufällig aussah, Tikaani guckte in die Luft, witterte nach rechts und links und kam mir dabei immer näher. Und ich ihr.

Jedenfalls bis Jeffrey dazwischenfunkte. »Hey, Tikaani, komm rüber, wir wollen dir was erzählen«, meinte er und zog sie am Arm weg.

Ich hätte ihn erwürgen können. Zum zehntausendsten Mal.

Niedergeschlagen ging ich an den nächstbesten Computer, um meine Mails zu checken. Brandon trat von hinten an mich heran und ich meinte: »Ich schaue mal nach, ob Frankie wieder geschrieben hat, vielleicht kommt er auf der Flucht aus Millings Stützpunkt noch kurz …«

»Er ist vor Milling geflohen?« Das war nicht Brandons Stimme!

Ich fuhr herum und sprang so hastig auf, dass der Stuhl nach hinten kippte und zu Boden polterte. Hinter mir stand Manuel, der Echsen-Wandler, der nie einen Hehl daraus gemacht hatte, dass er Andrew Milling richtig toll fand.

Ein halbes Lächeln stand auf Manuels Lippen, als wir uns gegenüberstanden. »Also kein Spiel. Habe ich mir fast gedacht«, sagte er und warf noch mal einen Blick über meine Schulter, bevor ich ihn daran hindern konnte. Eulenkacke!

Manuel schlenderte davon und jetzt erst kamen Brandon und Holly auf mich zu.

»Manuel wird keine Zeit verlieren und Milling kontaktieren«, presste ich hervor. »Wenn Frankie dann noch dort ist …«

»Ist er bestimmt nicht«, versuchte Holly, mich zu beruhigen. »Carag, ich hab nachgedacht, viel nachgedacht in letzter Zeit«, mischte sich plötzlich Alfredo in seiner bedächtigen Art ein. »Also, ich bin dabei bei deinem Kampf gegen Andrew Milling.« Er blinzelte mir durch seine dicke Brille zu.

Die Leute aus seiner Klasse hatten das alle gehört und viele blickten sich gegenseitig an und nickten. Vielleicht dachten sie, wenn Alfredo etwas gut fand, konnte es nicht ganz verkehrt sein.

Maureen wurde aufgeregt. »Mein Vater arbeitet bei der Fluggesellschaft, ich kann ganz schnell herfliegen, wenn es hart auf hart kommt! Wahrscheinlich kann ich sogar kostenlose Tickets für noch ein paar andere aus meiner Klasse bekommen.«

Ich flieg mit!, beschloss Ignacio. Er hockte als Vogelspinne auf einem von Alfredos Heften.

»Ich auch«, sagte King mit fester Stimme. Dafür kassierte er von seinem besten Freund Manuel einen finsteren Blick. Hoffentlich gab es keinen Ärger zwischen diesen beiden, ich hatte nicht vorgehabt, ihre Freundschaft zu zerstören!

»Wenn sich rausstellt, dass hinter den Anschlägen auf die Menschen wirklich Milling steckt, werde ich auch gegen ihn kämpfen«, verkündete Domino und Estella nickte eifrig. »Ich auch!«, dröhnte sie.

Blanca und Manuel blieben stumm. Wie schade, dass Manuel unser Gegner war oder sein würde. Blanca sah aus, als würde das alles sie nicht interessieren. Was vermutlich auch besser war, denn sie war wirklich gefährlich, wenn man sie zum Feind hatte.

»Ich gebe euch Bescheid, wenn es so weit ist«, sagte ich zu meinen neuen Verbündeten. Dann besprach ich schnell meine Idee, alle Woodwalker nach Millings Stützpunkten suchen zu lassen, mit Holly und Brandon. Die beiden fanden sie gut und so leitete ich sie an den Rat weiter – inzwischen hatte ich eine Mailadresse, unter der ich ihn verschlüsselt kontaktieren konnte.

Den ganzen Vormittag musste ich an Millings Großen Tag

der Rache denken. Fünfzehntausend Woodwalker halfen ihm! Wenn der Rat recht hatte, war das unfassbar. Mit einem eisigen Gefühl in der Magengrube schickte ich eine Nachricht an Sierra, unsere Helferin in Kalifornien. *Hast du schon etwas über Arula herausgefunden?*

Hi, Carag! Ich weiß inzwischen, dass sie eine junge Luchs-Wandlerin aus Kalifornien ist, kam es zurück. *Und ich habe mitbekommen, dass tatsächlich eine Menge von Millings Leuten nach ihr suchen. Wimmelt hier förmlich von denen. Diese Arula muss ziemlich wichtig für Milling sein. Melde mich, wenn ich mehr herausgefunden habe. Sierra.*

Arula war kein Ort, kein Ding, sondern der Name eines Mädchens! Anscheinend hatte Milling sie noch nicht gefunden. Wieso suchte er nach ihr und auch noch mit voller Kraft? Luchs-Wandlerin. Da kitzelte irgendetwas in den Tiefen meiner Erinnerungen, aber ich bekam es nicht zu fassen.

In der Pause erzählte ich das alles sofort Holly, Brandon und Lou.

»Ein Mädchen?« Brandon war geschockt. »Warum sucht Milling nach irgendeinem Mädchen? Liebt oder hasst er sie?«

»Ich tippe darauf, dass sie eine Feindin von ihm ist«, meinte ich, es war nur so ein Gefühl. Aber ich hatte gelernt, auf meine Instinkte zu vertrauen.

»Muss nicht sein, vielleicht ist sie auch eine lang verschollene Verwandte«, spekulierte Lou. »Es gibt ja in vielen Woodwalker-Familien unterschiedliche Wandler ...«

»Oder sie könnte eine Art von Geheimwaffe sein, eine Woodwalkerin mit besonderen Fähigkeiten, die ihm bei seinem Großen Tag helfen soll«, sagte ich nachdenklich.

Was auch immer dahintersteckte – diese Arula schien für

Milling wichtig zu sein und ich hoffte, dass unsere Ermittlerin es schaffte, sie vor ihm zu finden.

Mir ging so viel durch den Kopf, dass ich prompt einen schlechten Eindruck im Tiersprachenunterricht meines Vaters machte. »Also Elchisch ist wirklich nicht deine Stärke«, meinte Xamber kopfschüttelnd. »Was genau meinst du mit ›Setz dich auf meine Wasserkresse‹, du solltest nur sagen, dass er dein Revier meiden soll! Du musst wirklich ...«

Netterweise versuchte Dorian, ihn von mir abzulenken. Er reckte die Hand in die Luft. »Mr Goldeneye, nehmen wir eigentlich auch noch Hauskatzen- und Hundesprache durch?«

Es funktionierte, mein Vater vergaß mich vorübergehend. »Das kommt im zweiten Schuljahr dran«, sagte er und begann, den armen Dorian abzufragen. Heldenhaft ertrug mein Freund sein Schicksal. Das ergab bestimmt eine Anekdote in seiner Autobiografie, mit der er gut vorankam.

Nach der Mittagspause verabschiedeten wir unsere südamerikanischen Freunde mit Winken, einem zuvor eingeübten Tanz und vielen guten Wünschen.

Ich war ziemlich sicher, dass Tikaani dabei vor dem Eingang der Schule nicht zufällig neben mir stand. Unsere Hände waren so nah, dass sie sich fast berührten, und mein Herz schlug schmerzhaft gegen die Rippen, als wollte es mir Klopfzeichen geben. Doch wieder konnten wir kein Wort wechseln, dafür sorgten das Wolfsrudel, Estellas lautes Turbo-Geplapper in Spanisch und jede Menge gegrölte Abschiedsparolen.

Als die Gäste weg waren, schien die Clearwater High geradezu unheimlich ruhig zu sein.

Und in genau diese Stimmung ließ James Bridger seine Neuigkeiten hineinplatzen.

Die Sphinx des Todes

Ihr erinnert euch daran, was ich euch erzählt habe, das von dieser eigenartigen Frau?«, meinte er und stützte beide Ellenbogen auf das Lehrerpult. »Ihr habt bestimmt mitbekommen, dass wir sie durch eine Fernsehsendung, bei der sie mithilft, ausfindig gemacht haben. Tja, heute Vormittag hat Lissa Clearwater mit ihr telefoniert.«

Es war so still in der Klasse, dass das Geräusch von Leroys Atmen mir in den Ohren zu dröhnen schien. Alle Augen waren auf James Bridger gerichtet, denn sein Gesichtsausdruck ließ uns ahnen, dass jetzt keine guten Neuigkeiten kommen würden.

»Sie hat aus der Frau rausbekommen, was für eine Wandlerin sie ist«, fuhr er fort. »Löwe. Habe ich mir schon fast gedacht, sie wirkte so aggressiv.«

»Also kommen ihre Vorfahren aus Afrika?«, fragte Leroy.

»Genau. Aber das Interessanteste ist, sie behauptet, eine Nachfahrin der Sphinx und einer Löwengöttin aus Ägypten zu sein.« Bridger lächelte gequält und zeigte ein Bild herum – das einer riesigen Statue im Wüstensand. Ein streng und etwas rätselhaft blickendes Wesen mit Löwenkörper und Menschenkopf. Unsere ganze Schule hätte locker unter ihr Kinn gepasst.

»Kann das denn stimmen? Das mit ihren Vorfahren?« Nimble, unser Kaninchen-Wandler, klang neugierig, seine Augen glänzten. Ich wusste, dass er sich schon immer für das alte Ägypten interessiert hatte.

»Gut möglich.« Bridger seufzte. »Und wie es den Anschein hat, ist diese Dame wütend darüber, dass Woodwalker heute im Verborgenen leben und nicht mehr angebetet werden.«

»Wieso angebetet?« Wing machte große Augen.

»Wenn sich jemand in ein Tier verwandeln konnte, gingen die Leute im alten Griechenland und Ägypten davon aus, dass derjenige ein Gott sein musste. Oder in dem Fall eine Göttin.«

»Genau das, was ich immer sage – und wofür übrigens auch Andrew Milling eintritt –, wir Woodwalker sind den Menschen einfach überlegen!« Das kam natürlich von Jeffrey. »Gott sein ist bestimmt cool, ein bisschen Anbetung, Opfergaben, so viel man will, Schicksale entscheiden …«

James Bridger unterbrach ihn, seine Stimme klang hart. »Jedenfalls hat sie vor, sich öffentlich dazu zu bekennen, dass sie eine Woodwalkerin ist. Sie meint, die Zeit wäre nun reif dafür, dass Wandler stolz dazu stehen können, was sie sind. Jeder solle von unseren besonderen Fähigkeiten erfahren, gegen die die Menschen ihrer Meinung nach ziemlich jämmerlich aussehen. Deshalb will sie sich im Fernsehen verwandeln. Live und in Farbe.«

Der Schock verschlug uns allen den Atem, sogar sämtlichen Wölfen. Miro winselte leise, obwohl er gerade in Menschengestalt am Unterricht teilnahm.

James Bridger holte tief Luft und straffte die Schultern. »Lissa Clearwater und ich werden dieses Problem mithilfe des Rates lösen müssen«, sagte er. »So, jetzt aber zur Vorbereitung eures Praktikums, das ja Anfang nächster Woche beginnt …«

Doch an einen geregelten Unterricht war nicht zu denken. Aufgeregt tuschelten wir durcheinander und ein halbes Dutzend Arme reckte sich nach oben, weil alle ihre Fragen loswerden wollten.

»Wie könnte man sie denn daran hindern?«, fragte Cookie entsetzt.

»Das wissen wir noch nicht genau, möglicherweise stellt sie Forderungen«, antwortete James Bridger. Eine so ausweichende Antwort ließen die Wölfe nicht durchgehen.

»Würde der Rat sie zur Not töten, bevor sie diesen Auftritt hat?«, knurrte Cliff.

»Nein, das wäre nicht in Ordnung«, erwiderte Bridger. »Aber der Rat könnte vorübergehend ihre Verwandlungsfähigkeit blockieren. Das ist ihr sicher bewusst, sie wird also sehr vorsichtig sein, wenn sie mit einem von uns zu tun hat.«

Sind Löwen-Wandler besonders aggressiv? Wie viele gibt es von denen überhaupt hier in Amerika?, wollte Shadow wissen. Er hatte sich vor Schreck in seine Rabengestalt verwandelt und auch Leroy hatte ein deutliches Fellmuster auf den Armen bekommen.

»Ja, Löwen-Wandler, die als Menschen leben, haben einen eher schlechten Ruf, es gab Zwischenfälle in der Vergangenheit. Wie viele von ihnen es gibt, wissen wir leider nicht.«

»Was meint sie, wenn sie sagt, die Zeit sei reif dafür?«, knurrte Bo und die Art, wie Jeffrey ihn in die Rippen stieß, machte mich misstrauisch. Cliff flüsterte seinem Rudelgefährten ins Ohr.

James Bridgers Blick war hart geworden, er fixierte die Wölfe. »Das hat vermutlich etwas mit der zunehmenden Macht von Andrew Milling zu tun. Jedenfalls klingt dieses Überlegenheits-Gerede wirklich sehr nach seiner Propaganda, durch die er die Leute aufwiegeln will.«

»Was ist, wenn sie uns tatsächlich auffliegen lässt?«, fragte ich und ein unangenehmes Kribbeln durchlief mich. »Was dann? Müssen wir dann irgendwie fliehen oder so was? Vielleicht könnten wir nicht mehr als Menschen leben, sondern müssten in unserer Tiergestalt bleiben.«

Ein paar Leute aus der Klasse quiekten erschrocken auf. Klar, die hatten sich inzwischen sehr an Internet, Süßigkeiten und Supermärkte gewöhnt.

»Ich weiß es nicht, Carag«, meinte James Bridger grimmig.

»Vielleicht töten sie uns auch«, sagte Leroy dumpf.

Das war der Moment, in dem Tikaani begann, sich sehr, sehr eigenartig zu benehmen.

»Wieso tun wir ihr nicht einfach den Gefallen und verehren sie ein bisschen?«, rief sie mit so lauter Stimme, als wäre sie bei Estella in die Lehre gegangen. »Das will sie doch. Ein bisschen Anbetung und dann ist Ruhe! Wieso sagen wir ihr nicht einfach ...«

»Ich glaube ehrlich gesagt nicht, dass dann Ruhe ist«, unterbrach James Bridger sie und kreuzte die Arme vor der Brust.

»Wie, ich darf nicht mal ausreden?« Tikaani war aufgesprungen. »Wieso hören Sie mir nicht zu? Sie gehen diese ganze Sache ganz falsch an und ...«

Wir starrten sie alle erschrocken an. Hatte sie sich mit Tollwut angesteckt? Oder hatte sie was Falsches gegessen? Nur Jeffrey und seine Kumpels wirkten eher belustigt, aber das war nichts Besonderes, sie fanden es immer gut, wenn aus irgendwelchen Gründen der Unterricht gestört wurde.

»Setz dich.« James Bridgers Stimme war ruhig, aber durchdringend.

Doch Tikaani dachte nicht daran. Stattdessen hob sie das Kinn und begann, einen Wolfsgesang anzustimmen, ihr Geheul hallte wahrscheinlich durch die halbe Schule.

Ihre Rudelgefährten gluckten und stießen sich gegenseitig an.

Mr Bridger hatte offenbar genug. »Schluss jetzt! Du meldest dich heute Nachmittag bei Sherri Rivergirl zum Kartoffelschälen.«

Tikaani knurrte ihn an, doch dann setzte sie sich tatsächlich wieder.

Etwas verstört, blickte ich zu ihr hinüber. Hatte das Mädchen, in das ich mich verliebt hatte, nicht mehr alle Krallen an der Pfote? Und warum wirkte Tikaani gerade zufrieden, obwohl sie heute ihre komplette Freizeit mit Gemüse verbringen würde?

Der Unterricht konnte weitergehen. Nachdem wir uns von dem Schreck erholt hatten, diskutierten wir hitzig, ob ein Einzelner das Recht hatte, uns alle auffliegen zu lassen, und bevor wir es uns versahen, war die Stunde vorbei. Doch als ich mit den anderen hinausgehen wollte, hielt James Bridger mich wortlos zurück. Ich wusste zwar nicht genau, was er wollte, aber ich ahnte, dass es wichtig war.

»Wir sehen uns später!«, rief ich Holly, Brandon, Dorian und vor allem Tikaani zu, die sich vermutlich bald auf den Weg zu ihrem Küchendienst machen musste.

James Bridger setzte sich auf sein Lehrerpult und unsere Blicke trafen sich. »Diese Frau – Rebecca Youngblood – ist eine ziemlich schwierige Persönlichkeit. Mich mag sie aus irgendwelchen Gründen nicht und Lissa ist nicht sicher, ob sie eine Adlerin wirklich akzeptiert. Bei einem Raubkatzen-Wandler wäre das vielleicht anders.«

Meine Fußspitzen zuckten vor Aufregung. »Ich helfe euch gerne, wenn ihr mich braucht.«

»Genau darum wollten wir dich bitten. Lissa versucht gerade, die Dame zu einem Treffen zu überreden. Falls das wirklich gelingt, wäre es toll, wenn du mitkommen könntest. Lissa hat schon einen erwachsenen Raubkatzen-Wandler gefragt, den sie kennt, doch der hat leider abgelehnt. Und so viele von euch gibt es ja nicht.«

Ich war baff, dass Miss Clearwater mir das zutraute, nachdem ich das Treffen beim Rat verkatzt hatte. »Glaubst du denn, Lissa schafft es, die Sphinx zu überreden?«

»Ich weiß nicht. Demnächst wollen die beiden noch mal telefonieren.«

»Was ist, wenn diese Sphinx-Frau vorher schon Ernst macht?«

»Daran haben wir natürlich auch schon gedacht. Der Rat forscht mit Hochdruck nach ihr, doch sie hält ihren Wohnort geheim, es ist ganz wenig über sie bekannt.«

Nachdenklich blickte ich auf das Bild der riesigen Sphinx-Statue, mit einem rätselhaften Ausdruck starrte das gigantische Wesen in die Ferne.

Der Gedanke, dass ein solches Wesen – wenn auch deutlich kleiner – in unserer Welt lebte, gefiel mir kein bisschen.

Götter und Kartoffeln

Zum Glück fiel die nächste Stunde – Kunst – aus, weil Mrs Parker krank war. Vielleicht hatte sie sich den Magen verdorben, es war ein offenes Geheimnis, dass sie sich ab und zu Hunde-Leckerlis im Supermarkt kaufte.

So hatten wir am Nachmittag Zeit, mehr über das Thema Sphinx und Ägypten herauszufinden. Was war dort am Nil vor ein paar Tausend Jahren los gewesen? Holly, Brandon, Nimble, Dorian und ich scharten uns um den nächstbesten Computer. »Boah, ist das krass!«, gab Holly von sich. »Angeblich hat eine Sphinx früher Reisenden ein Rätsel gestellt. Wenn sie das nicht lösen konnten, hat sie die aufgefressen!«

»Charmante Persönlichkeit«, murmelte ich.

Brandon beugte sich konzentriert in Richtung Bildschirm. »Soweit ich sehe, gab es im alten Ägypten verschiedene Löwengötter«, sagte er stirnrunzelnd. »Zum Beispiel Tefnut, Mut, Sechmet oder Mahes. Wäre interessant zu erfahren, von welchem oder welcher sie abstammt. Die fieseste war anscheinend Sechmet, eine Kriegsgöttin.«

Er deutete auf eine Abbildung, die eine Frau mit Löwenkopf zeigte, sie trug nichts als einen Lendenschurz. »Sie war angeblich blutdurstig und unberechenbar. Aber sie hat auch Gutes getan, zum Beispiel schützte sie den Pharao im Krieg und half ihm, seine Feinde zu besiegen. Und wenn man krank war, konnte man einen Sechmet-Priester rufen, der half einem dann gegen die Krankheit. Denn Seuchen kamen angeblich auch durch Sechmets Boten.«

»Ist ja nett«, meinte Nimble, unter seinem Arm klemmte ein Buch, auf dem hellbraune eckige Dinger abgebildet waren – ach ja, die Pyramiden. »Es gab übrigens auch eine ägyptische Katzengöttin. Bastet hieß sie.«

Dorian grinste selbstzufrieden. »Wundert mich überhaupt nicht, Katzen sind schließlich herrliche Tiere.«

»Äh, kann sein, aber im Vergleich zu den anderen Tiergöttern war Bastet nicht besonders wichtig.« Nimble zeigte seine aufgeschlagene Seite im Buch und neugierig beugten wir uns darüber. Zwei der Götter hatten einen Vogelkopf – der eine hatte den langen Schnabel eines Wasservogels, der andere war eindeutig ein Falke.

»Horus«, sagte Nimble fachkundig. »Eins der ganz hohen Tiere damals, Gott des Himmels und der Sonne. Der andere da ist Thot, Gott der Magie, Wissenschaft und Weisheit.«

»He, die Vorfahren von Mr Bridger waren auch da.« Holly deutete auf eine Menschengestalt mit kojotenartigem Kopf.

»Nee, aber so ähnlich – Schakal«, informierte uns Nimble. »Das ist Anubis, ein Gott, der für den Tod, die Mumifizierung und so was zuständig war.«

»Oh, wie appetitlich.« Ich verzog das Gesicht. Konnte die Löwen-Wandlerin Mr Bridger deswegen nicht ausstehen, weil er sie an Anubis erinnerte?

»Und das alles waren *Woodwalker?«* Holly wirkte fasziniert.

»Kann sein«, meinte Brandon vorsichtig. »Das mit diesen Tierköpfen sieht sehr nach Teilverwandlung aus und hier steht, dass sich viele dieser Götter auch in Tiergestalt gezeigt haben. Passt alles.«

Die anderen diskutierten weiter, doch ich stand unauffällig auf, um zu gehen. Nur Holly bemerkte es. »Wo willst du denn hin, Schnurrbombe?«

»Kartoffeln kitzeln«, flüsterte ich ihr zu und zog mich lautlos zurück, sodass die anderen kaum bemerkten, dass ich weg war.

Es war nicht weit bis zur Küche und ich schaffte es, unbeobachtet dorthin zu kommen. Je näher ich der Küche kam, desto lauter klopfte mein Herz.

Ich hatte erwartet, Tikaani reumütig über einem gigantischen Berg Kartoffeln sitzen zu sehen, umgeben von Kartoffelschalenhügeln, doch weit gefehlt. Die braunen Dinger waren zwar da, aber es wurde ihnen nichts angetan und eine gewisse Wolfs-Wandlerin plauderte ganz locker mit unserer Köchin Sherri Rivergirl über die richtige Art, Würstchen zu grillen.

»Hi«, brachte ich nur heraus.

Tikaani begrüßte mich und blickte gar nicht so finster drein wie sonst. »Da bist du ja endlich. Hab schon gedacht, du hättest nicht kapiert, was ich vorhabe.«

»Äh, doch, doch«, versicherte ich ihr hastig und dann begriff ich es wirklich. »Das war alles nur Show, dieser ganze Ausraster? Du *wolltest* eine Strafarbeit bekommen?«

»James Bridger war eingeweiht und Sherri weiß auch Bescheid.« Tikaani grinste breit. »Es war der einzige Weg, wie ich mich mal von diesem verdammten Rudel losreißen konnte. Ich wusste, dass Jeffrey trotz all seiner Sprüche, wie gut Wölfe zusammenhalten, keine Lust haben würde, mir in der Küche zu helfen.«

Ich musste lachen und fühlte gleichzeitig, wie mein Gesicht heiß wurde. »Das war geradezu teuflisch raffiniert von dir.« Hatte sie das etwa wegen mir gemacht? Um mich treffen zu können, ohne dass es jemand mitbekam?

Sherri Rivergirl, eine Biber-Wandlerin mit kurzen Beinen, watschelte zur Tür. »So, ihr beiden. Muss ein bisschen im Lager aufräumen. Bis später.«

Und dann waren wir auf einmal allein. Mein Herz klopfte noch schneller. Verlegen blickte ich mich in der Küche um und wusste auf einmal nicht mehr, was ich mit meinen Händen anfangen sollte. »Sag mal, diese Kartoffeln ... muss Sherri die dann alle selbst schälen? Es sind echt viele.«

»Ja, für einen Kartoffelauflauf muss man leiden«, sagte Tikaani und betrachtete den braunen Berg. Dann schaute sie hoch und unsere Blicke trafen sich.

Kurz darauf saßen wir auf Hockern neben dem Berg, zwei kurze, scharfe Messer in der Hand, und schälten drauflos. Es tat mir gut, etwas tun zu können, ich fühlte mich nicht mehr so verlegen und wir unterhielten uns ganz normal. »Was glaubst du, wieso ist Jeffrey eigentlich so nervig?«

»Vielleicht wegen seiner Schwester«, meinte Tikaani nachdenklich.

»Jeffrey hat eine Schwester? Wusste ich gar nicht.«

»Sie ist schon als Kind gestorben, bei einem Autounfall. Jeffrey hat sie echt gerngehabt. Seither verwöhnen ihn seine Eltern noch mehr, reden aber ständig von seiner Schwester, sodass er wahrscheinlich das Gefühl hat, er ist nur der Ersatz.«

»Kann ich mir vorstellen.« Ich schnappte mir die nächste Kartoffel. »War sie auch eine Wolfs-Wandlerin?«

»Nee, sie konnte sich nicht verwandeln. Also war sie ein Mensch.«

In meinem Gehirn wurden Informationen zusammengerührt, eingekocht und verpackt. So fühlte es sich jedenfalls an. »Hm, vielleicht hat er deswegen so ein komisches Verhältnis zu Menschen. Manchmal denke ich, er kommt ganz gut mit ihnen klar, dann wieder ist er voller Menschenverachtung und tönt über unsere Überlegenheit.«

»Lass dir bloß nie anmerken, dass ich dir das alles erzählt habe. Jeffrey würde mich killen!« Sie grinste schief. »Blöd ist jedenfalls, dass er mich gerade nicht oft aus den Augen lässt. Ich glaube, er ahnt was.«

Im ersten Moment wollte ich wie ein Depp fragen, was er denn ahnte, aber vielleicht wusste ich das ja schon. »Es ist schön, mit dir hier zu sein«, sagte ich und vielleicht war das noch dämlicher, aber es fühlte sich richtig an.

Wir beugten uns beide tiefer über die Kartoffeln.

»Ja, das ist es. Hab mich schon drauf gefreut«, antwortete sie. Ich schaute kurz hoch und sah einen rötlichen Schimmer auf ihren Wangen. Beim tiefsten aller Wälder, Holly und Brandon hatten recht! Ich bedeutete ihr was.

»Manchmal denke ich darüber nach, ob Wölfe und Raubkatzen zusammenpassen«, sagte ich und ließ eine Kartoffelschale in den Komposteimer fallen. »Stört dich nicht, dass ich manchmal ein bisschen nach Katze rieche?«

Sie grinste. »Keine Sorge, ich werde dich nicht einen Baum hochjagen.«

»Mich einen Baum hochjagen? Schaffst du doch eh nicht!«

Ihr Grinsen wurde breiter. »Das sollten wir mal ausprobieren.«

»Haha, träum weiter!« Ich wurde nachdenklich. »Wir müssen noch andere Wege finden, wie wir uns treffen können, ohne dass Jeffrey dabei ist«, sagte ich und attackierte die nächste Kartoffel. »Das mit der Strafarbeit funktioniert nicht mehrmals, er würde checken, dass hier was nicht stimmt.«

»Wir könnten uns am Müllhäuschen verabreden, da geht Jeffrey nie mehr freiwillig hin«, sagte Tikaani und ich lachte. Aber ich hatte auch einen Einfall, der wiederum brachte Tikaani zum Fiepen. Kurz, wir hatten jede Menge Spaß.

Wir diskutierten noch ausgiebig über die Sphinx-Frau und Frankies Flucht. »Wenn er uns doch nur geschrieben hätte, was für einen schrägen Fluchtplan er hatte!«, sagte Tikaani und sah genauso besorgt aus, wie ich mich fühlte.

»Ich vertraue auf sein Köpfchen«, meinte ich. »Immer wenn es darum ging, sich etwas auszudenken, war er nicht zu schlagen.«

»Seine Mutter tut mir echt leid, die geht bestimmt durch die Hölle vor Angst um ihn«, sagte meine Lieblingswölfin.

Wir redeten noch ein bisschen über die »Pechsträhne« der Menschen und über unsere Praktika. Ich war schon sehr aufgeregt beim Gedanken daran, dass ich bald bei einem echten Nationalpark-Ranger in die Lehre gehen würde. Würde es dieser Tom sein, den meine Mutter so gut fand? Würde jemand spüren, dass ich irgendwie anders war? Immerhin kannten sich Ranger sehr gut mit der Natur und mit Tieren aus!

Bevor wir es uns versahen, war der braune, nach Erde duftende Berg vor uns so gut wie weg und hatte sich in etwas verwandelt, was nach Farbe und Form sehr an die Pyramiden in Ägypten erinnerte. Sah richtig hübsch aus.

Mit den letzten Kartoffeln beeilten wir uns, weil wir schon Sherris Schritte im Flur hörten. Kurz bevor sie durch die Tür kam, warfen wir die im Rekordtempo geschälten Dinger in hohem Bogen in einen Topf. Fertig!

Sherris Blick war sehenswert. Fassungslos betrachtete sie die geschälten Kartoffeln. Schließlich fand sie die Sprache wieder. »Ihr habt das ... aber ihr ... ich weiß gar nicht, was ich sagen soll! Eigentlich kann ich mir jetzt freinehmen. Ihr beiden seid wirklich wässrig!« Aus dem Mund einer Biber-Wandlerin war das wohl ein Kompliment.

»Ach, gar kein Problem«, sagte ich und freute mich, dass die Überraschung gelungen war.

»Genau, war spaßig«, meinte Tikaani. »Vielleicht esse ich sogar ein bisschen Auflauf morgen. Schließlich habe ich ja jetzt eine persönliche Beziehung dazu. Sozusagen.«

Wir standen auf, wuschen uns und verabschiedeten uns von Sherri. Das Lächeln, das Tikaani mir schenkte, war warm wie ein Sommertag und fühlte sich genauso gut an.

Noch vor wenigen Monaten war Tikaani für mich eine furchterregende Wölfin mit üblicherweise finsterer Laune gewesen. Und jetzt hatten wir eine tolle Zeit beim Kartoffelschälen gehabt. Unglaublich!

Doch noch viel unglaublicher war, was kurz darauf geschah.

Überraschung am Morgen

Dienstags hatten wir in der ersten Stunde Verwandlung, das hieß, dass wir verschlafen im grasbewachsenen Innenhof hockten und versuchten, möglichst unauffällig zu erscheinen, damit wir von Isidore Ellwood nicht drangenommen wurden. Je nachdem, wie Mr Ellwood geschlafen hatte, war seine Laune entweder gewittrig oder einfach nur mürrisch. An diesem Tag neigte er zur Gewitterstimmung, deswegen war es nicht besonders günstig, dass im Gang vor dem Innenhof eigenartige Geräusche erklangen. Eine Art Scharren und Rumpeln, schließlich garniert von einem erschrockenen Schrei.

»Was ist denn da los, das ist ja äußerst lästig!« Mr Ellwood marschierte in Richtung Eingang. Er hasste es, wenn irgendetwas den Ablauf seiner Stunde störte.

Neugierig drängten wir uns an den Türen und versuchten, irgendetwas mitzubekommen. Anscheinend war es eine Schülerin aus den höheren Jahrgängen, die geschrien hatte. »Mit dem Paket stimmt etwas nicht, ich glaube, es ist verhext worden, bitte kommen Sie schnell!«

Holly, Brandon und ich blickten uns an. Dann schlichen wir uns in den Flur hinaus und riskierten einen Blick.

»Hexen gibt es nicht, also erzähl jetzt, was los ist!« Mr Ellwood war ungefähr so freundlich wie sonst auch.

Das bibbernde Mädchen tat sein Bestes. »Ich … äh, ich …

hatte Postdienst und habe all das Zeug aus dem Briefkasten geholt … um es Miss Clearwater ins Büro zu bringen, wissen Sie … und dabei habe ich DAS hier entdeckt! Da ist ein Dämon drin. Jedenfalls hat sich das Ding bewegt!« Der Finger des Mädchens zeigte anklagend auf ein Paket, das auf den ersten Blick sehr unscheinbar aussah. Quadratisch, braun, mit einem Adressaufkleber.

Mr Ellwood verzog den Mund. »Wenn es ein Dämon ist, dann will ich ihn unbedingt kennenlernen, ich habe nämlich noch nie einen getroffen.«

Wagemutig packte er das Paket und schüttelte es. Mit angehaltenem Atem warteten wir auf das Ergebnis. Es entsprach nicht ganz unseren Erwartungen. Wieder erklang ein Schrei, doch diesmal aus dem Inneren des Paketes. *Bin ich endlich in der verdammten Schule? Bitte, bitte, holt mich hier raus, ich halte es echt nicht mehr aus hier drin!*

Wir schnappten alle nach Luft. Nun ging alles ganz schnell, Nimble rannte eine Schere holen und wenige Momente später hatten wir das Paket aufgefetzt. Zum Vorschein kam ein zerzauster, stark riechender, völlig erschöpfter Otter mit furchtbar trockenem Fell.

»Frankie!«, schrie ich auf, froh und erleichtert zugleich.

Wasser!, ächzte er. *Wasser, schnell!*

Wing reagierte am schnellsten und schüttete ihm einfach den Inhalt ihrer Trinkflasche über. Frankie ließ es, selig blinzelnd, über seinen Kopf strömen und wälzte sich in der Pfütze auf dem Boden. Schon wurden ihm weitere Trinkflaschen entgegengehalten, er schnappte Lou eine aus den Pfoten und soff erst mal eine Runde. Dann schüttelte er sich, sodass Mr Ellwood von einem Tröpfchennebel eingehüllt wurde. *Aaah, jetzt geht es mir besser.*

»Was beim großen Geweih hast du dadrin gemacht?« Mr Ellwood war immer noch völlig perplex. Aber meine Freunde und ich hatten es schon begriffen.

»Das war also sein Fluchtplan, er hat sich selbst als Paket verschickt«, sagte ich grinsend zu Brandon. Jetzt erst fiel mir die unauffällige Reihe von Löchern am Rand des Pakets auf, die Frankie anscheinend unterwegs mit den Krallen vergrößert hatte.

»Krasse Aktion, wer weiß, wie lange er da schon drin war?«, flüsterte Holly zurück, während jemand losrannte, um ein Handtuch zu holen. Gerade noch rechtzeitig, gleich darauf verwandelte sich Frankie und konnte sich dann direkt in den Stoff hüllen, damit er nicht nackt vor der Klasse stand.

Oder eher: vor der ganzen Schule, denn inzwischen hatten die anderen etwas von dem Aufruhr mitbekommen, aus allen Klassenzimmern waren die Woodwalker geströmt und umringten ihn. Auch die meisten Lehrer waren hinzugekommen. »Dürfte ich erfahren, was hier los ist?«, fragte Lissa Clearwater, die gerade in einer anderen Klasse Chemie unterrichtet hatte.

»Ich erzähle euch gleich alles, aber hat jemand von euch vielleicht was zu essen?« Frankie sah schrecklich aus. Er hatte Schatten der Erschöpfung unter den Augen und sein schlanker Körper war voller blauer Flecke. »Zwei Tage lang war ich dadrin unterwegs und der Proviant ist mir ziemlich schnell ausgegangen.«

Sofort wurden ihm zehn unterschiedliche Pausenbrote entgegengestreckt. Frankie witterte in die Runde und schnappte sich dann eins davon. »Oh, geräucherte Makrele, danke, Nell …«

Mr Ellwood nahm Frankie am Ellbogen, dann steuerten er und Miss Clearwater ihn zum Büro der Schulleitung, vermutlich damit er ihnen sofort alles erzählte, was er in Millings

Stützpunkt herausgefunden hatte. Wir bekamen über die Schulter ein »Bitte übt alle die Zwei-Sekunden-Schnellverwandlung, ich bin gleich zurück!« zugerufen.

Wir taten natürlich nichts dergleichen, der Innenhof hallte wider von aufgeregten Diskussionen. Keiner von uns bekam irgendwas vom Unterricht mit, bis endlich die Mittagspause begann und wir Frankie in der Cafeteria wiedertrafen. Er war gerade dabei, ein Stück gebratenen Lachs mit Kartoffelauflauf in sich hineinzuschlingen.

»Erzähl!«, forderte Holly und zerlegte vor Aufregung ihr Essen mit der Gabel in kleine Stücke.

Mir war schlecht vor Aufregung. »Bitte sag mir, dass du irgendwas rausbekommen hast! Wir wissen noch viel zu wenig, um Andrew Milling stoppen zu können.«

»Oh ja, ich hab etwas rausbekommen«, sagte Frankie grimmig. »Milling ist gerade heftig dabei, seinen Großen Tag der Rache zu planen.«

»Wann und wo wird der denn stattfinden?«, drängte Holly.

»Im Juni. Überall in Nordamerika.«

Wir schnappten nach Luft.

»Aber das ist doch schon bald, wir haben jetzt Mai!« Ambers Augen waren weit aufgerissen. »Ich dachte irgendwie, wir hätten mehr Zeit ...«

»Welcher Tag genau?«, fragte ich Frankie.

»Das weiß ich nicht.«

»Hast du denn mitbekommen, was passieren wird?«

»Ich weiß nur, dass es richtig fies wird. Im Moment ist er dabei, seine Truppen auf Spur zu bringen. Es gibt noch ein paar Probleme mit den Subkommandeuren, die seiner Meinung nach zu viel eigene Ideen haben, und mit Freiwilligen, die nicht ans Töten gewöhnt sind.«

Ein erschrockenes Raunen lief durch das Knäuel seiner Zuhörer, in dem auch Holly, Brandon und ich steckten. »Die wollen wirklich *Leute töten?*«

»Wen denn ... wen sollen sie denn ... töten?« Nells Stimme war ganz klein. »Woodwalker? Menschen?«

»Mord? Das kann doch gar nicht sein! Vielleicht hast du was falsch verstanden, Frankie.« Lou klang fassungslos. Ganz schön naiv, ging es mir durch den Kopf.

Frankie schüttelte den Kopf. »Hab ich nicht, die wollen wirklich Leute umbringen. Wen genau, weiß ich auch nicht.«

»Ja natürlich, was dachtest du denn? Du warst doch dabei bei dem Kampf auf dem Berg.« Tikaani sprach mit Lou, ohne Frankie aus den Augen zu lassen. »Die waren alle bereit, uns die Kehlen rauszureißen.«

»Jedenfalls«, berichtete Frankie weiter, »gibt es spezielle Übungen, um die Hemmungen wegzukriegen, Milling persönlich stachelt seine Leute auf. In der Zeit, in der ich da war, haben Alligatoren-Wandler zwei Touristenboote umgekippt und dabei eine Frau schwer verletzt. Miese Sache. Und ihr glaubt gar nicht, wie viele Leute er allein in diesem Stützpunkt hat. Ich glaub, so rund hundert Alligatoren und Schlangen oder so, das hatte ich euch ja schon geschrieben.«

»Von der Sache mit den Booten habe ich in der Zeitung gelesen.« Dorian ließ seinen Lachs kalt werden.

»Seine Leute sind alle total gehirngewaschen!« Frankie biss sich auf die Lippe, man merkte ihm die Verzweiflung an. »Alle mächtig stolz darauf, dass sie dabei sind, und entschlossen, nicht zu versagen. Ich fürchte, das wird ein sehr, sehr heißer Juni.«

»Hast du irgendetwas erfahren, was wichtig sein könnte?«, drängte ich ihn. »Etwas, das uns beim Kampf gegen ihn hilft?«

»Hm, ja, ich weiß nicht genau, aber in der Zentrale ist anscheinend eine ganze Abteilung dafür zuständig, eine gewisse Arula zu suchen …«

Meine Freunde und ich blickten uns gegenseitig an. Wieder Arula!

»… und auch dein Name ist dabei gefallen. Du kennst diese Arula aber bisher nicht, oder?« Frankie blickte mich mit schief gelegtem Kopf an.

»Äh, nein«, sagte ich verwirrt.

»Jedenfalls habe ich mir aus dem, was ich belauscht habe, zusammengereimt, dass Milling unbedingt verhindern will, dass ihr euch trefft. Diese Arula und du.«

»Das dürfte ziemlich leicht sein, weil ich sie nicht kenne und keine Ahnung habe, wo sie ist«, ächzte ich. Wie konnte ein Mädchen so gefährlich für Milling sein?

Shadow mischte sich ein. »Es ist so toll, dass du es geschafft hast, zu überleben und zu fliehen. Und das, obwohl du keine Flügel hast!«

»Um eine Flossenbreite habe ich es fertiggebracht, das kann ich euch sagen!« Frankie verzog das Gesicht. »Es war total schwierig, das Paket vorzubereiten, ohne dass mein Alligatoren-Bewacher oder jemand anders etwas mitbekommen hat. Es war noch schwerer, dieses Paket selbst zuzukleben, ich musste es ja von innen machen. Aber alles Weitere hat prima geklappt – noch während die nach mir suchten, hat einer der anderen Helfer, ein Reiher-Wandler, sämtliche Briefe und Pakete zur Post gebracht und ich war raus aus diesem Horror. Dann konnte ich auch die Luftlöcher in die Pappe bohren, das hätte vorher zu verdächtig ausgesehen.« Er lächelte mir, Henry, Brandon und Lou zu. »Danke, dass ihr mir helfen wolltet, Leute. Das war mir sehr wichtig. Ihr habt mich nicht einfach meinem Schicksal überlassen oder so.«

»Du bist so ein jämmerliches Vieh, du hättest sowieso nicht verdient, an Andrews Seite zu kämpfen!« Auch Jeffrey hatte mitbekommen, was Frankie zu erzählen hatte, und seine Hand, die den Teller mit dem Lachs hielt, vibrierte vor Wut. Es sah aus, als hätte er Frankie den Teller am liebsten ins Gesicht geworfen. Aber er wusste genau, dass er und seine Rudelgefährten, die hinter ihm standen, schon zwei Verwarnungen hatten. Bekam man drei in einem Schuljahr, flog man raus. »Andrew ist ein großartiger Mann, er wird Geschichte schreiben, denn er wird uns Woodwalkern zur Vorherrschaft über die Menschen verhelfen ... und an dich wird man sich als Verräter erinnern, Frankie!«

Eingeschüchtert schwiegen wir, aber Frankie blieb ganz ruhig. »Also echt, Jeffrey, ich hatte erwartet, dass du wenigstens ab und zu mal selbst denkst«, sagte er nur. »Aber bei Wölfen ist das Motto nun mal: ›Folge dem Anführer, egal in welche Scheiße er uns bringt!‹«

Vielleicht hätte es doch noch einen Kampf gegeben, wenn nicht in diesem Moment Bill Brighteye an unseren Tisch getreten wäre. »Gibt es hier ein Problem?«, fragte er kühl. »Bereitet euch lieber auf euer Praktikum vor, damit ihr euch am Montag nicht völlig blamiert!«

Unser Praktikum. Nach dem, was wir erfahren hatten, war klarer denn je, dass wir es nutzen mussten, um uns für Millings Großen Tag zu wappnen. Falls das überhaupt ging, ich hatte keine Ahnung, was mich in der Rangerstation erwartete.

Jeffrey zog ohne Antwort mit seinem Rudel ab und Tikaani ging mit.

Doch zum Glück wusste ich, auf welcher Seite sie war. Darauf holte ich mir gleich noch eine Portion Kartoffelauflauf.

Ranger Carag

Es ist ein komisches Gefühl, irgendwo neu zu sein. Und noch komischer ist es, als Woodwalker neu unter Menschen zu sein. Als ich auf die Rangerstation des kleinen Sees Jenny Lake zustapfte – ein dunkelbraunes Blockhaus, das von Fichten umgeben war –, fühlte sich mein Inneres ganz seltsam an. Plötzlich kam es mir lächerlich vor, dass ich mich in den Rangerfarben angezogen hatte, graues Hemd und grüne Hose. Außerdem ließ mir der Gedanke an das, was Jeffrey noch vor unseren Bewerbungen gesagt hatte, keine Ruhe. Gab es wirklich etwas an der Arbeit der Ranger, das mir ganz und gar nicht gefallen würde?

Zögernd klopfte ich und sog den Geruch nach frisch gebrühtem Kaffee ein. Die Tür wurde geöffnet und ich schnappte nach Luft. Vor mir stand der drahtige, dunkelhäutige Ranger mit dem Schnurrbart, der Amber verhaftet hatte, nachdem wir die Falle von dem Wanderweg entfernt hatten.

»Hast du ein Problem, bei dem wir dir helfen können, oder bist du der neue Praktikant?«, sagte der Mann und musterte mich prüfend. Sein Händedruck war fest und seine Handfläche fühlte sich an wie Leder. Jetzt erst fiel mir auf, dass ihm an der einen Hand zwei Finger fehlten. »Jason Rickbert, ich bin hier der Chef.«

Ich war leider zu einer Art lebendem Baumstamm erstarrt. Es gab so viele Ranger im Yellowstone- und Grand-Teton-

Gebiet, dass ich irgendwie nicht damit gerechnet hatte, diesen hier wiederzutreffen. Würde der Kerl mich erkennen? Nein, das konnte nicht sein, er hatte mich nicht gesehen, nur Amber!

So langsam wurde die Pause peinlich.

»Äh, der neue Praktikant, ich heiße Jay«, brachte ich schließlich heraus. Was für ein seltsames Gefühl: Bei diesem Wanderpfad hatte ich ihm wahrscheinlich das Leben gerettet, aber er hatte keine Ahnung davon. Für ihn war ich nur irgendein blonder Junge mit grüngoldenen Augen.

»Redest nicht so gern, was? Gut, ich mag es nicht, wenn Leute mich zuquatschen.« Ohne mich zu fragen, schenkte Rickbert mir einen Kaffee ein. Ich nahm vorsichtig einen Schluck und spuckte ihn gleich zurück in die Tasse. Das war ein scheußliches Gebräu, wieso mochte mein Vater so was?

»Was machst du mit dem armen Jungen?« Eine junge Frau mit strähnigem blondem Haar, das ihr auf die Schultern hing, tauchte aus einem anderen Raum der Station auf. Auch sie trug Rangeruniform, war aber nicht bewaffnet. »Ich bin übrigens Linda und kümmere mich hier darum, den Leuten die Natur zu erklären, zum Beispiel bei geführten Wanderungen. Ab und zu macht Jason das auch, aber er hat nicht so viel Geduld mit blöden Fragen.«

Rickbert schnappte sich seine Kaffeetasse und ließ sich in einen Bürostuhl fallen, der protestierend quietschte. »Herrgott! Neulich hat mich jemand gefragt, ob wir hier ernsthaft Wölfe frei rumlaufen lassen, ob das nicht zu gefährlich sei bei all den Touristen. Was soll ich dazu sagen? Die Wölfe wohnen hier!«

Ich musste lächeln.

»Hast du schon mal einen Wolf gesehen?« Rickbert fixierte mich und zog die Augenbrauen hoch, als ich nickte. »Wahrscheinlich im Zoo, was? Ist nicht leicht, sie zu beobachten, sie sind ziemlich scheu, obwohl sie hier unter Schutz stehen.«

Ich sagte ihm nicht, dass ich ziemlich oft Gelegenheit hatte, Wölfe zu beobachten, weil sie meistens zwei Tische neben mir frühstückten. Oder sogar mit mir zusammen Kartoffeln schälten.

»Ach, was heißt scheu«, meinte Linda. »Berglöwen sind noch viel scheuer, ich kenne niemanden, der schon mal einen gesehen hat.«

Manchmal ist es furchtbar schwer, nicht zu lachen. »Ja, habe ich auch gehört«, meinte ich ernsthaft und konnte mir ein bisschen Eigenlob nicht verkneifen. »Eigentlich schade, das sind wirklich schöne Tiere.«

»Das stimmt«, brummte Jason Rickbert und blätterte in einer Zeitschrift. Es war ein Magazin für Hobby-Fotografen. »Ich würd zu gern mal einen vor die Linse bekommen. Probiere ich schon seit Jahren. Wer weiß, ob das noch mal was wird? Wolfsfotos habe ich schon viele.« Er deutete auf die Bilder, die die Rangerstation dekorierten – Wölfe, Schwarzbären, Dachse. Erfreut sah ich ganz hinten beim Bücherregal auch einen Schnappschuss von Tikaani in voller weißpelziger Pracht.

Linda erklärte mir, dass die Wölfe in Yellowstone wegen der intensiven Jagd mit Waffen, die man problemlos in jedem Ort kaufen konnte, schon ausgestorben gewesen waren. Doch 1995 waren sie mit Tieren aus Kanada wieder angesiedelt worden. Das wusste ich alles längst, doch ich hörte zu und nickte höflich. Dann machte ich erst mal den Weg frei, es kamen nämlich zwei in bunte Jacken gekleidete, um die Hüften gut gepolsterte Männer rein, die Tipps fürs Klettern in den Grand Tetons haben wollten. »Toll, dass eure Berge noch stehen, das wird unser erster Klettertrip in diesem Jahr«, tönte der mit der blauen Jacke, der nach ungewaschenen Haaren roch.

»Ich fürchte, der Zeitpunkt ist nicht sehr günstig«, sagte Linda vorsichtig. »Leider wird sich der Vorhersage nach das Wetter bald verschlechtern.«

»Ernsthaft? Zeigen Sie mal, das kann doch nicht sein, wir haben etwas ganz anderes gehört!« Blaujacke schnappte sich die Wetterkarte und grummelte weiter vor sich hin. »Schnee? Mist! Glauben Sie nicht, dass es bald wieder aufklart? Ist doch immer so in dieser Gegend.«

»Nicht dass ich wüsste«, meinte Linda, noch immer sehr höflich.

»Na, dann kehren wir halt um«, meinte der dunkelhaarige Mann in der roten Jacke, sein Geruch nach Rasiercreme stieg mir in die Nase. »Machen wir es halt ein anderes Mal. Danke für die Auskünfte, Miss.«

Blaujacke kniff die Lippen zusammen. »Scheiße, Bob, wir sind extra aus Boise hierhergefahren!«, hörte ich ihn schimpfen, als sie die Station verließen.

Anschließend traf ein Ehepaar ein, das eine Genehmigung für einen Schneeschuhausflug ins Hinterland wollte. Allmählich kam ich mir etwas überflüssig vor. »Was kann ich helfen?«

»Kaffee kochen«, sagte Jason Rickbert.

»Jason! Sei doch ein bisschen netter!« Linda zog mich von der Kaffeemaschine weg, die ich schon fast erreicht hatte, und gab mir den Job, Touristenbroschüren zu sortieren.

Es war schön, sich nützlich zu fühlen. Trotzdem spitzte ich beim Sortieren die Ohren, als Rickberts Funkgerät knisterte und irgendwelche Zahlenkombinationen verkündete. Sofort hob er es ans Ohr. »Hier 10-230, was ist?« Eine quäkende Stimme drang heraus, von der ich nicht gerade viel verstand. Aber anscheinend war es wichtig, was sie sagte, denn Rickbert schnappte sofort seine Jacke. »Okay, Praktikant, willst du einen Job mit richtig viel Gefahr?«

»Klar«, sagte ich und verkrampfte mich – hatte es wieder einen Anschlag auf Menschen gegeben?

»Na, dann komm mit, es gibt eine Krisensituation auf dem Campingplatz.«

Ich heftete mich an Rickberts Fersen, winkte Linda zum Abschied zu und folgte meinem neuen Chef nach draußen. Der Campingplatz war jetzt, Anfang Mai, nach der Wintersaison gerade erst wieder eröffnet worden, aber am Ufer des Sees erhoben sich schon zwei Dutzend Zelte in allen Farben des Regenbogens.

Aufmerksam blickte ich mich um, um festzustellen, wo die »Krisensituation« war. Doch Jason Rickbert stapfte an sämtlichen Zelten vorbei und geradewegs auf das Waschhäuschen zu. Ich war enttäuscht. Was genau konnte es da für eine Krise geben? Ein verstopftes Klo? Jedenfalls sah ich, dass ein paar betreten wirkende Camper mit Handtüchern auf dem Arm um das Häuschen herumstanden.

Rickbert seufzte. »Es hat bestimmt wieder jemand nachts die Tür mit einem Stein aufgebockt, damit sie nicht laut klappert, oder?«, fragte er in die Runde. »Ich kann nur immer wieder sagen: Macht das nicht! Also, wo liegt das Problem?«

»Genau unter dem Waschbecken, und wie es aussieht, liegt es da gut«, ächzte eine durchtrainiert wirkende junge Frau in Wanderstiefeln.

Sehr vorsichtig spähte Rickbert in das Häuschen, dann winkte er mir, auch einen Blick zu riskieren. Das Problem war schwarz-weiß gestreift und hatte es sich richtig gemütlich gemacht. Anscheinend erschöpft von seinen nächtlichen Abenteuern, hatte das Stinktier den Kopf auf die Pfötchen gelegt und war eingeschlafen.

»Hey, Ranger, wann können Sie das Vieh dort rausholen?«, fragte der Möchtegern-Kletterer mit der blauen Jacke.

Die junge Frau reichte Rickbert einen Kiefernast. »Sie könnten es vielleicht rausstochern«, schlug sie vor.

»Schlechte Idee – diese Uniform ist frisch gereinigt!« Rickbert verzog das Gesicht, dann wandte er sich an mich. »Skunks können bis zu vier Meter weit sprühen, Jay. Da bräuchte man schon einen verdammt langen Stock.«

»Stimmt«, sagte ich. Zum Glück gab es jemanden, den ich zu diesem Thema um Rat fragen konnte: Leroy, meinen

Stinktier-Mitschüler! Der Akku meines Smartphones war ausnahmsweise nicht leer und ich hatte Leroys Nummer gespeichert.

Ich ging ein paar Schritte weg, damit niemand hörte, was ich redete, und erklärte ihm die Situation. Leroy schnaufte vor Lachen. »Haha, vielleicht sollten wir den Job tauschen, die Arbeit in dieser Parfümerie ist irgendwie nichts für mich. Ich würde viel lieber bei euch sein und Waschhäuschen retten!« Als er fertig gelacht hatte, verriet er mir ein paar nützliche Vokabeln in Skunksprache.

Mittlerweile hatte die Versammlung versucht, den Skunk mit mehreren Eimern kalten Wassers zu vertreiben. Netter Versuch. Der ungebetene Gast wirkte etwas überrascht, schien die Dusche aber zu genießen.

»Darf ich's auch mal versuchen?«, fragte ich schüchtern. Sieben oder acht Augenpaare, die meines Chefs inklusive, richteten sich verblüfft auf mich.

»Ich sag dir gleich, wenn du was abkriegst, brauchst du die nächsten Tage gar nicht erst zum Dienst zu erscheinen«, kündigte Rickbert an.

»Könnten Sie bitte alle ein Stück zurücktreten?«, bat ich, und als die Menschen weit genug entfernt waren, um dem Skunk freie Bahn für seinen Abzug zu bieten, versuchte ich nachzusprechen, was mir Leroy eben beigebracht hatte. Übersetzt hieß die erste Formulierung so etwas wie »Dürfte ich Sie bitten, diesen Ort zu verlassen?«.

Der Skunk hob neugierig den Kopf und blinzelte ein paarmal. Er schaute mich ungläubig an, entschied, dass ich uninteressant war und er sich wohl verhört hatte, dann setzte er sein Nickerchen fort.

Es war Zeit für die zweite, etwas weniger höfliche Aufforderung. Sie bedeutete übersetzt: »Hau ab, das hier ist mein Revier!«

Diesmal stand der Skunk auf und schüttelte sich mit gesträubtem Fell. Er legt den Kopf schief und betrachtete mich aus schwarzen Knopfaugen.

»Was auch immer du gerade machst, mach weiter«, flüsterte Rickbert und die Touristen schauten hoffnungsvoll drein. Wahrscheinlich mussten manche von ihnen dringend aufs Klo. Wieso gingen sie nicht einfach hinter den nächsten Baum?

Da der Skunk sich noch immer nicht auf den Weg gemacht hatte, war es Zeit für die dritte Stufe. Wie Leroy mir erklärt hatte, bedeuteten die Worte in etwa: »Wenn du nicht gleich die Pfoten schwingst, hole ich meine zehn großen Brüder!«

Erschrocken blickte mich der Skunk an, dann setzte er sich auf seinen kurzen Beinchen in Bewegung und trippelte zur Tür. Als das Stinktier meine Pumawitterung in die Nase bekam, legte es noch ein bisschen Tempo zu. Unter dem Jubel der Gäste galoppierte der schwarz-weiße Gast in den Wald und kurz darauf rauschten die Wasserhähne und Klos.

»Alle Achtung«, sagte mein Chef. »Dafür hast du was gut bei mir. Meine Frau und meine beiden Mädels hätten mir die Hölle heißgemacht, wenn das hier schiefgegangen wäre und ich stinkend heimgekommen wäre.«

»Wie viel?«, fragte ich ihn.

»Wie viel was? Was du bei mir guthast?« Rickberts Augen funkelten vor Vergnügen. Er stemmte die Fäuste gegen die Hüften in den grünen Rangerhosen. Das schwarz-goldene Abzeichen glänzte auf seiner Jacke. »Na ja, ich würde dir helfen, wenn du mal ein Problem hast.«

»Wirklich?«, fragte ich. »Auch wenn es eine größere Sache ist? Eine, die sehr wichtig ist?«

»Dann sowieso, das ist mein Job«, brummte Rickbert. »Du bist ein seltsamer Junge. Aber das gefällt mir.«

Sofort wurde ich wieder starr vor Schreck. Ihm war etwas an mir aufgefallen, es war ein Fehler gewesen, mich anders zu verhalten als andere Praktikanten! Wieso hatte ich mich nicht brav rausgehalten, gelernt, wie man Kaffee kocht, und mir Dinge erklären lassen, die ich sowieso schon wusste? Nein, das konnte ich nicht, ich musste helfen, ich wollte eingreifen, sonst wäre ich kein Secret Ranger geworden.

»Du magst die Natur, das spüre ich. Ich war auch so einer, der als Kind Ringelnattern in Eimern gehalten und geübt hat, Elchrufe nachzumachen, um sie dadurch anzulocken.«

Langsam entspannte ich mich wieder. »Haben Sie es denn geschafft?«

»Na ja, meine Aussprache war wohl zu schlecht«, sagte mein Chef und ich musste grinsen. Noch etwas, was wir gemeinsam hatten.

Ich hatte meinen ganz eigenen Ranger gefunden und das war gut so. Wir brauchten diese Leute.

Der Countdown zu Millings Großem Tag lief bereits.

Wieder einmal grübelte ich über Arula nach. Warum war sie für Milling so wichtig? Auf irgendeine Art war sie der Schlüssel, aber auf welche? Hoffentlich würde diese tollpatschige schwarze Wölfin es schaffen, sie zu finden!

Erpressung

Wir machten noch eine Menge an meinem ersten Tag als Ranger. Mit einer Motorsäge einen Ast entfernen, der über den Pfad gefallen war; den Zustand verschiedener Kletter- und Wanderrouten überprüfen; verhindern, dass Leute einem Bisonbullen zu nahe kamen, der in der Nähe des Campingplatzes den Schnee aufscharrte. »Hm, ist ja seltsam, dass der nur ein Horn hat, der hat wohl mal einen Kampf verloren«, meinte Linda.

Brandon, das ist nicht witzig!, teilte ich meinem besten Freund mit.

Ach komm, ich wollte nur mal sehen, ob du bei deinem Praktikum auch Spaß hast, kam es zurück. *Bei der Feuerwehr hab ich schon Feierabend. Übrigens durfte ich bei einer großen Übung mitmachen und hab gelernt, wie man Leute aus Autowracks rausholt!*

Das besänftigte mich etwas. Wir waren dabei, uns vorzubereiten auf das Schlimmste. Brandon mit seiner Kraft würde den Menschen besser helfen können als viele andere von uns.

Am späten Nachmittag hatte auch ich frei. Der Tag war lang und anstrengend gewesen, doch ich war trotzdem voller Energie. Ranger sein war genau der Job, der zu mir passte!

Ich überlegte, ob ich noch kurz bei James Bridger vorbeigehen und ihm davon erzählen sollte, wie es gelaufen war. Doch er war nicht in seinem Büro, stattdessen hörte ich Stimmen hinter Lissa Clearwaters Tür. Klang nach einem Telefonat.

Ich kann nichts dafür, dass ich so gute Ohren habe. Ohne Mühe verstand ich, was hinter dieser Tür geredet wurde. Hätte ich gerade ein Fell gehabt, hätten sich mir die Haare aufgestellt.

»Wissen Sie, meine Fähigkeiten sind nie wirklich geschätzt worden.« Eine glockenklare Frauenstimme, die ich noch nie gehört hatte. Gerade triefte sie vor Selbstmitleid. »Wenn zu dem Theaterstück, in dem ich aufgetreten bin, jemand von der Zeitung oder vom Fernsehen gekommen wäre, dann hätte ich sofort meinen Durchbruch gehabt! Doch die Medien machen sich ja nicht die Mühe, man hat mir keine Chance gegeben, so was ärgert mich, verstehen Sie das?«

»Ja, natürlich, Miss Youngblood.« Lissa Clearwaters Stimme, sie hatte einen beruhigenden Ton angeschlagen. »Aber jetzt sind Sie ja beim Fernsehen, das ist doch eine Chance, oder?«

Ein wütendes Schnauben. »Nicht wirklich, man würde mir nie eine eigene Show geben. Diese Star-Moderatoren sind doch alles Mistkerle, die lassen doch keine Frau ins Rampenlicht! Als Assistentin soll ich nur mit meinem hübschen Hintern wackeln und immer schön lächeln! Und was man mir da zahlt, ist lächerlich.«

Eins war klar, das war die Sphinx – oder eher: die Löwen-Wandlerin. Bisher hatte sie nicht gerade zufrieden geklungen, doch plötzlich wurde der Ton ihrer Stimme samtweich.

»Als Geschichtslehrerin an der Clearwater High zu arbeiten, das würde mir dagegen sehr viel Spaß machen, und die Kollegen würden mich bestimmt schätzen.«

Na toll, eine brandgefährliche Wandlerin, die drohte, unser Geheimnis den Menschen zu verraten, wollte Lehrerin bei uns werden? Das hatte uns nach Mr Goodfellow gerade noch gefehlt!

Kein Wunder, dass Lissa Clearwater nicht wirklich begeistert klang. »Ich könnte Ihnen ebenfalls kein großes Gehalt zahlen. Außerdem haben wir schon jemanden, der Geschichte unterrichtet.«

»Ach, das ist mir nicht so wichtig. Wichtig ist, dass jemand den jungen Woodwalkern von den glorreichen Zeiten erzählt, als wir noch Götter waren. Vielleicht kommen diese Zeiten ja wieder, wer weiß?«

»Ich müsste das erst mit meinem Kollegium besprechen, Miss Youngblood. Aber ich fürchte, die Chance, dass es klappt, ist nicht sehr hoch.«

Rebecca Youngbloods Stimme wurde beißend vor Enttäuschung. »Ach, ich sehe schon, auch Sie sind so eine, die mich nur ausbremsen und nichts ändern will. Aber Sie werden sehen, wenn die Menschen erst erfahren, dass es uns gibt ...«

»Miss Youngblood ...« Unfassbarerweise schaffte es Lissa Clearwater, ruhig zu bleiben. »Ich glaube, das sind Dinge, die man bei einem Treffen besprechen sollte. Dann kann ich Ihnen auch mehr sagen, was die Stelle an meiner Schule angeht. Wie gesagt, ich würde das gerne noch meinen Kollegen ...«

»Na gut! Aber Sie müssen sich schon zu mir bequemen. Buchen Sie einen Flug nach Atlanta, wenn Sie es ernst meinen. In drei Tagen können wir uns treffen. Den Treffpunkt werde ich Ihnen kurz vorher bekannt geben.«

Ich atmete tief durch. Miss Clearwater hatte es geschafft. Sie hatte die Sphinx-Frau zu einem Treffen überredet! Dabei würden wir es fertigbringen müssen, sie umzustimmen. Wenn sie sich wirklich im Fernsehen verwandelte, so wie sie es bisher plante, wäre das eine Katastrophe.

»Kommen Sie allein!« Jetzt war die Stimme der Löwen-Wandlerin nüchtern, fast geschäftsmäßig. »Kein falsches Spiel, klar?«

»Natürlich nicht. Ich würde aber gern einen jungen Wandler mitnehmen, meinen Assistenten. Wäre das okay? Carag ist ein Puma-Wandler, er brennt darauf, Sie kennenzulernen.«

Ich verzog das Gesicht. Ganz so hätte ich das nicht ausgedrückt, aber ich verstand, dass unsere Schulleiterin jetzt dick auftragen musste.

Rebecca Youngblood zögerte nur kurz, sie klang geschmeichelt. »Einverstanden. Es ist immer wieder nett, Fans zu treffen. Also dann, in drei Tagen.«

Als ich sicher war, dass sie aufgelegt hatte, klopfte ich behutsam an die Tür von Miss Clearwaters Büro. »Herein.« Unsere Schulleiterin klang erschöpft. Doch sie rang sich ein Lächeln ab, als sie mich sah.

Erstaunt sah ich, dass an ihrem Schreibtisch auch James Bridger saß, er hatte schweigend bei dem Gespräch zugehört. »Hallo, Carag«, meinte er. »Wie viel hast du gehört?«

»Genug, um zu kapieren, dass ich sie nicht als Lehrerin haben möchte«, meinte ich.

Lissa Clearwater seufzte tief. »Ich glaube, da sind wir uns alle einig. Sie fühlt sich ungerecht behandelt und kommt nie auf die Idee, dass irgendetwas auch ihre Schuld sein könnte.«

»Bei eurem Treffen wirst du ihr irgendwie beibringen müssen, dass das so nicht läuft, Lissa«, sagte James Bridger.

»Keine Sorge, ich habe nicht vor, mich erpressen zu lassen.«

»Wie funktioniert es eigentlich, die Verwandlungsfähigkeit zu blockieren? Können *Sie* das nicht mit Miss Youngblood machen?«, fragte ich.

»Ich werde den Rat sofort um Erlaubnis dazu bitten«, verkündete Lissa Clearwater entschlossen. »Das Problem ist, man braucht dafür zwei oder noch besser drei erfahrene Woodwalker, die diese geheime Methode beherrschen. Deshalb wollte diese Frau natürlich, dass wir allein kommen. Aber das kann sie vergessen.« Sie griff zum Telefon. »Ich rufe sofort David Johnson an. Der Rat muss jemanden nach Atlanta schicken, der uns unterstützt.«

Ich erinnerte mich noch gut an den Fuchs, der in Menschengestalt als Anwalt arbeitete und Vorsitzender des Rates war. »Mit etwas Glück hat der Rat sogar schon Leute im Süden, dann müssen nicht erst welche hinfliegen«, meinte ich.

»Vielleicht solltet ihr außerdem Bill Brighteye mitnehmen, als Bodyguard«, sagte James Bridger besorgt.

»Kennt er die geheime Methode?«, fragte ich neugierig.

Bridger schüttelte den Kopf. »Die kennen nur Ratsmitglieder – auch ehemalige, zum Beispiel Lissa – und Agenten des Rates.«

Lissa Clearwater wirkte skeptisch. »Ich bin nicht sicher, ob Bill mitkommen sollte. Mehr als zwei erwachsene Wandler dorthin zu bringen, wäre riskant, die würde Miss Youngblood wahrscheinlich bemerken. Das bespreche ich mit David.«

Schweigend nickte ich und war erleichtert, dass sie einen Plan hatte.

Mein Lieblingslehrer schnipste mit den Fingern in meine Richtung. »Carag, du beschäftigst dich bitte vor dem Treffen mit Göttern in aller Welt, die sich in Tiere verwandeln konnten.«

Ich nahm Haltung an. »Ja, Sir. Wir haben schon damit angefangen.«

»Ach ja, und wie war dein erster Praktikumstag?« James Bridger lächelte mich an.

»Sehr waldig, alle Ranger waren total nett zu mir«, erzählte ich.

»Gut«, sagte Lissa Clearwater, sie wirkte noch immer von Sorgen geplagt. Wahrscheinlich dachte sie an das, was Frankie ihr direkt nach seiner Ankunft im Paket über Milling, seine Leute und diesen Stützpunkt in New Orleans erzählt hatte. Am liebsten hätte ich ihr gesagt, dass alles gut werden würde.

Aber ich hatte den Verdacht, dass das nicht stimmte.

Woodwalker-Wetter

Mir war vollkommen klar, dass meine Mutter mich später nach ihrem Lieblingsranger fragen würde, den sie damals vor dem Bären verteidigt hatte. »Arbeitet eigentlich auch ein Ranger namens Tom hier oder in Yellowstone?«, erkundigte ich mich am nächsten Tag bei Jason Rickbert.

»Dazu kann ich guten Gewissens ›Ja‹ sagen, wir haben fünf oder sechs Leute namens Tom«, brummte Rickbert, der gerade einen Bericht schrieb.

Linda hatte sich die gefütterte Jacke angezogen und das Funkgerät in den Gürtel gesteckt, gleich würde sie auf dem Campingplatz kontrollieren, ob alles in Ordnung war. Doch netterweise nahm sie sich vorher Zeit für die Antwort. »Wie sieht er denn aus, dieser Tom, den du meinst?«

Ich versuchte, mich zu erinnern, es war schon so lange her. »Ähm … groß, kräftig, rötliche Haare.«

»Aaah, ich glaube, er meint Tom Harvey«, meinte Linda zu Rickbert. »Du weißt schon, dieser Typ, der nur für den Sommer eingestellt ist, alles anbaggert, was einen Busen hat, und immer dieses hässliche T-Shirt mit dem Logo des Rock-Creek-Feuers trägt. Hab ihn dieses Jahr sogar schon gesehen.«

Hm, vielleicht verschwieg ich das meiner Mutter lieber. Ich war unsicher, was das mit dem »Anbaggern« bedeutete, aber es klang eher nicht so, als wäre er für Baumaschinen zuständig gewesen.

»Was haben denn T-Shirts mit Feuer zu tun?«, fragte ich Rickbert, denn Linda war gerade nach draußen entschwunden.

Er legte die Fingerspitzen gegeneinander – zumindest die, die er noch hatte – und drehte seinen Bürostuhl in meine Richtung. »Es gehört zu unserem Job, dass wir Buschbrände bekämpfen. Jedes Feuer bekommt einen Namen und bei großen Bränden, bei denen manchmal Hunderte von unseren Leuten wochenlang gekämpft und sich rußverschmiert Brandblasen geholt haben, gibt's nachher als Erinnerung Souvenirs. Tassen und T-Shirts und so was.« Er hob seine Kaffeetasse, auf die ein buntes Symbol und die Buchstaben *Lightning Ridge Fire* gedruckt waren, und nahm einen tiefen Schluck.

»Was, als Ranger muss man Feuer bekämpfen?« Ich war entsetzt. Das war mir nicht klar gewesen! So wie alle Woodwalker hasste ich Feuer. Jetzt wusste ich also, was Jeffrey gemeint hatte …

»Überdenkst du gerade deine Berufswahl?« Rickbert grinste. »Aber keine Sorge, das mit der Brandgefahr geht erst im Sommer los. Im Moment brennt da draußen nichts. Im Gegenteil.« Er deutete aufs Fenster. Es schneite mal wieder, bald würden die Frühlingsblumen und das erste Gras von einer neuen weißen Schicht bedeckt sein.

Das Telefon schrillte und Rickbert schnappte sich den Hörer. »Wann hätten sie denn daheim sein sollen? Geben Sie mir bitte mal eine Beschreibung der beiden.« Er angelte sich einen Schreibblock. »Haben sie irgendwas darüber gesagt, welche Route sie nehmen wollten? Ja gut, wir gehen nachsehen.«

Mit finsterer Miene legte er den Hörer wieder auf. »Verdammte Blödmänner, ich dachte, die wären so vernünftig gewesen, ihren Plan zu ändern!« Er katapultierte sich aus seinem Stuhl und griff sich sein Funkgerät. »10-230 hier. Organisiert bitte Verstärkung, wir bräuchten noch Leute für eine Bergrettung. Bis gleich.«

»Was ist passiert?«, wagte ich zu fragen.

Rickbert schüttete den Rest seines Kaffees hinunter. »Erinnerst du dich an die zwei Männer gestern? Die sind anscheinend doch zum *Corbet High Camp* in viertausend Metern Höhe aufgebrochen, obwohl ich sie gewarnt hatte, dass sich das Wetter verschlechtern würde. Einen Guide hatten sie natürlich auch nicht.«

»Also sind sie gestern nicht zurückgekommen?« Ich verzog das Gesicht.

»Genau. Das eben am Telefon war die Frau von einem der beiden. Klang völlig aufgelöst.« Während er sprach, war Rickbert schon dabei, Sicherungsseile, Helme und andere Ausrüstung aus einem Nebenraum zu wuchten. »Noch können wir sie lebend finden, die Nacht war zwar kalt, aber die beiden waren halbwegs gescheit angezogen. Das Problem ist, es zieht gerade ein Sturm auf.«

»Oh. Wir müssen sie also unbedingt bald finden.« Aufgeregt sprang ich von meinem Stuhl, um ebenfalls meine Jacke anzuziehen.

Doch Rickbert warf mir nur einen erstaunten Blick zu. »Du bleibst natürlich hier! Du könntest mal die Kaffeemaschine auseinandernehmen und reinigen, außerdem müsste dieser Kram nach Datum und Thema sortiert werden.« Er deutete auf seinen Schreibtisch, der genauso eingeschneit aussah wie die Berge, nur mit Papier statt Schnee. »Falls jemand kommt und etwas wissen will, drück ihm eine Broschüre in die Hand und sag ihm, er soll morgen wiederkommen.«

Das konnte nicht sein Ernst sein. »Aber ich könnte wirklich helfen, ich kenne die Gegend!« Zwar hatte meine Familie ihr

Revier weiter nördlich in Yellowstone gehabt, doch seit ich auf die Clearwater High ging, war ich schon oft als Puma durch die Grand Tetons gestreift. Ich kannte diese Berge auf eine andere Art als die Menschen.

Rickbert setzte seinen flachen Rangerhut auf. »Vergiss es, es hat uns gerade noch gefehlt, dass wir auch noch dich suchen müssen. Mein Chef würde mir schön was erzählen, wenn ich einen minderjährigen Praktikanten bei so was mitnehmen würde. Und deine Eltern erst mal!«

Meine Eltern hätten überhaupt nicht verstanden, dass er mir so etwas nicht zutraute. Schließlich waren wir Berglöwen, mit Betonung auf Berg! Aber das durfte er natürlich nicht wissen. Also biss ich die Zähne zusammen und nickte schweigend.

Als er aus der Tür war, zählte ich schweigend bis fünfzig. Dann griff ich zu meinem Handy. »Hi, Carag, wir fahren gerade mit auf Streife, ist das nicht cool?«, meldete sich Shadow. Er und seine Rabenschwester machten ihr Praktikum bei der Polizei.

»Ja, das ist cool, aber der Secret-Ranger-Club braucht euch gerade hier«, sagte ich und erklärte ihnen, was ich vorhatte.

»Kein Problem, das wird lustig – ich liebe Stürme«, behauptete Wing, die sich das Telefon geschnappt hatte. Sie legte noch nicht auf, sodass ich hören konnte, wie sie einen jämmerlichen Ton anschlug und ihrem Chef gegenüber behauptete, sie und ihr Bruder hätten plötzlich totale Verdauungsbeschwerden und müssten dringend nach Hause. Das bekräftigte einer der beiden Rabenzwillinge mit einem Pups, den ich selbst durchs Telefon hören konnte.

»Ja, geht nur, geht – bitte!«, hörte ich den Police Officer sagen.

Als Nächstes rief ich Tikaani an, die gerade im Krankenhaus mithalf. »Na, darfst du wirklich den Notärzten über die Schulter schauen?«

»Ja, bei den leichten Unfällen schon, ich habe bereits eine Menge gelernt. Was gibt's?«

»Zu viel Schnee für Menschen – ich brauche dringend deine Hilfe, um jemanden zu retten. Kommst du?«

»Was für eine Frage«, sagte Tikaani, was wohl Ja heißen sollte. Ich erklärte ihr, in welchem Gebiet wir suchten, und hoffte, dass wir bald nah genug beieinander waren, um uns von Kopf zu Kopf zu unterhalten. Wir hatten bei Isidore Ellwood geübt, unsere Distanz bei Fernrufen auszudehnen, vielleicht konnte ich das heute schon gebrauchen.

Ich verlor keine Zeit mehr, sondern nahm mir eins der Funkgeräte, eine Plastiktüte und aus dem Ausrüstungsraum zwei dieser dünnen goldenen Decken, die Menschen halfen, in Notfällen ihre Körperwärme zu bewahren. Vorsichtig zog ich die Tür der Rangerstation hinter mir zu. Wer in nächster Zeit eine Broschüre, eine Liste von Wanderwegen oder eine Landkarte wollte, musste sie sich eben selbst nehmen.

Draußen wehte mir ein eisiger Wind Schnee ins Gesicht. Kein Wetter für Menschen! Aber eines für Woodwalker ... ganz besonders für eine Polarwölfin und für einen Puma.

Als ich weit genug vom Campingplatz Jenny Lake entfernt war, verwandelte ich mich. Sofort war mir wieder warm, mein dickes Winterfell war für diese Temperaturen perfekt geeignet.

Mit der Pfote schob ich meine Sachen, die Golddecken und das Funkgerät in die Tüte und nahm sie ins Maul. Dann machte ich mich mit langen Sprüngen auf den Weg. Doch je weiter ich lief, desto mehr störte mich die Tüte beim Laufen, die Plastikgriffe schnitten mir ins Maul und mir wurde klar, dass ich sie nicht den ganzen Weg mitnehmen konnte. Schließlich versteckte ich sie und merkte mir den Ort, damit ich sie später holen konnte.

Das Corbet High Camp lag weit über der Baumgrenze im Hochgebirge, dort gab's nur noch Felsen und Schnee. Eine Suchmannschaft würde sechs Stunden oder länger brauchen, bei diesem Wetter eher acht, um den Pfad abzugehen, der bis dorthin führte. Und falls die Ahnungslosen den Pfad verlassen hatten oder abgestürzt waren, konnte es sein, dass die Ranger sie durch den dichten Schneefall einfach nicht sehen konnten. Aber ich und Tikaani würden sie bemerken – unsere Sinne waren viel schärfer als die der Menschen.

So wie wahrscheinlich auch Tikaani genoss ich es, draußen zu sein. Weil es in Wyoming den größten Teil des Jahres kalt war, gab es für mich nichts Natürlicheres als Schnee. Während die Flocken um mich herumwirbelten, reckte ich die Tasthaare und lauschte. Ein Eichelhäher grub nach seinem Wintervorrat, unter dem Schnee tunnelte eine Maus entlang und die Zweige der Kiefern und Fichten brausten im Wind, doch ich beachtete nichts davon.

Das hier war kein netter Ausflug, es ging um das Leben zweier Menschen, die wahrscheinlich längst unterkühlt und verzweifelt waren! Wir mussten sie finden, bevor es zu spät war. Doch in der ersten Zeit entdeckte ich nichts, auf der Südflanke des Berges waren sie nicht. Ich musste hoch über die Baumgrenze.

Seht ihr schon irgendwas?, fragte ich meine Rabenfreunde, denen Regen und Schnee zum Glück ebenfalls wenig ausmachten.

Ganz schön viel »Gruß von oben«, aber das macht nichts, wir halten die Äuglein offen, antwortete Shadow fröhlich. *Nach was für Farbflecken suchen wir?*

Der eine Kerl hatte eine rote Jacke an, der andere eine blaue, informierte ich ihn.

Wäh, Menschen haben einen schlechten Geschmack, Schwarz ist doch die einzig wahre Farbe, behauptete Wing und prompt gerieten sich die Raben über dieses Thema in die Federn. Shadow hatte nämlich eine heimliche Vorliebe für Lila.

Ich hielt mich raus, durchstreifte weiter die felsige Wildnis und hoffte, dass das junge, starke Pumaweibchen, dem das Revier gehörte, nicht denken würde, dass ich ihr irgendwas streitig machen wollte.

Von Weitem bemerkte ich eine der Suchmannschaften und achtete darauf, Abstand zu halten. Dick vermummt, mit langsamen, mühsamen Schritten, quälten sich die Menschen durch den Sturm. Sie blickten sich dabei immer wieder um und riefen. Der Pfad war fast nicht zu erkennen, es war sehr riskant, dass sie überhaupt bei diesem Wetter unterwegs waren. Ich machte mir Sorgen um die beiden Vermissten, aber auch um Rickbert und Linda, und so langsam wurde ich nervös. Obwohl ich schon ein weites Terrain abgesucht hatte, hatte ich immer noch nichts gefunden. Wie hoch waren diese beiden Kerle gekommen? Wo waren sie abgeblieben?

Von mir noch nichts Neues, meldete mir Tikaani. *Angenehm frisch für mich, aber ohne Fell sehr gefährlich ... Waren die wirklich die ganze Nacht draußen? Dann sieht's nicht gut aus.*

Weiß ich, antwortete ich. *Aber wir müssen es zumindest versuchen!*

Erst kam keine Antwort, dann ein kurzes *Warte mal!*.

Was ist?, fragte ich gespannt, doch Tikaani antwortete erst nach einer Weile wieder. Diesmal klang ihre Stimme aufgeregt. *Ich hab den einen entdeckt. Blaue Jacke. Er sitzt auf dem Wanderweg, ziemlich weit oben, wo die Ranger noch nicht hingekommen sind.*

Bin gleich dort, meldete ich und rannte los, dass der Schnee nur so um meine Pfoten stob. Tikaani war in dieser Umgebung ungefähr so gut zu erkennen wie ein Tropfen Sahne in einer Schüssel Milch, doch ihre Gedanken leiteten mich.

Als wir uns gefunden hatten, tauschte ich nur einen hastigen Schnauzenstüber mit ihr, dann näherten wir uns vorsichtig dem Menschen, den sie entdeckt hatte.

Blaujacke, der nach ungewaschenem Haar gerochen und sich über die Wettervorhersage beschwert hatte, hockte, regungslos zusammengekauert, auf dem Pfad zum Corbet High Camp, der Schnee hatte ihn fast zugeweht, aber wir spürten beide, dass er noch atmete. *Hier werden die Ranger ihn bald finden, bleibst du bis dahin bei ihm?*, bat ich Tikaani erleichtert. Sie musste sich um ihn kümmern und ihn warm halten, damit er nicht erfror. Zum Glück konnte man sie für einen Hund halten, wenn man sich nicht so genau mit Wildtieren auskannte. Menschen waren gewohnt, von Hunden gerettet zu werden.

Ist ja seltsam, wo könnte sein Freund sein? Sie blickte sich um, während der Wind ihr Fell durcheinanderwirbelte. *Der Schnee hat seine Witterung ausgelöscht, ich kann seinen Spuren nicht folgen.*

Dann suche ich schon mal weiter – bis später, sagte ich rasch, informierte die Raben über den Stand der Dinge und machte mich wieder auf den Weg.

Was war mit dem zweiten Mann passiert? Wenn wir ihn nur noch tot finden würden, würde ich mir das nie verzeihen. Dann hatte ich versagt, dann taugte ich nicht zum Ranger, sondern wäre besser im Büro geblieben und hätte die Kaffeemaschine sauber gemacht! Rickbert hatte recht, wer war ich schon, ich war erst vierzehn Jahre alt und hatte keine Erfahrung darin, Leute zu suchen und zu retten!

Um das scheußliche Gefühl in meinem Inneren zu verdrängen, beeilte ich mich noch mehr, sprang über Steine, balancierte über Felsgrate, stapfte durch Schnee, der mir bis zu den Pumaschultern reichte.

Und dann fand ich, mehrere Kilometer vom Pfad entfernt hangabwärts, den zweiten Wanderer zwischen ein paar Fichten hinter einem Felsen kauernd. Der Schnee hatte seine rote Jacke schon halb verborgen, doch ich hatte seine Witterung aufgefangen.

Er wirkte völlig apathisch oder sogar bewusstlos, aber ich sah, wie er zitterte – er war am Leben!

Hab ihn!, rief ich begeistert und malte mir aus, wie stolz die Ranger auf mich sein würden und wie sehr sie staunen würden, dass ausgerechnet ihr junger Praktikant es geschafft hatte, die Vermissten zu finden.

Cool, ich hole gleich deine Anziehsachen und das Funkgerät, verkündete Shadow. *Dann kannst du ihm Gesellschaft leisten und der Suchmannschaft Bescheid geben.*

Ich gab den beiden in Gedanken den Ort durch, wo ich die Tüte versteckt hatte. *Alles klar,* kam es von meinen Rabenfreunden zurück.

Ungeduldig wartete ich. Und wartete.

Als Wing und Shadow sich wieder meldeten, klangen sie ziemlich kleinlaut. *Tut uns echt leid, Carag, aber durch den Sturm schaffen wir es nicht, diese Tüte zu dir zu tragen. Fliegen geht, aber so schwere Transporte – nee.*

Ich bin zu weit weg von der Rangerstation, ich kann dir leider auch nichts bringen, fügte Tikaani hinzu. *Muss mich weiterhin um Blaujacke kümmern.*

Na toll. Jetzt hatte ich den Vermissten zwar gefunden. Aber wie es aussah, musste ich in meiner Pumagestalt bleiben und konnte ihm nicht helfen!

Eine Frage der Wärme

Selbst wenn ich bereit gewesen wäre, mich zurückzuverwandeln und dem Menschen da mangels Klamotten als nackter Junge gegenüberzutreten, bei diesen Temperaturen wäre ich ohne schützende Kleidung selbst in Gefahr gewesen.

Beunruhigt näherte ich mich dem verirrten Wanderer, eine Pfote vor die andere setzend. Jetzt erinnerte ich mich auch an seinen Namen: Bob. Bisher hatte er mich nicht bemerkt und sich nicht gerührt. Trotzdem, noch näher durfte ich ihm nicht kommen, sonst würde er in Panik geraten, wenn er den Kopf hob und eine große Raubkatze vor sich sah. Er würde denken, dass ich ihn für leichte Beute hielt, und hektisch werden, womöglich über irgendeine Felskante stolpern und weiter abstürzen.

Aber ich musste irgendwas machen! Ich konnte ihn doch nicht einfach sterben lassen!

Manchmal muss man einfach die Pfote ins trübe Wasser setzen.

Und es riskieren.

Ich pirschte mich noch näher an Bob heran ... und dann wand ich meinen großen hellbraunen Katzenkörper um seine Gestalt herum. Schmiegte mich an ihn, gab ihm von meiner Körperwärme ab, so viel ich konnte, und schützte ihn vor dem brutalen Wind. Er regte sich ein wenig, war aber immer noch weggetreten. Gut. Konnte er so überleben? Eine Weile vielleicht, aber wenn die Suchtrupps uns nicht bald fanden, wurde es für ihn trotzdem kritisch.

Plötzlich erschien eine kleine schwarze Gestalt aus dem wirbelnden Weiß vor mir, flatterte hektisch auf der Stelle und ließ etwas fallen. Ein flaches, leichtes Paket – eine der goldenen Rettungsdecken!

Bringt dir das was?, rief Wing in meinen Kopf.

Ja klar, tausend Dank! Ich riss die Packung mit den Fangzähnen auf und teilverwandelte kurz meine Pfoten zu Händen, um das wild flatternde Ding auseinanderzufalten. Ich musste mich halb darauflegen, damit der Wind es nicht von uns fortriss, aber danach hielt es die Wärme bei uns, spiegelte sie zu uns zurück.

Ganz langsam und reflexartig grub Bob eine Hand in mein Winterfell, vielleicht träumte er halb erfroren von seiner Katze daheim. Ich schnurrte ein bisschen, um ihn zu beruhigen, aber auch, weil ich allmählich Hoffnung schöpfte. Es funktionierte, meine Wärme schien ihm zu helfen! Sollte ich nun versuchen, mich teilzuverwandeln und zu rufen, um die Suchtrupps auf uns aufmerksam zu machen? Nein, brachte nichts, sie waren viel zu weit weg und der Wind heulte zu laut.

Wie war der Kerl überhaupt in diese Situation geraten? Ich tippte darauf, dass sein Freund sich den Knöchel gebrochen hatte

oder so was und er losgegangen war, um Hilfe zu holen. Das war gründlich schiefgegangen, weil er durch den Schneesturm anscheinend vom Weg abgekommen war und das Wetter ihn am Weitergehen gehindert hatte.

Eine endlose Zeit verharrten wir so, ich tat mein Bestes, um Bob aufzutauen, und überlegte, was in aller Welt ich sonst machen konnte. Die Bäume hielten ein bisschen den Wind ab, aber gegen die Kälte gab es hier keine nennenswerte Deckung – mehr als ein paar Stunden lang konnten wir so nicht bleiben und ein Sturm konnte Tage dauern!

Wieder ein Flattern in der Nähe, diesmal waren es sowohl Wing als auch Shadow. *Schau mal, sind wir cool oder was?*

Warm wäre mir gerade lieber, sagte ich, dann schoss mein Puls in die Höhe, als ich sah, dass die beiden etwas trugen. *Oh hey, ist das etwa das Funkgerät?* Die beiden mussten sich ordentlich anstrengen, aber zu zweit konnten sie es gerade so tragen und hielten sich mit hektischen Flügelschlägen auf der Stelle.

Ihr seid einfach toll, lobte ich die beiden.

Wir könnten es auf deinen Rücken fallen lassen, dann geht es nicht auf den Steinen kaputt, schlug Shadow vor und schon setzten sie ihren Plan in die Tat um.

Leider zuckte ich zusammen, als das Gerät mir mitten aufs Rückgrat prallte, und das schien Mr Rotjacke aus seiner Starre zu holen. Er hob den Kopf, blickte ungläubig auf das zimtfarbene Fell unter seiner Hand und tastete mit der anderen Hand etwas zögernd meinen Kopf ab. Meine runden pelzigen Ohren überzeugten ihn anscheinend davon, dass er nicht träumte, und meine Tasthaare, dass ich leider kein Lawinenrettungshund war. Er machte den jämmerlichen Versuch aufzuspringen und brüllte los, als hätte ich gerade versucht, seinen großen Zeh zum Frühstück zu verspeisen. Oder auch den ganzen Fuß.

In einer einzigen fließenden Bewegung entrollte ich meinen Katzenkörper und stieß mich zu einem gewaltigen Sprung ab, um aus seiner Reichweite zu kommen. Trotz allem war ich ein bisschen beleidigt, als ich mich hinter etwas Geröll und Bäume in der Nähe duckte. *Typisch Menschen! Da kann man schnurren, so viel man will, und er kapiert die Botschaft trotzdem nicht,* beschwerte ich mich bei meinen Rabenfreunden.

Eiszapfen können halt nicht so gut denken, gab Wing zurück.

Zum Glück dauerte es nicht sehr lange, bis Mr Rotjacke das Funkgerät fand. Mit dem Rücken gegen den Wind schrie er hinein, beschrieb hoffentlich, wo er ungefähr zu finden war. Und hoffentlich verstand ihn der Suchtrupp und kam ihn bald holen! Ich hätte ihm beide Daumen gehalten, wenn ich gerade welche gehabt hätte. Zur Sicherheit pirschte ich mich in Richtung Linda und Rickbert, um zu überprüfen, ob sie in die richtige Richtung gingen. Dem Himmel sei Dank, das taten sie!

Kurz darauf hatten sie den verirrten Wanderer gefunden. Zum Glück waren meine Spuren inzwischen zugeschneit – danke, Wetter!

Als der vierköpfige Suchtrupp und die beiden Wanderer wie weiße Gespenster in die Rangerstation taumelten, warteten schon ein Krankenwagen und heißer Kaffee auf sie. Ich war natürlich längst zurück und hatte ausgetüftelt, wie man diese Maschine dazu brachte, braune Brühe von sich zu geben. Mit unschuldigem Blick reichte ich Jason Rickbert eine Tasse und er zog seine Fäustlinge aus, um sie zu nehmen. »So müssen Praktikanten sein«, lobte er und probierte. Seine Augen wurden groß und er unterdrückte einen Hustenanfall. »Bisschen stark, Jay. Aber vielleicht braucht man so was bei dem Wetter. Was war hier bei dir so los?«

»Ach, gar nichts, rein gar nichts«, versicherte ich.

Wir schauten zu, wie die beiden Wanderer von den Sanitätern betreut, vorsichtig auf Tragen festgeschnallt und in den Notarztwagen verfrachtet wurden. Direkt zu Tikaani, denn die war ebenfalls wieder an ihren Praktikumsort zurückgekehrt.

Beide Männer hatten bleiche, erschöpfte Gesichter und sahen aus, als würden sie nie wieder eine Wettervorhersage ignorieren. Mr Rotjacke musterte mich mit einem etwas verwirrten Blick, so als würde er versuchen, sich an einen Traum zu erinnern. Ich lächelte ihm zu und war froh, dass meine Secret-Ranger-Aktion so gut lief.

»Wir haben die beiden gerade noch rechtzeitig gefunden«, erzählte Rickbert. »Sie hatten schon Halluzinationen. Der eine hat einen weißen Hund gesehen, der andere einen Puma, der ihn gewärmt haben soll – was für ein Quatsch! Vielleicht wollte er so wie ich einmal im Leben einen sehen und hat sich das zurechtfantasiert.«

Als ich dem dritten Mann einen – verdünnten – Kaffee reichte und er seine Kapuze nach hinten schob, sah ich halb freudig, halb erschrocken, dass es der rotblonde Ranger namens Tom war. Anscheinend war er zur Verstärkung aus Yellowstone gekommen. »Also wenn *mir* richtig kalt ist, träume ich nicht von Pumas, sondern von einer Frau, die mich wärmt«, behauptete er grinsend.

Linda verdrehte die Augen. »Die Frauen träumen leider nicht von dir, also kauf dir ein Heizkissen!«, schoss sie zurück. »Mir ist übrigens schleierhaft, woher er das Funkgerät hatte und warum er damit nicht schon viel früher Hilfe gerufen hat. Ich bin sicher, es war eins von unseren, ob ihr mir nun glaubt oder nicht!«

»Vielleicht hat ihm das der Puma gebracht«, witzelte Rickbert, klopfte den letzten Schnee von seiner Mütze und legte sie auf die Heizung. »So ein hilfreiches Tierchen hätte ich damals auf dem zugefrorenen See gebraucht, als wir diesen Schneemobilfahrer aus dem Wasser gezogen haben und ich mit eingebrochen bin.« Er warf einen flüchtigen Blick auf seine verstümmelte linke Hand. Wahrscheinlich waren die beiden Finger ihm wegen Erfrierungen amputiert worden.

Ich konnte den Blick kaum davon lösen. Menschen riskierten ihr Leben für Leute, die sie überhaupt nicht kannten, mit denen sie nicht verwandt waren … von Tieren kannte ich so etwas nicht. Das hieß, wir Woodwalker hatten diese Eigenheit aus dem Teil von uns, der menschlich war. Hatte Andrew Milling jemals darüber nachgedacht? Wahrscheinlich nicht, er war gefangen in seinem Hass.

Nie würde ich alle Menschen so hassen können, wie Milling es tat. Sie waren nicht perfekt und taten vieles, das der Welt schadete, aber manche konnten unsere Freunde und Verbündete sein. Oder? Es war Tom, den ich nun beobachtete, nicht die kleinste Regung seines Gesichts entging mir. »Ach ja, zum Thema Pumas – es soll sogar einen Ranger geben, der mal mit einem befreundet war«, meinte ich beiläufig.

»Klingt sehr, sehr unwahrscheinlich«, sagte der junge Mann und lachte. »Wer hat dir denn den Bären – Verzeihung, Berglöwen – aufgebunden?«

Mir wurde klar, dass Tom von der wunderbaren Freundschaft zu meiner Mutter gar nichts mitbekommen hatte. Wenn sie nach ihm fragte, richtete ich am besten schöne Grüße von ihm aus und wechselte dann das Thema.

Es wird ernst

Obwohl ich den Rangern nicht davon erzählen konnte, was ich und meine Freunde getan hatten, wurden wir in der Clearwater High ordentlich gefeiert. »Du kannst wirklich bald eine Strichliste führen beim Menschen-das-Leben-Retten … oder wir machen einen Wettbewerb draus«, jubelte Holly und einen Moment lang befürchtete ich, sie würde gleich als Hörnchen auf dem Tisch tanzen. Brandon umarmte mich und auch Shadow und Wing ganz fest. Tikaani saß neben ihrem Rudel und schenkte mir ein strahlendes Lächeln, das ich ebenso herzlich erwiderte. Bill Brighteye brachte ihr und mir persönlich einen heißen Kakao zum Tisch. »Gut gemacht, Leute.«

Doch er und die anderen Lehrer wirkten beunruhigt, leise diskutierten sie untereinander. Ich ahnte, was ihnen durch den Kopf ging. Noch zwei Tage bis zum Treffen mit der Sphinx. Würden Miss Clearwater und ich es schaffen, sie von ihren gefährlichen Plänen abzubringen? Wenn nicht, dann wusste in wenigen Tagen vielleicht die ganze Welt, dass es Woodwalker gab. Alles würde sich dann ändern, alles.

»Du bist so nachdenklich«, sagte Rickbert mir auf den Kopf zu, als ich ihm half, mit Schneepflug und Schaufeln die Zufahrt zu Campingplatz und Rangerstation zu räumen. »Alles okay mit dir, Jay?«

»Ich fürchte, ich muss mir morgen mal freinehmen – es gibt

etwas Wichtiges, das ich erledigen muss«, meinte ich. »Leider darf ich nicht sagen, was.«

»Schon in Ordnung.« Rickbert schleuderte wieder eine Schaufel Schnee zur Seite. Obwohl wir schon seit einer Ewigkeit schippten, merkte man ihm die Anstrengung überhaupt nicht an. Der Kerl war zäh wie Leder. »Was auch immer du tust, rechne immer mit dem Faktor X. Damit, dass irgendetwas Ungeplantes schiefgehen könnte. Das wird nämlich oft der Fall sein, und wenn du dann keine Reserven hast, sieht's schlecht aus.«

Diesen Tipp nahm ich sehr ernst, schließlich hatte Rickbert schon einige Hundert Rettungsmissionen geleitet, wie Linda mir erzählt hatte. »Was war denn bei der Rettungsaktion gestern dieser Faktor X?«

»Dass Linda, die anderen und ich selbst in Schwierigkeiten geraten. Deswegen hatten wir einen Notsender, ein Biwakzelt und einen Kocher sowie genug Proviant dabei. Notfalls hätten wir uns irgendwo verkrochen, bis es wieder aufklart.«

»Gute Idee«, sagte ich und überlegte, was bei unserem Treffen mit der Sphinx der Faktor X war. Wahrscheinlich die Tatsache, dass sie eine Löwin war und damit auch rein körperlich gefährlich. Ich musste darauf gefasst sein, dass diese Rebecca Youngblood wütend werden könnte, und für den Notfall einen Fluchtweg auskundschaften. Besser, ich ließ es auf keinen direkten Kampf ankommen. In ihrer zweiten Gestalt war sie vermutlich dreimal so schwer wie ich.

Lissa Clearwater hatte mir erzählt, dass David Johnson befürchtete, seine Leute in Atlanta hätten Symphathien für Milling. Er vertraute ihnen nicht mehr und hatte deswegen beschlossen, selbst mit seiner Assistentin hinzufliegen und uns zu unterstützen. Zum Glück hatte er unserer Schulleiterin erlaubt, Bill Brighteye oder einen anderen Lehrer mitzunehmen und ihm für alle Fälle die geheime Blockiermethode beizubringen. Trotzdem wurde ich jedes Mal nervös, wenn ich an das Treffen dachte. Klar, ich war in zweiter Gestalt eine Großkatze, so wie die Sphinx-Frau, aber würde das wirklich nützlich sein?

Jason Rickbert war noch nicht fertig. »Die Wanderer haben noch einen zweiten Fehler gemacht, sie haben sich getrennt. Wenn du mal in einer solchen Situation bist, dann bleib mit deinem Partner zusammen. Das steigert die Chancen, dass ihr beide überlebt, auch wenn es erst mal nicht so aussieht.«

»Okay«, sagte ich und hoffte, dass ich es nicht so bald nötig haben würde, all diese Ratschläge anzuwenden.

Doch kurz darauf sah es danach aus, als würde ich sie brauchen. Am Tag vor unserem Flug hatte Bill Brighteye an einem Karate-Turnier teilgenommen. Dabei hatte er sich zwar nicht verletzt, aber dafür beim Abendessen mit den anderen Teilnehmern einen Magen-Darm-Virus eingefangen. »Sorry, Leute, aber ich bin sogar zu schwach, um den Mond anzuheulen«, gestand er frustriert, während Sherri Rivergirl versuchte, ihm ihre halbe Kräutertee-Sammlung einzuflößen.

»Könntest du einspringen, James?«, fragte Lissa Clearwater bei einer Krisensitzung in ihrem Büro, bei der auch ich dabei sein durfte.

»Kann ich machen – aber ich bin kein Kämpfer«, sagte James Bridger besorgt. »Kannst du mir noch schnell die Blockiermethode beibringen, Lissa?«

»Bleibt mir wohl nichts anderes übrig, das machen wir unterwegs, so gut es geht«, meinte Miss Clearwater. »Erst mal müssen wir es schaffen, einen Platz im Flugzeug für dich zu bekommen oder Bills Ticket auf dich umzuschreiben.«

Während James hastig seine Sachen packte, fuhr Theo drau-

ßen mit einem der Kombis der Schule vor, um uns zum Flughafen zu bringen. Ich schulterte in der Eingangshalle meinen Rucksack und verabschiedete mich von meinen Freunden.

»Pass auf dich auf«, flüsterte Tikaani mir zu.

Leider gab es am Flughafenschalter Probleme, der Flug war ausgebucht, und Bills Ticket umzuschreiben, schien nicht so einfach zu sein. Obwohl James Bridger geduldig mit den Angestellten der Airline diskutierte und anbot, einen Aufschlag zu bezahlen. Schließlich wurde unser Flug aufgerufen, Lissa und ich mussten los. Verdammt!

»Ich kläre das hier und komme nach, so schnell ich kann«, versprach Bridger uns. »Viel Glück.«

»Danke – Ihnen auch«, sagte ich mit einem mulmigen Gefühl im Bauch und ging mit Lissa Clearwater an Bord des Atlanta-Fluges. Unsere Reise begann nicht gerade mit einer Glückssträhne!

Gut, dass ich vorher schon mal geflogen war, Lissa Clearwater wäre wohl kaum begeistert gewesen, wenn ich in der Kabine durchgedreht wäre. Diesmal kam es mir fast schon normal vor, in einer riesigen Metallröhre durch die Luft zu sausen.

Atlanta lag 1800 Meilen südöstlich von Jackson Hole und die verschneiten Berge blieben hinter uns zurück, es wurde immer grüner unter uns. Eine lächelnde Stewardess servierte mir eine Limo, dann schenkte sie mir ein Päckchen Gemüsecracker, das ich unauffällig zu Miss Clearwater hinüberschob.

»Danke«, sagte sie amüsiert, sie wirkte hier sehr viel weniger streng als in der Schule, was vielleicht auch an dem gelborange gemusterten Sommerkleid lag, das sie unter der Jacke trug. Sie ließ ihre weißen Haare zurzeit wachsen, sie reichten ihr schon über die Schultern. Einen Moment lang konnte ich mir vorstellen, wie sie in ihrer Freizeit war oder als Mutter. Wie es wohl für ihren Sohn Jack gewesen sein musste, bei ihr aufzuwachsen?

»Wann haben Sie eigentlich gemerkt, dass Ihr Sohn sich verwandeln kann? Ist sein Vater auch ein Adler?«, fragte ich vorsichtig.

»Nein, sein Vater ist ein normaler Mensch, ein Architekt, er wusste nicht Bescheid über mich.« Lissa Clearwater nahm einen Schluck von ihrem Mineralwasser. »Zu riskant.«

Erschrocken blickte ich sie an. »Aber war das nicht sehr ... anstrengend für Sie?«

»Doch, und vielleicht hat er auch das Gefühl gehabt, dass ich ihm gegenüber nicht ganz offen war. Er hat mich verlassen, als Jack ein Jahr alt war. Es war keine reine Freude, sich als alleinerziehende Mutter durchzuschlagen.«

»Oh, das tut mir leid«, sagte ich verlegen.

»Zurück zu deiner Frage – ich wusste lange nicht, ob Jack ein echter Woodwalker war. Aber kurz nach seinem sechsten Geburtstag habe ich morgens, als ich ihn aufgeweckt habe, eine Adlerfeder in seinem Bett gefunden ... und mich natürlich sehr gefreut!« Sie lächelte bei der Erinnerung und einen Moment lang wirkte ihr Gesicht fast weich.

»Ihn hat das bestimmt auch gefreut. Er wäre sonst wohl neidisch gewesen, dass Sie fliegen können und er nicht.«

Lissa Clearwater lächelte mich an. »Tja, und jetzt ist Jack erwachsen und leitet die Blue Reef Highschool ... Wie du dir denken kannst, bin ich furchtbar stolz auf ihn«, meinte sie und wechselte dann das Thema. »Apropos stolz, der Rat hat mir berichtet, wie erfolgreich die Wir-helfen-Menschen-Aktionen im ganzen Land schon sind. Woodwalker haben ein

Kind aus dem Fluss gerettet, einen Brand in einem Wohnhaus verhindert und mehrere tödliche Fallen abgebaut.«

»Das ist sehr cool«, sagte ich erfreut und mochte nicht daran denken, wie viele Menschen im gleichen Zeitraum von Millings Leuten verletzt worden waren.

Lissa Clearwater vertiefte sich wieder in ein Buch mit dem Titel *Lexikon der Götter,* und ich las weiter in *Götter am Nil – Ägyptische Mythologie für Einsteiger,* bis ich aus dem Flugzeugfenster Atlanta erspähte, dessen Stadtkern aussah wie eine Ansammlung von Steinsäulen, die jemand senkrecht gestellt hatte.

Der Flughafen war gigantisch. Überall glänzender polierter Steinboden, riesige Hallen und Gänge und deckenhohe Glasscheiben. Genau die Umgebung, in der ich mich noch nie wohlgefühlt hatte. Und diesmal war ich sowieso schrecklich aufgeregt, weil wir die geheimnisvolle Frau treffen würden, die unsere ganze Existenz ruinieren konnte, wenn ihr danach zumute war. Hoffentlich war diese Sphinx kein Fan von Rätseln, für die hatte ich nämlich kein Talent. Aber mit etwas Glück war das mit den Denksportaufgaben schon vor ein paar Jahrtausenden außer Mode geraten.

Suchend blickte Lissa Clearwater sich nach David Johnson und seiner Mitarbeiterin um, die schon hätten hier sein sollen. Doch sie waren nirgends in Sicht. »Seltsam«, sagte Lissa, zum ersten Mal klang sie wirklich beunruhigt. Doch als sie ihr Handy wieder einschaltete und checkte, stieß sie einen leisen Fluch aus. »Davids Flug hat mehrere Stunden Verspätung, er entschuldigt sich dafür, dass er nicht schon gestern angereist ist. Aber das ging nicht, da hatte er noch ein paar wichtige Besprechungen.« Sie seufzte tief. »Langsam kommt es mir vor, als würde ein Fluch auf dieser Reise liegen.«

Ich warf ihr einen beunruhigten Blick zu. »Heißt das etwa, wir müssen es allein schaffen?«

Lissa Clearwater betrachtete mich nachdenklich. »Ja, ich fürchte, das heißt es.«

Das beruhigte mich nicht gerade. »Ähm, und ... bringen Sie mir jetzt auch diese geheime Methode bei?«, fragte ich sie. »Mit der wir Miss Youngbloods Verwandlungsfähigkeit blockieren können?«

»Carag ... so etwas können nur wirklich erfahrene Wandler lernen. Leider. Blockieren können wir sie nicht mehr, aber wir können versuchen, sie von ihrem Plan abzubringen. Wenigstens das.« Ich spürte, dass sie auch daran dachte, die ganze Sache abzubrechen. Aber wahrscheinlich ging es ihr wie mir ... jetzt hatten wir schon den weiten Weg auf uns genommen, das sollte nicht umsonst gewesen sein.

»Okay«, meinte ich. »Machen wir das Beste draus. Ähm, eine Waffe haben Sie nicht dabei, oder?«

»Nein«, sagte Lissa Clearwater kurz. Vielleicht bedauerte sie gerade, dass sie keine mitgenommen hatte.

»Wo ist denn nun der Treffpunkt?«

»Den gibt sie uns noch durch.«

Inzwischen hatten wir den Ausgang des Terminals erreicht. Jetzt war mir klar, warum sie sich ein Sommerkleid angezogen hatte, denn hier war es warm und sonnig, blühende Bäume säumten die Straßen. Es roch nach Abgasen und frisch gemähtem Gras.

Ich klammerte mich an einen Schultergurt meines Rucksacks und schaute mich alle paar Momente um, wahrscheinlich merkte man mir noch aus einer Entfernung von zehn Baumlängen an, wie nervös ich war.

Lissas Handy klingelte. An der Art, wie sich ihre Hand um

das Gerät krampfte, ahnte ich, wer dran war. »Ja okay, Miss Youngblood«, hörte ich sie sagen, dann drückte sie auf den Aus-Knopf und beschleunigte ihre Schritte. »Wir sollen ein Taxi zum Stadtteil East Point nehmen, dann gibt sie uns weitere Anweisungen.«

Wir stellten uns in die Schlange am Taxistand und schnappten uns einen Wagen. Im Taxi roch es nach Chili und altem Fett, ich versuchte, möglichst flach zu atmen.

»East Point? Sind Sie sicher, Lady?«, fragte der bärtige Fahrer und Lissa Clearwater nickte. »Ja wieso?«

»Nicht so die beste Gegend.«

Wenige Minuten später fuhren wir auf holprigem Asphalt eine lange, gerade Straße entlang, an deren Seiten ich leer stehende Geschäfte und Häuser mit abblätternder Farbe sah. Manche hatten alte Autoreifen im Vorgarten oder waren mit unverständlichen, kritzeligen Botschaften bemalt. Menschen hatten wirklich eine seltsame Art, die Landschaft zu verschönern.

Lissa Clearwaters Handy klingelte wieder und kurz darauf gab sie dem Fahrer mit gepresster Stimme eine Adresse in der East Washington Road durch. In der beginnenden Dämmerung hielten wir schließlich vor einem einstöckigen, oben flachen rosafarbenen Haus, das auf einer asphaltierten Parkplatzfläche hockte. Ein altes Restaurantschild mit schiefen Buchstaben verkündete, dass es hier lebende Fische und Krebse gab. Nur wenige Autos standen auf dem Parkplatz.

»Na, ich kann nur hoffen, dass es Ihnen hier wirklich schmeckt«, meinte der Fahrer und schaute uns seltsam an. »Soll ich Sie nicht doch irgendwo anders hinbringen?«

»Nein«, gab Miss Clearwater ungewohnt scharf zurück, anscheinend war auch sie nervös. Sie bezahlte den Fahrer, dann stiegen wir aus und das Taxi brauste wieder davon.

Plötzlich war mir kalt, obwohl die südliche Sonne auf meiner Haut brannte und ich eine Jacke trug, die für dieses Klima viel zu warm war.

»Na, dann los«, sagte Lissa Clearwater grimmig. Per SMS gab sie David Johnson und Bridger durch, wo wir uns befanden, doch beide waren viele Hundert Meilen entfernt. Zu zweit gingen wir auf das seltsame Restaurant zu.

Tödliche Gegner

In meinem Hinterkopf pochte *Faktor X, Faktor X,* während wir auf das Gebäude zugingen. Rickbert hatte recht, ich musste einplanen, dass irgendetwas nicht nach Plan lief. Hoffentlich war die Sphinx-Frau noch nicht eingetroffen und ich hatte genug Zeit, um Fluchtwege aus dem Restaurant auszukundschaften!

Als wir uns dem Gebäude näherten, roch ich Zigarettenrauch, obwohl niemand in Sicht war. »Warten Sie bitte einen Moment hier, ja?«, sagte ich zu Lissa Clearwater, ging lautlos näher und lugte um die Ecke des Restaurants. Aha, einer der Köche machte eine Rauchpause, er war aus einer Hintertür gekommen, die jetzt offen stand. Gerade drückte der Koch seine Zigarette mit dem Fuß aus und ging wieder nach drinnen. Ich wartete, bis die Tür sich fast hinter ihm geschlossen hatte, dann huschte ich ihm nach und klemmte einen Kiesel dazwischen, bevor die Tür ins Schloss fiel. Konnte ja sein, dass wir später einen Notausgang gebrauchen konnten.

Zeit, das Restaurant von innen zu inspizieren, bekam ich nicht. Es waren nur wenige Gäste da und ich erkannte die Frau, wegen der wir hier waren, sofort von den Fotos und der Quiz-Show. Rebecca Youngblood saß allein in einer roten, mit Kunstleder bezogenen Sitznische und blickte uns entgegen. Eine Mähne goldblonder Haare umrahmte ein herzförmiges, niedlich wirkendes Gesicht mit einem Mund, der wie eine

Rosenknospe aussah. Ihre glatte bronzefarbene Haut wirkte ebenso perfekt wie ihre sehr weißen, sehr regelmäßigen Zähne. Doch mir fielen ihre etwas zu langen Eckzähne auf und die schwarzen Punkte neben ihrer Nase, die sich anscheinend nicht völlig überschminken ließen. Ihre Witterung überdeckte sie ziemlich erfolgreich mit Parfüm.

»Na also, da sind Sie ja«, sagte sie und schenkte Lissa Clearwater ein Lächeln, das für meinen Geschmack zu sehr nach Zähnefletschen aussah.

»Schön, Sie endlich kennenzulernen.« Lissa Clearwater nickte ihr zu und wir setzten uns ihr gegenüber, sodass der Plastiktisch mit Holzmuster zwischen uns war. »Das hier ist mein Assistent Carag. Ein Puma-Wandler.«

Auch ich bekam eine dieser Hollywood-Grimassen und zwang mich zu einer freundlichen Miene. »Oh! Wie wunderbar!«, flötete die Sphinx und musterte mich. »Ich hätte es auch an der Art gemerkt, wie du gehst. Wir Katzen haben einfach so viel Grazie.«

»Ähm, ja«, brachte ich heraus und fragte mich, wie lange sie noch Charme versprühen wollte und wann sie die Krallen ausfahren würde.

Ein paar Momente lang musterten wir die Speisekarte. Das Restaurant hatte ein großes Aquarium, aus dem man sich den Fisch aussuchen konnte, den man gleich essen wollte. Die Art, wie mich die todgeweihten Fische anglotzten, hätte mir bestimmt den Appetit verdorben, wenn ich welchen gehabt hätte. Ich entschied mich für eine Portion Pommes mit Ketchup und sonst nichts. Rebecca Youngblood warf den Kopf zurück und lachte, wobei sie ihre perfekten Zähne zeigte. »Du willst mich wohl verulken? Los, bestell dir was Richtiges! Ich weiß doch, was Raubkatzen brauchen.«

Einen Moment lang war ihr Blick gierig und ich dachte, sie würde sich gleich höchstpersönlich einen zappelnden Fisch aus dem Aquarium krallen, doch dann deutete sie nur auf einen und bestellte ihn als Filet. Das verzweifelte Flossentier wurde herausgekeschert und weggebracht.

Lissa Clearwater nahm einen Salat mit Huhn. Sie ließ die Löwen-Wandlerin nicht aus den Augen. »Ich finde es bemerkenswert, jemanden wie Sie kennenzulernen, der von den alten Göttern abstammt.«

Es gefiel mir nicht, dass sie, die sonst so klar und streng war, jetzt so viel Schleimerei absonderte. Aber es musste wahrscheinlich sein.

»Können Sie uns etwas darüber erzählen? Über das mit den Göttern?«, fragte ich.

Geschmeichelt strich sich Rebecca Youngblood die Haare zurück. »Sicher, das kann ich, ich kenne viele, viele Geschichten, schließlich gab es eine Menge Woodwalker-Götter. Aber die im antiken Griechenland fand ich immer die reinste Lachnummer, da gab es ständig Streit und irgendwelche Zwischenfälle, weil mal wieder einer seine Macht ausgenutzt hat. Pan, ein Ziegen-Wandler, zum Beispiel hat alle genervt, der hatte nur Wein, Weib und Gesang im Kopf.«

»Den habe ich schon mal auf einem Gemälde gesehen«, meinte Lissa Clearwater. »Er hat sich meist bis zur Hüfte teilverwandelt und ist auf Bocksbeinen herumgelaufen, oder?«

»Genau. Wahrscheinlich hat er nach Ziege gestunken, aber als Hirtengott ging er gerade noch durch.« Rebecca Youngblood rümpfte die Nase. »Bei uns in Ägypten war eher Tierkopf-auf-Menschenkörper üblich, außer wenn einer von uns die Sphinx gespielt hat, die sollte der Tradition nach einen Menschenkopf auf einem Löwenkörper haben. Ach, ich wäre so gerne dabei gewesen!« Sie nippte mit einer eleganten Geste an ihrem Drink. »Zurück zu den Griechen – sagt Ihnen Zeus was?«

»Chef der Götter auf dem Olymp«, erklärte ich und war froh, dass ich mich ein bisschen ins Thema eingelesen hatte.

»Der erste Zeus war übrigens ein Stier-Wandler und seine Frau Hera in Zweitgestalt eine Kuh, die hatten raus, wie man sich verehren lässt. Doch als Zeus zu alt für den Job wurde, hat er seinen Namen an alle möglichen Deppen weitergegeben, zum Beispiel einen Schwan-Wandler und – Verzeihung, das ist jetzt nicht persönlich gemeint – einen Adler.«

»Stimmt, ich habe gelesen, dass Zeus angeblich Stier- und Adlergestalt annehmen konnte«, meinte Lissa Clearwater, ohne eine Miene zu verziehen.

Wider Willen war ich fasziniert. »Zeus war also gar nicht *ein* Wandler, sondern wurde im Laufe der Zeit von verschiedenen Woodwalkern dargestellt?«

»Ja klar, schließlich galten viele Götter als unsterblich, das hat einer allein nicht geschafft«, meinte Miss Youngblood. Das Erzählen schien ihr Spaß zu machen, sie wirkte, als fühle sie sich richtig wohl. »Besonders die Rolle des Zeus war umkämpft, ihm wurde ständig irgendetwas geopfert und seine Tempel waren die größten.«

»Wie war das denn bei Ihnen in Ägypten?«, fragte Lissa Clearwater.

Miss Youngblood lächelte zufrieden. »Nachdem ein paar Woodwalker die Idee hatten, sich dort verehren zu lassen, ging es meinen Vorfahren richtig gut. Die ursprüngliche Gruppe schaffte es fast komplett, zu wichtigen Hauptgöttern zu werden – darunter ein Falken-Wandler namens Horus, der Schakal-Wandler Anubis und meine direkte Ahnin Sechmet, eine

Löwen-Wandlerin.« Stolz setzte sich die junge Frau in Positur, als lauerten Fotografen überall in diesem schäbigen Lokal.

Sechmet! Beim großen Gewitter, das war ausgerechnet die blutdürstige Kriegsgöttin, die sogar einmal versucht haben sollte, die Menschheit zu vernichten!

Nervös spielte ich mit meinem Besteck herum. Das Messer war so stumpf, dass es nicht als Waffe taugte, außer man haute es jemandem auf den Kopf.

»Viele von uns Löwen schafften es auch, Pharao zu werden und richtig zu regieren. Andere meiner Verwandten hatten mehr Spaß daran, Gott oder Sphinx zu sein, da hatte man nicht so viel zu tun.« Der Ausdruck der Sphinx-Frau wurde düster. »Das Problem war, nach und nach pilgerten immer mehr Woodwalker aus der ganzen Umgebung herbei und wollten sich auch verehren lassen, nur weil sie zufällig zwei Gestalten hatten. Jede Menge Falken, Stiere, Widder, Krokodile, ein Nilpferd, Gänse, Schlangen, Skorpione ... das nervte!«

»Aber die Ägypter haben das akzeptiert?«, fragte Lissa Clearwater neugierig.

»Na ja, die haben ein bisschen den Überblick verloren bei all den Hunderten und Tausenden von Göttern, aber halb so schlimm.« Rebecca Youngblood zog eine Augenbraue hoch. Dann schwieg sie kurz, während eine junge Kellnerin unser Essen servierte und einen riesigen gelb-orangeroten Drink vor die Löwen-Frau hinstellte. Mit einem Wedeln ihrer langen lackierten Fingernägel scheuchte die Sphinx sie davon, damit sie weitererzählen konnte. Eilig zog die Kellnerin ab.

»Nur gab es natürlich schon genug Hauptgötter, das heißt, als neuer Gott musstest du irgendeine kleinere Rolle oder Funktion übernehmen«, berichtete sie schadenfroh. »Duamutef, ein Sohn unseres Falken Horus, ist zum Beispiel zum Beschützer des Magens geworden und war ein bisschen beleidigt deswegen, haha! Aber so war das damals eben, die Menschen haben verschiedene Götter um Heilung angefleht, für jedes Organ gab es einen bestimmten Gott.« Rebecca Youngblood strich zufrieden über ihre lackierten Fingernägel, als hätten selbst die göttlichen Schutz verdient. »Dann kam sogar ein Mistkäfer-Wandler angetrappelt. Meine Ahnen haben alle gewettet, dass er es nicht schafft, sich als Gott verehren zu lassen, immerhin war er nur ein Käfer! Aber der Kerl hat's fertiggebracht, er nannte sich Skarabäus und wurde ein Symbol für Neubeginn und so einen Blödsinn.«

All das war interessant, doch ich hörte nicht mehr richtig zu – wenn es wirklich stimmte, dass sie von Sechmet abstammte, war mir klar, dass ich und Miss Clearwater uns auf das Schlimmste vorbereiten mussten.

»Ich geh mal kurz wohin«, murmelte ich und schob meinen Stuhl zurück. Ganz langsam und mich umschauend, als würde ich das gewisse Örtchen suchen, bewegte ich mich durch das Restaurant.

Dabei fiel mir etwas Beunruhigendes auf. Auffallend viele Gäste in diesem Restaurant verzichteten darauf, sich zu unterhalten, sie tauschten nur hin und wieder ein paar Worte aus, aßen und lauschten ansonsten der Unterhaltung an unserem Tisch. Außerdem schienen sie alle Woodwalker zu sein.

Nur die Bedienung war menschlich ... und sie roch nach Furcht.

Faktor X

War es besser, wir machten uns so schnell aus dem Staub, wie es nur ging? Aber würden diese Leute uns noch gehen lassen? Was hatten sie mit uns vor? Waren die anderen Gäste die Bodyguards von Rebecca Youngblood, einfach Freunde von ihr oder waren sie von der Presse? Aber warum hatte dann die junge Kellnerin Angst, kannte sie diese Woodwalker schon und woher?

Während ich immer noch so tat, als würde ich das Klo suchen, schaffte ich es, einen Blick in die Küche zu werfen. Darin waren zwei Leute, der Asiate und eine rothaarige Frau in dreckiger Kochschürze, die mir misstrauische Blicke zuwarfen. Nach kurzem Suchen entdeckte ich die Hintertür, die aussah, als wäre sie geschlossen, aber es hoffentlich nicht war. Mehr Zeit, mich zu orientieren, hatte ich nicht, schon näherte sich mir die Köchin. Ich nickte ihr freundlich zu und machte mich auf den Weg zum Klo, vorbei an einem Kaugummiautomaten und einem Raum mit »Privat«-Schild davor. Ich testete die Klinke. Abgeschlossen.

Im Bad angekommen, stellte ich mich als Erstes auf die Klobrille und inspizierte das kleine Fenster darüber, das leider vergittert war. Eulendreck, da war nicht mal für einen Adler ein Durchkommen, von einem Puma ganz zu schweigen! Höchstens Holly hätte durchschlüpfen können.

Weil ich schon mal hier war, benutzte ich das Klo, es war einer dieser uralten Kästen, durch die unglaublich viel Wasser durchrauscht. Als ich zurückkam, hatte sich die Atmosphäre an unserem Tisch verändert, die Luft knisterte vor Gereiztheit.

»Die Menschen in den westlichen Ländern wollen heute keine Tiergötter mehr verehren. Und wenn sie das Gefühl hätten, dass wir ihnen überlegen sind, würde das nur Angst und Wut auslösen«, argumentierte Lissa Clearwater. »Bitte vergessen Sie das mit dem Fernsehauftritt!«

»Sie würden uns Raubkatzen-Wandlern damit wirklich keinen Gefallen tun – womöglich enden wir dann im Zirkus oder Zoo«, fügte ich hinzu und musste an King und sein Schicksal denken. Nein, niemals würde ich dulden, dass die Menschen mir so etwas antaten!

»Ich bitte Sie im Namen des Rates«, sagte Lissa. »Wir Woodwalker müssen alle zusammenhalten.«

Rebecca Youngblood klang aufgebracht. »Ha! Zusammenhalten! Ich bin weder blind noch taub. Es gibt Streit und unterschiedliche Meinungen und Feindschaft unter uns, genau wie unter Menschen. Denken Sie, ich habe nichts von der Fehde zwischen dem Rat und Andrew Milling mitbekommen?«

»Aber die meisten Woodwalker – und vermutlich auch Mr Milling – wollen nicht, dass Sie sich im Fernsehen verwandeln.« Nun klang Miss Clearwaters Stimme so streng wie gewohnt.

Die Sphinx war nicht beeindruckt. »Warum muss mich das interessieren? Ich habe meine eigenen Pläne, ist das nicht mein gutes Recht? Und was ist eigentlich mit diesem Posten als Geschichtslehrerin an Ihrer Schule?«

Ich musste uns hier rausbringen. Unsere Verbündeten waren nicht in Sicht, verdammt! Mir blieb nichts übrig, als zu bluffen. »Was macht eigentlich das Polizeiauto da draußen?«, fragte ich unschuldig, während ich mich wieder setzte. »Eben hat es direkt vor der Tür gehalten.«

Das lenkte die Sphinx-Frau tatsächlich ab, sie wirkte unruhig und blickte sich um, versuchte, aus dem Fenster einen Blick zu erhaschen. »Polizeiauto? Aber ich habe keine Sirene gehört.«

»Besser, wir gehen nachsehen.« Miss Clearwater ahnte wohl, was ich vorhatte, sie wollte aufstehen … doch Rebecca Youngblood reagierte blitzschnell und packte sie am Handgelenk. »Ach bitte, bleiben Sie doch hier. Ich will Ihre Antwort auf meine Frage hören!«

Mit einem eisigen Blick, der Jeffreys ganzes Rudel zum Zittern gebracht hätte, blickte Miss Clearwater auf ihr Handgelenk, dann auf die Frau ihr gegenüber. »Lassen Sie mich los. Jetzt!«

»Antworten Sie mir auf meine Frage!« In der Stimme der Sphinx klang ein Knurren mit und ihre Augen glühten in einem gefährlichen Gelb. Einer der anderen Gäste war vor die Tür gegangen, um nach dem angeblichen Polizeiauto zu schauen, kehrte zurück und schüttelte in Richtung von Rebecca Youngblood den Kopf. Mein Bluff war aufgeflogen.

»Jemand, der sich so verhält wie Sie, kann keine Lehrerin an meiner Schule sein«, sagte Miss Clearwater. Ich mochte die ruhige Bestimmtheit in ihrer Stimme.

»Sie verachten mich, richtig? Sie denken, ich sei nicht ganz richtig im Kopf? Oder süchtig nach Aufmerksamkeit?« Rebecca Youngbloods Stimme wurde immer schriller, sie klang wie ein falsch gestimmtes Musikinstrument. »Falls Sie mich weiterhin so herablassend behandeln, kann ich mich auch gleich hier und jetzt verwandeln, in aller Öffentlichkeit, vor all diesen Leuten!«

»Seien Sie nicht albern, Sie wissen so gut wie ich, dass die meisten hier Woodwalker sind«, sagte Lissa Clearwater – also war auch ihr das nicht entgangen. Mit einem Ruck zog sie ihre Hand aus dem Griff der anderen Frau und stand auf. »Wir werden jetzt gehen. Komm, Carag.«

Wortlos erhob ich mich ebenfalls. Das mit dem Gehen würde nicht ganz einfach werden, denn gerade ging einer der anderen »Gäste« zur Tür – nicht, um rauszugehen, sondern um abzuschließen. Verdammt!

»Richten Sie dem Rat schöne Grüße von mir aus«, erwiderte die junge Frau giftig.

»Er wird sich bei Ihnen melden«, sagte Miss Clearwater. »Und ganz besonders dann, wenn Sie gegen unsere Gesetze verstoßen.«

Rebecca Youngbloods Gesicht verzerrte sich vor Wut. Sie griff nach dem fast vollen Glas, das vor ihr stand ... und schüttete Lissa Clearwater den grell orangefarbenen Drink ins Gesicht. Mit einem Schrei taumelte Miss Clearwater zurück, ihre Hände fuhren zu ihren Augen.

»Carag! Ich ... ich kann nichts mehr sehen ... dieses Zeug ...«

Entsetzt blickte ich sie an. Ein Adler ist ohne seine berühmten Augen praktisch hilflos ... jetzt musste ich uns verteidigen, so gut ich konnte.

Diese verdammte Bande hatte uns in einen Hinterhalt gelockt! Noch konnte ich kaum fassen, was passiert war, wie hatten wir so dumm sein können, allein hierherzukommen?

So geschockt ich auch war, ich reagierte sofort und glitt zwischen Rebecca Youngblood und meine Schulleiterin, um sie vor weiteren Angriffen abzuschirmen. Musste ich gleich mit einer Löwin fertig werden? Schon begann sich die Sphinx-

Frau mit einem triumphierenden Blick zu verwandeln. Tasthaare sprossen aus ihren Wangen, ein hellbraunes Fell überzog ihr Gesicht und aus ihren Händen wurden Pranken.

Und nicht nur sie schlüpfte in ihre zweite Gestalt, auch die anderen Gäste im Restaurant veränderten sich. Meine Hoffnung, dass vielleicht ein paar etwas harmlosere Wandler dabei waren – Horus-Falken, Schakale oder was auch immer –, verflüchtigte sich. Schnell zählte ich durch ... eins ... zwei ... bei der Gnade des Himmels, wir würden es mit sechs ausgewachsenen Löwen zu tun bekommen! Das war offensichtlich keine spontane Aktion, dazu war das alles zu gut organisiert, sie mussten diese Falle gründlich im Voraus geplant haben. Würden die sechs Raubkatzen uns alle gleichzeitig angreifen? Dann war es vorbei, dann ergaben wir uns besser.

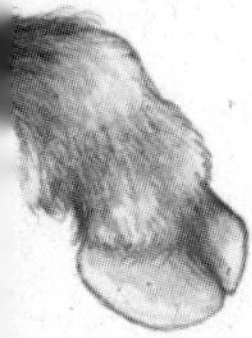

Gegen die Übermacht

Die Bedienung schrie nicht, doch sie flüchtete in die Küche. Sie war offenbar nicht überrascht – vielleicht stammte sie aus einer Woodwalker-Familie und hatte selbst keine Verwandlungsfähigkeiten. Aber sie wollte sich raushalten. Von ihr war keine Hilfe zu erwarten.

Jemand klopfte an die Tür des Restaurants. Wir schraken alle zusammen, als zwei Stimmen ertönten. »Na, so was, eigentlich müsste geöffnet sein, aber die Tür geht nicht auf. He! Hallo!«

»Wir würden gerne bei Ihnen essen, machen Sie uns bitte auf? Martha, siehst du irgendwo eine Klingel?«

Ich wartete nicht darauf, wie unsere Widersacher reagieren würden, sondern brüllte aus voller Kehle: »HILFE! Bitte rufen Sie die Polizei!« Dann schnappte ich Miss Clearwaters Arm und zerrte sie hinter mir her – nicht in Richtung Vordertür, sondern zur Küche. Doch der asiatische Koch blockierte mit einem langen Küchenmesser in der Hand den Durchgang, wir mussten weiter zu den Toiletten. Zum Glück ließ sich Lissa Clearwater ohne Widerstand mitziehen, vertraute sich mir an und stolperte hinter mir her. Ich lotste sie in die Herrentoilette, schlug die Tür zu und schloss ab – praktischerweise hatte jemand den Schlüssel stecken lassen.

Wahrscheinlich hatten wir nur wenige Augenblicke, bis die Löwen uns nachkamen.

»Schnell, spülen Sie sich die Augen aus«, sagte ich, führte sie zum Waschbecken und widmete mich dann einem der Klos. Ich riss den Deckel von dem riesigen alten Spülkasten, spülte und blockierte dann den einfachen Mechanismus, der Wasser nachströmen ließ. War in diesem Kasten genug Platz? Es musste klappen!

»Was hast du vor, Carag?«, presste Lissa Clearwater hervor, während sie sich immer wieder Wasser übers Gesicht laufen ließ. »Das brennt so furchtbar, oh nein, ich ...«

Obwohl sie nicht weitersprach, wusste ich, was sie sagen wollte. Hoffentlich waren ihre Augen nicht zu schwer verätzt, hoffentlich heilten sie wieder! Aber es war keine Zeit, darüber nachzudenken.

»Sie müssen sich verwandeln, und zwar jetzt. Jetzt sofort«, drängte ich. »Können Sie sich durchs Fenster quetschen und wegfliegen?«

»Nicht, solange ich blind bin, fürchte ich. Am erstbesten Hindernis würde ich mir das Genick brechen.«

Das hatte ich befürchtet. »Okay. Es gibt hier nur ein Versteck und ich hoffe, dass Sie da reinpassen.«

Lissa Clearwater wusste, was auf dem Spiel stand, schon hockte sie als Adlerin auf den Fliesen. Ich stopfte ihr Kleid und ihre Schuhe in den Mülleimer und häufte zerknüllte Papierhandtücher darüber, bis man sie nicht mehr sah. Dann nahm ich den großen braunen Greifvogel auf die Faust. »Es wird echt eng dadrin, ziehen Sie die Flügel an und machen Sie sich ganz klein«, flüsterte ich ihr zu und zum Glück war sie klug genug, nicht in Gedanken zu antworten. Die anderen Woodwalker hätten etwas davon auffangen können.

Es war verdammt knapp und ich knickte meiner Schulleiterin mindestens eine Feder ab, aber sie passte in diesen Spülkasten. Schnell drückte ich den Deckel wieder darauf, aber nur lose, damit sie Luft bekam. Es war höchste Zeit, denn schon hämmerte jemand an den Toilettenraum. Draußen lauerten eine Menge wütender Löwen – die würden nicht mehr lange brauchen, um diese Tür einzureißen!

Für mich gab es jetzt nur noch einen Fluchtweg – und auch nur, wenn ich stark genug war. Ich sprang auf eins der Waschbecken, öffnete das vergitterte Toilettenfenster, warf als falsche Spur Miss Clearwaters Handtasche hindurch und packte dann das Gitter. Noch nie hatte ich ausprobiert, wie stark ich als Mensch war, ich war nur damit beschäftigt gewesen, meine Kraft zu verbergen und zu verhindern, dass ich irgendwas kaputt machte. Jetzt atmete ich tief, spannte meine Armmuskeln an und legte all meine Wut und Verzweiflung in diesen einen Versuch.

Ich begann zu schwitzen, merkte, wie mir das Blut ins Gesicht stieg, strengte mich noch mehr an ... und spürte, wie das Metall nachgab, sich unter meinen schmerzenden Fingern verbog. Angst und Hoffnung rauschten durch mich hindurch wie ein kalter und ein heißer Fluss, die sich in mir mischten.

Draußen vor der Tür ein wütendes Brüllen. Die Tür erzitterte unter dem Ansturm mehrerer Löwen. Wie viele Momente hatte ich noch? Wieder spannte ich meine Muskeln an und versuchte, die Stäbe etwas mehr auseinanderzuziehen, noch passte ich nicht hindurch, weder als Junge noch als Puma! Draußen war es inzwischen dunkel, aus der Dämmerung war Nacht geworden. Drinnen warfen sich schwere Körper donnernd gegen die Tür und ich hörte, wie Krallen tiefe Furchen in das Holz zogen.

Jetzt hatte ich die Stäbe endlich weit genug auseinander, einen konnte ich ganz rausreißen. Zum Glück war ich als

Mensch schmal gebaut und gelenkig. Beinahe wäre ich mit den Schultern stecken geblieben, doch dann brachte ich es fertig, mich durch den Spalt zu winden. Auf der anderen Seite fiel ich hinab, drehte mich in der Luft und kam geduckt auf den Füßen auf. Hinter mir splitterte unüberhörbar die Tür.

Die beiden sind durchs Fenster! Schnappt sie euch! Eine schrille Gedankenstimme, die ich als die von Rebecca Youngblood erkannte.

Ihre Leute waren nicht übermäßig schlau. Einer der Männer versuchte, sich hinter mir durch das Gitter zu zwängen, und fluchte, als er stecken blieb. Ein Löwe war nun mal deutlich größer als ein Puma, gleich in welcher Gestalt. *Hölle und Teufel, hilf mir doch jemand! Brad, schieb mich mal von hinten an!*

Brad klang nicht begeistert. *Dafür habe ich verdammt noch mal keine Zeit. Du musst erst mal bleiben, wo du bist, du Depp, sonst hilft uns REBECCA, und das willst du nicht, oder?*

Oje, ähm, NEIN, gab der feststeckende Löwe erschrocken von sich.

Na also, einer weniger. Zu gerne hätte ich gesehen, wie er zappelte, doch ich hatte keine Zeit, mich umzuwenden. Schon verkündete ein anderer Löwen-Wandler lautstark: *Hier ist er, hab ihn gleich!*

Bevor ich losrennen konnte, kam er von vorne auf mich zu. Seine dunkelbraune Mähne verriet, dass ich ein ausgewachsenes Löwenmännchen vor mir hatte. Mein Puls legte noch ein paar Schläge zu. Eulendreck, war das ein Riesenkerl, meine Schwester Melody hätte auf ihm reiten können wie auf einem Pony! Jede seiner Pranken war so groß wie mein ganzer Kopf.

Kein Mensch war in der Nähe und das einzige Licht war der Schein einer Straßenlaterne auf dem rissigen Asphalt hinter dem Restaurant. Der gewaltige Löwe näherte sich mir und ich – ein Junge in T-Shirt, Jeans und Turnschuhen – zog mich Schritt für Schritt vor ihm zurück, ohne ihn aus den Augen zu lassen. Es war wie ein Tanz.

Siehst du die andere?, fragte ihn einer seiner Kumpane. Die Kerle machten sich nicht mal mehr die Mühe, ihre Gedanken abzuschirmen, oder vielleicht wussten sie nicht, wie das ging.

Nein – weggeflogen wahrscheinlich, behauptete mein Gegenüber … und stürzte sich ohne Warnung auf mich.

Blitzartig verwandelte ich mich und wich fauchend zur Seite aus. Ich war als Puma zwar viel kleiner, aber auch wendiger. Er schaffte es nicht, mich mit den Zähnen zu packen. Dafür versetzte er mir einen wuchtigen Prankenschlag, der mich über den Asphalt rollen ließ. Zwar kam ich sofort wieder auf die Pfoten, doch in meinem Kopf summte es.

Wir haben euch nichts getan, wieso lasst ihr uns nicht einfach in Ruhe?, schrie ich ihn an.

Doch zurück kam nur: *Ist mir egal. Die Chefin will euch aus dem Weg haben, Kleiner, und das ist alles, was für mich zählt. Dazu müsst ihr uns erst mal kriegen!* Ich versuchte, auf ihn zu springen und ihn im Nacken zu erwischen, doch meine Zähne drangen nicht durch seine dicke Mähne. Das gleiche Problem hatte ich mit seiner Kehle, unmöglich dranzukommen! Während ich es versuchte, musste ich einen Biss einstecken, der verdammt wehtat.

Nächster Versuch. Vielleicht konnte ich irgendwie *nutzen,* wie dieser Riesenkerl gebaut war? Ich sprang ihm ins Gesicht, verkrallte mich mit den Vorderpranken in seiner Haarpracht und kratzte wie ein wilder Dämon mit den Hinterpranken auf seine Nase ein. Yeah, das klappte!

Grollend wich der Löwe zurück und schüttelte die Mähne, versuchte, mich abzuwerfen, so wie ich es sonst mit Holly machte. Doch ich hatte von Holly ein paar Tricks gelernt, leicht war ich nicht loszuwerden!

Als ich schließlich absprang, tat ich es freiwillig, denn ich hatte eine Idee. Nicht weit entfernt, stand auf dem Parkplatz eine Absperrung, ein halbhoher, eckiger Pfeiler aus Beton. Ich tat so, als würde ich fliehen, und das ließ natürlich den Jagdreflex des Löwen anspringen, außerdem war er wegen seiner misshandelten Nase stinksauer auf mich. Mit voller Kraft, eine Welle hasserfüllte Gedanken in meine Richtung schleudernd, rannte er mir hinterher. *Bleib stehen, du kleiner Dreckskerl!*

Ich ließ ihn ganz nah herankommen ... doch knapp vor dem Betonpfeiler schlug ich einen blitzschnellen Haken. Hinter mir gab es ein dumpfes *Gronk!,* dann war es plötzlich still. Ich schaute mich um: Dieser Löwe dekorierte ohnmächtig den Boden.

Keine Zeit für Siegesfreude, schon bekam er Verstärkung. Ein glühender Schmerz fuhr durch meinen Rücken, als ein Löwenweibchen von hinten die Krallen in mich schlug. Jetzt gab es nur noch eine Rettung,

ich musste nach oben! Keine andere Raubkatze konnte so gut springen wie ein Puma.

Ich fuhr herum, zog der fremden Wandlerin die Krallen durchs Gesicht und brachte sie dazu, einen Moment lang loszulassen und zurückzuweichen. Nichts wie weg! Mit einem gewaltigen Satz sprang ich fast senkrecht nach oben und landete auf dem Dach des Restaurants.

Dort musste ich einen Moment verschnaufen, mir tat alles weh und ich spürte, wie Blut durch mein Fell sickerte. Unter mir liefen gereizt vier Löwen-Wandler hin und her, verkniffen sich aber ein Brüllen, das womöglich fremde Menschen auf die Ereignisse hier aufmerksam gemacht hätte.

Wo waren die beiden Leute geblieben, die vorhin im Restaurant hatten essen wollen? Verzweifelt spähte ich nach ihnen aus, sah sie aber nicht. Waren sie davongefahren? Hatten sie tatsächlich die Polizei gerufen oder hatten die Kumpane der Sphinx es geschafft, sie mit irgendeiner fadenscheinigen Erklärung abzuwimmeln?

Würden die Löwen gleich das Dach stürmen? Besser wäre es – ich wollte nicht, dass sie sich allzu eingehend bei den Toiletten umschauten. Diese Sphinx würde Lissa Clearwater bestimmt keine Rätselfrage stellen, bevor sie die umbrachte!

Nein, sie hat bestimmt nicht vor, sie zu töten, versuchte ich, mich zu trösten. Wahrscheinlicher ist, dass sie eine wichtige Persönlichkeit als Geisel verwenden will, damit der Rat ihr bei ihren Plänen nicht dazwischenfunkt.

War das vielleicht auch der Grund, warum diese verdammte Frau uns hergelockt hatte?

Ich war fast zweitausend Meilen von meiner Heimat entfernt und fühlte mich furchtbar allein.

Die Sphinx und das Bier

Ich bekam nicht viel Zeit, mich elend zu fühlen, denn schon hatten die Löwen einen Weg gefunden, mich auf dem Dach in die Enge zu treiben. Eulendreck, sie kamen zu zweit eine Art Feuerleiter am Rand des Gebäudes hoch! Ich war nicht stark genug, um es mit einem Löwen aufzunehmen, geschweige denn zweien. Wieder auf den Parkplatz zu springen, war keine Lösung, dort lauerten die anderen beiden Wandler mit gierigen gelben Augen darauf, dass ich genau das tat.

Das hieß, ich musste es wieder mit einem Trick schaffen – oder diese Wandler würden mich in kleine Fetzen zerreißen! Ich war als Geisel nicht nützlich, schließlich war ich keine hochstehende Persönlichkeit, mich konnten sie einfach töten, wenn ich ihnen im Weg war … und niemand würde nachweisen können, dass sie es gewesen waren, denn Zeugen gab es keine. Auf der East Washington Road fuhren ab und zu Autos vorbei, doch keins von ihnen hielt.

Verzweifelt blickte ich ihnen nach, hätte ihnen am liebsten zugeschrien, doch als Puma konnte ich nur von Kopf zu Kopf reden und hier war garantiert kein anderer Woodwalker in der Nähe, der mich hören konnte. Nur meine Feinde.

Jetzt gib schon auf, du mickriges Exemplar!, grollte das Löwenweibchen rechts von mir, eine große sandfarbene Gestalt mit den Bewegungen der erfahrenen Jägerin.

Wenn du dich ergibst, tun wir dir auch fast nichts, fügte ihr Gefährte hinzu, während sie mich gemeinsam in die Zange nahmen. Doch es ist nicht leicht, von Kopf zu Kopf zu lügen, ich hörte den falschen Ton in seinen Gedanken.

Sie dachten, sie hätten schon gewonnen ... und das war ihr Problem. Ich erinnerte mich noch gut daran, wie Nell – eine Maus – damals Dorian im Kampfunterricht besiegt hatte. Als sie ihn angegriffen hatte, war er völlig verwirrt gewesen, weil er damit nicht gerechnet hatte, und prompt hatte er den Kampf verloren.

Was für Nell funktioniert hatte, konnte mich vielleicht auch hier retten.

Bitte, bitte, tut mir nichts!, bettelte ich – und dann attackierte ich das Löwenweibchen mit voller Wucht. Verdattert blieb sie stehen, wich sogar ein paar Schritte zurück. Dadurch kam sie sehr nah an die Dachkante heran. Ihr Pech.

Achtung, Layla!, schrie ihr Gefährte, doch da hatte ich mich schon gegen sie geworfen und sie über die Kante geschubst. Manchmal können sogar Löwen fliegen, wenn auch nur für kurze Zeit. Unten sah ich, wie sie versuchte aufzustehen und sich gleich wieder jammernd hinlegte. Sie tat mir nur sehr begrenzt leid.

Jetzt jagte mich ihr Gefährte. Ich war gezwungen, der allererste Berglöwe zu werden, der sich auf eine Satellitenantenne flüchtet. Doch die hielt leider mein Gewicht nicht aus, schwankte und brach unter mir zusammen. Ich kullerte dem Löwen direkt vor die Pfoten. Verdammter Mist, ich muss hier weg! Doch das musste man erst mal schaffen, wenn einen dreihundert Kilo Raubkatze auf ein Flachdach drücken.

Zum Glück hörte ich jetzt etwas sehr Beruhigendes – das an- und abschwellende Heulen einer Polizeisirene, die sich näherte. Jetzt kam es nur darauf an, die nächsten Minuten zu überleben, vielleicht waren Miss Clearwater und ich schon bald in Sicherheit! *Da kommen die Cops, ihr lasst mich besser gehen,* schleuderte ich dem Löwen-Wandler entgegen. *Außer, ihr wollt die nächsten Jahre in einer winzigen Zelle verbringen!*

Ich merkte, dass der fremde Woodwalker zögerte, seine fingerlangen gelben Fangzähne in meinen Hals zu graben. Ganz kurz flirrten ihm Bilder von Antilopen in einer Savannenlandschaft durch den Kopf und ich spürte in seinen Gedanken, dass er viel lieber die jagen würde als ranzige pubertierende Pumas.

Rebecca Youngbloods Stimme in unseren Köpfen. *Hast du ihn? Dann mach ihn fertig, bevor die Uniform-Menschen da sind! Und seht ihr irgendwo diese beschissene Adlerin? Wir müssen die schnappen!*

Noch während der Löwen-Wandler mit seiner Entscheidungsfindung beschäftigt war, rollte ich mich unter seinen Pfoten hervor, katapultierte mich über die Kante des Hausdachs und war wieder auf dem Boden.

Ich rannte, als wäre dieser Boden glühend heiß – am liebsten wäre ich einfach weggelaufen, so weit weg, wie ich konnte. Bis ich außer Reichweite dieser Bestien war, die sich Woodwalker nannten. Alleine schaffte ich das hier nicht, ich musste Hilfe holen! Wenn ich ein Stück entfernt war, konnte ich mich wieder verwandeln, irgendeinen Autofahrer anhalten, an irgendeine Tür klopfen und die Leute würden mir helfen oder zumindest die Polizei rufen.

Doch dann fielen mir die Tipps meines Rangerchefs ein. Hätten wir stärker mit dem Faktor X gerechnet, wären wir gar nicht erst in diese Situation gekommen. Jetzt waren wir in Schwierigkeiten, das war nicht zu ändern, aber wir durften uns nun nicht trennen. Nur wenn wir zusammenblieben, würden wir beide überleben! Lissa Clearwater war gerade völlig hilflos, ohne mich war sie verloren. Ich musste hierbleiben, auch wenn ich dadurch keine Hilfe holen konnte.

Grimmig sprintete ich zu dieser Hintertür, die in die Küche führte. Zurzeit liefen alle Löwen draußen herum – wenn ich mich drinnen verschanzte, hatte ich eine größere Chance, bis zum Eintreffen der Polizei durchzuhalten.

Ich hoffte, dass die Tür vorhin nicht ins Schloss gefallen war, es war keine Zeit gewesen, das zu testen. Doch meine Kieselstein-Blockade funktionierte – als ich mich gegen die Hintertür warf, schwang sie vor mir auf.

Sehr verdutztes Küchenpersonal glotzte mich an, anscheinend hatten diese Kerle nicht damit gerechnet, dass ich freiwillig wieder nach drinnen kommen würde. Die Rothaarige mit der dreckigen Schürze rührte gerade in einem Topf, der Asiate hatte beide Hände voll Salat, den er fallen ließ, als er mich sah. Ich sprang über sie hinweg, riss ein Regal mit Blechtöpfen um, rutschte auf dem Salat aus – ich hasse Grünzeug! – und schlitterte um eine Kurve, um in den Gastraum zu gelangen.

Dort saß eine verblüffte Rebecca Youngblood in Menschengestalt und wieder angezogen an der Bar. Ihre blonden Locken wirkten makellos und sie hatte ihren neusten Drink, diesmal blaugrün, schon fast ausgetrunken.

Mit einem Sprung war ich auf der Bartheke und schlich geduckt, mit angelegten Ohren, das glatte Plastik entlang, während ich meine Feindin fixierte. Wahrscheinlich hatte ich Salatreste im Fell, aber das war mir egal. *Sie dachten, Sie könnten uns in die Falle locken, aber das ist schiefgegangen. Lassen Sie mich gehen, jetzt sofort!*

»Sei nicht albern, ich habe schon gewonnen, den Polizisten erzähle ich irgendwas«, erwiderte die Sphinx-Frau mit einem Lächeln, das sie wohl geheimnisvoll fand. »Die glauben einer Frau wie mir alles, darauf kannst du dich verlassen. Und ich bin nicht einfach nur eine Frau, ich bin in zweihundertster Generation eine verdammte *Göttin!*«

Gleichzeitig rief sie in Gedanken nach ihren Leuten und bemühte sich nicht mal, es zu verbergen.

Doch ihre Menschenstimme klang eigenartig, ein bisschen verwaschen. Der wievielte Drink war das eigentlich? Ich erinnerte mich daran, was James Bridger mir erzählt hatte, dass Woodwalker weniger Alkohol vertrugen als Menschen.

Aber beschwipst oder nicht, ihre Reaktionen waren immer noch verdammt gut. In Menschengestalt mit teilverwandeltem Gebiss sprang sie mich an, rammte mich von der Theke hinunter dorthin, wo sonst der Barkeeper stand, und hechtete hinterher.

Ich kam gleich wieder auf die Pfoten, schoss hoch und kletterte auf die Zapfanlage, um mich vor dieser Wahnsinnigen in Sicherheit zu bringen. Dabei brach ein Hahn ab, eine Fontäne aus Bier schäumte über Rebecca Youngblood. Weil sie furchtbar fluchte, nahm sie unfreiwillig ein paar große Schlucke, was ihrem Alkoholpegel sicher nicht guttat. Der Rest landete auf ihrem Outfit. Bier lief ihr über das Gesicht und tropfte aus ihren Haaren. Ihre Frisur war nicht mehr das, was sie einmal gewesen war.

Die Sirene war jetzt ganz nah, dann hämmerte jemand gegen die Tür. »Aufmachen, Polizei!«

Eingeschüchtert hastete die junge Bedienung, die von irgendwoher zum Vorschein gekommen war, mit einem Schlüssel zum Eingang.

Währenddessen war draußen auch einiges los. Ich hörte aufgeregte Rufe und ein »Jim, wir brauchen das Betäubungsgewehr, und zwar schnell!«.

Die Löwen-Wandler draußen bekamen gerade richtig Ärger. Ich wusste, dass ich mich flink verwandeln musste, wenn ich nicht am nächsten Morgen im Zoo aufwachen wollte. Zum Glück hatte Mr Ellwood in letzter Zeit großen Wert darauf gelegt, dass wir die Schnellverwandlung übten. Momente später hockte ich – ohne einen einzigen Fetzen Kleidung am Leib – auf allen vieren auf dem abgeschabten Restaurantboden und schnappte mir ein Küchenhandtuch, um wichtige Teile meines Körpers zu verdecken.

»Was in aller Welt ist hier los?«, schnaufte der Polizist. »Wir haben Meldung bekommen, dass hier irgendetwas Seltsames im Gange ist, und bei Gott, diesen Eindruck habe ich auch!«

Rebecca Youngblood kam taumelnd auf die Füße und versuchte etwas, das sie wohl für ein verführerisches Lächeln hielt. »Officer«, flötete sie. »Das ist nur eine Privatparty. Geschlossene Gesellschaft. Es ist alles in bester Ordnung.«

Doch das Lächeln wirkte nicht ganz so, wie sie sich das erhofft hatte, wahrscheinlich weil sie gleichzeitig versuchte, sich Bierschaum aus dem Gesicht zu wischen und ihre klatschnasse Frisur zu richten. Der Polizist betrachtete sie angewidert und richtete dann seinen Blick auf mich. »Und was macht ein Minderjähriger bei dieser Privatparty? Brauchst du Hilfe, Junge?«

»Ja, diese Frau hat versucht, mich gefangen zu halten und zu belästigen«, versicherte ich ihm erleichtert und zeigte ihm meine Verletzungen. »Ich habe nach Hilfe gerufen und zum Glück hat mich jemand gehört.«

Anscheinend wirkte ich etwas überzeugender als die angesäuselte Sphinx, denn kurz darauf klickten Handschellen um ihre Handgelenke. Mir dagegen legte ein mitfühlender Beamter eine Decke um die Schultern und rief dann einen Krankenwagen.

Löwen ohne Berg

Sosehr ich mich über die Rettung freute, wir mussten es schaffen, auch diese Polizisten wieder loszuwerden. Bohrende Fragen konnten Miss Clearwater und ich nicht gebrauchen. Ich hatte noch gut in Erinnerung, was passiert war, als Amber und ich versucht hatten, die Falle auf dem Wanderweg zu entfernen.

»Darf ich kurz ins Bad, um mich abzuwaschen?«, fragte ich eine Polizistin. »Dieser Biergestank ist echt ekelhaft.«

Ich durfte in den Waschraum. Dort ließ ich mir sofort die Decke von den Schultern fallen, wusch mich kurz und hob dann den Deckel vom Spülkasten. »Miss Clearwater! Alles in Ordnung? Die Polizei ist da, es kann nichts mehr passieren.« Vorsichtig zog ich einen feuchten, finster gelaunten Adler aus seinem Versteck.

Meinen Augen geht es besser ... und du, bist du verletzt? Was genau ist passiert, während ich dadrin war?

Ich hatte keine Kraft, ihr das jetzt alles zu erzählen. *Erkläre ich Ihnen später,* brachte ich nur heraus.

Lissa Clearwater seufzte tief, während sie ihr Gefieder trocken schüttelte. Einen Moment lang sah sie einem zerzausten Huhn ähnlicher als einem Weißkopf-Seeadler. *Es tut mir so furchtbar leid, dass ich dich in diese Sache hineingezogen habe.*

»Entschuldigungen auch später«, sagte ich. Ich bugsierte

sie in ihrer Vogelgestalt durch die demolierten Gitterstäbe am Fenster und warf ihre Klamotten hinterher.

Ah, da ist sogar meine Handtasche, hörte ich Miss Clearwater erfreut murmeln. *Und deine Klamotten sehe ich auch.* Kurz darauf schob sich eine Hand, die meine Jeans und Turnschuhe hielt, durchs Fenster. Angezogen war ich an der Reihe, mich durchs Fenster zu winden – schließlich hatte ich darin schon Übung.

Kaum waren wir draußen, machten wir, dass wir davonkamen. Zum Glück warteten die Polizisten noch auf Verstärkung und konnten nicht die ganze Gegend im Auge behalten, sie waren mit Rebecca Youngblood und ihren Kumpanen mehr als beschäftigt.

Zwei Straßen weiter liefen wir einem eleganten, grauhaarigen Mann im Business-Anzug, der von einer dürren, aber sehnig wirkenden Blondine begleitet wurde, buchstäblich in die Arme. »David«, keuchte Lissa Clearwater.

Ah, das war David Johnson, der Fuchs-Wandler und Ratsvorsitzende, in seiner Menschengestalt. Er hatte es also doch noch hierher geschafft. Endlich.

Erschrocken umarmte er Miss Clearwater. »Lissa, was ist passiert? Es tut mir so furchtbar leid ... wir haben uns beeilt, aber diese verdammte Verspätung ...« Erschrocken betrachtete er meine blutdurchtränkten Sachen. »Oh nein, du bist verletzt, Carag!«

Da meine Schulleiterin so am Ende war, dass sie kaum ein Wort herausbrachte, übernahm ich die Erklärungen. »Wir sind beide verletzt, fürchte ich. Miss Youngblood hat uns eine Falle gestellt, wir sind angegriffen worden.«

»Sind sie und ihre Leute noch in der Nähe?«, fragte Johnson beunruhigt. »Meghan, du spähst sie bitte in zweiter Gestalt aus, während ich mich um Miss Clearwater und Carag kümmere. Vielleicht schaffen wir es doch noch, diese Verbrecherin zu blockieren.«

»Ja, Sir«, erwiderte die Blondine … und dann war sie plötzlich verschwunden, ihre Kleider fielen leer zu Boden. Verblüfft blickte ich mich um, sah nichts … und hörte dann ein Sirren neben meinem Ohr. Meghan war eine Stechmücken-Wandlerin!

»Sie kommt aus Florida und ist eine erstklassige Assistentin«, erklärte uns David Johnson und hob ihre Kleidung auf. »Außerdem ist sie vertrauenswürdig und kann Andrew Milling nicht leiden, das ist in diesen Tagen viel wert.«

Er half uns, unter falschem Namen – für den Fall, dass die Sphinx-Frau uns suchen ließ – in einem kleinen Hotel in der Nähe des Flughafens einzuchecken. Dann zog er los, um Augentropfen und Verbandszeug zu besorgen.

In einem unserer beiden Zimmer ruhten wir uns aus und tranken einen Schluck aus dem Wasserhahn. Während Lissa Clearwater meine Wunden auswusch und provisorisch mit Handtüchern umwickelte, erzählte ich ihr vom Kampf außerhalb des Restaurants.

»Ohne dich hätten die mich zu einem Weißkopf-Suppenvogel gemacht«, sagte Lissa Clearwater erschöpft. »Oder so was in der Art.«

»Eagle McNugget«, meinte ich und wir mussten beide ein bisschen lachen. Noch nie hatten wir zusammen gelacht und es fühlte sich schön an.

»Du bist ein verdammt guter Leibwächter geworden seit unserem Treffen mit dem Rat«, lobte Miss Clearwater.

»Oh danke«, meinte ich verlegen und war froh, dass ich vorhin nicht davongelaufen war, um Hilfe zu holen. Sondern Rickberts Tipps beachtet hatte und dageblieben war. Vielleicht wäre Lissa sonst nicht hier und ich würde mich mein Leben lang mit Schuldgefühlen plagen.

»Ähm, und es wäre echt nett, wenn du geheim halten könntest, wo du mich genau versteckt hast.«

»Kein Wort wird über meine Lippen kommen oder aus meinen Gedanken entwischen«, versicherte ich etwas hochtrabend, während ich mich auf dem Bett ausstreckte. Ich war mir nicht sicher, ob ich in nächster Zeit wieder hochkommen würde. Wie man sich eben so fühlt, wenn man gegen sechs ausgewachsene Löwen gekämpft hat. Keiner würde mir das glauben!

Ich schaffte es irgendwie, mich auf einen Ellbogen hochzustützen. »Meinen Sie, jetzt wird sie es wahrscheinlich tun? Das mit dieser Fernseh-Show, in der sie sich verwandeln will?«

»Außer, sie sieht doch noch ein, dass es ein furchtbarer Fehler wäre«, sagte meine Schulleiterin und öffnete dem mit Verbandszeug beladenen David Johnson die Tür. Aber ich merkte, dass sie daran nicht wirklich glaubte.

David Johnson und seine Helferin schafften es nicht, Rebecca Youngblood zu blockieren. Als sie die auf der Polizeistation suchten, war sie schon auf Kaution entlassen worden und spurlos verschwunden, untergetaucht in der Millionenstadt Atlanta.

Am nächsten Morgen flogen wir zurück nach Jackson Hole. Der Flug kam mir unglaublich lang vor, weil ich mich so sehr auf die anderen und am allermeisten auf Tikaani freute. Es fühlte sich an wie Hunger, sie zu vermissen, ein Hunger tief in meinem Inneren.

Auch in Wyoming war der Frühling wiedergekehrt – die Hänge waren gelb getupft von Gletscherlilien und Balsamwurzeln, die kühle Luft roch nach Tau und dem Duft des blühenden Antilopenbuschs. Auch mit geschlossenen Augen hätte ich gewusst, dass ich wieder daheim war.

Zurück in der Schule, suchten meine Augen als Allererstes nach einer gewissen weißen Wölfin und unsere Blicke berührten sich. Es brauchte kein Nicken, wir wussten beide, dass wir uns in dieser Nacht treffen würden.

Mein Vater hatte sich Sorgen gemacht, dass ich mit dem Flugzeug abstürzen könnte; als ich ihm von dem Hinterhalt und dem Kampf erzählte, nickte er zufrieden. »Danke, dass du Miss Clearwater beschützt hast, ich wusste, du schaffst das. Lässt hoffen, dass du später mal dein Revier gegen Wölfe verteidigen kannst. Was waren das noch mal für Viecher, die dich und Miss Clearwater angegriffen haben?«

»Löwen ohne Berg«, erklärte ich ihm. »Solche aus Afrika.«

»Afrika?« Mein Vater – der die Rocky Mountains noch nie verlassen hatte – blickte mich verständnislos an. Ich seufzte innerlich und ging mit ihm zu einem der Computer, an dem man ins Internet konnte. Dabei fiel mir auf, dass er kaum noch hinkte ... wie lange würde er überhaupt noch hier an der Schule sein?

Als Xamber das Bild eines ausgewachsenen Löwenmännchens betrachtete, fragte er entgeistert: »So viele Haare! Wozu sollen die denn gut sein?«

Ich verzog das Gesicht. Das musste ich nicht googeln, das wusste ich aus eigener Erfahrung. »Dadurch kommt man weder an sein Genick noch an seine Kehle heran.«

Xamber zog die Augenbrauen hoch. »Was du alles erlebst! Im Vergleich dazu kommt mir mein Alltag in den Bergen allmählich langweilig vor.«

»Langweilig war es mir damals nicht«, sagte ich. »Aber ...«

»Du musst nichts mehr erklären, ich hab's schon verstanden«, brummte er. »So, mein Unterricht ist für heute durch, verarztet hat Bill mich auch schon, ich geh jetzt noch eine Runde in den Wald. Vielleicht kommst du ja bald mal wieder mit.«

»Bald«, versprach ich ihm.

Mein Vater stand auf, einen Moment lang zögerte er, während er auf mich herabblickte. »Es gefällt mir gut hier«, sagte er. »Aber ich muss bald zurück, das weißt du, oder? Miss Clearwater wollte, dass ich noch länger versuche, euch Elchisch und Bärensprache in die Schädel zu drücken, aber ...«

Diesmal war ich es, der »Musst du mir nicht erklären, ich weiß schon« sagte. Ich stand auf und dann umarmten wir uns. »Ich freue mich einfach, dass es dir besser geht«, fügte ich leise hinzu und war froh, dass wir beide hier waren und es uns gut ging.

Was wäre gewesen, wenn mich diese Löwen dort in Atlanta erledigt hätten? Dann hätten wir uns nicht mal verabschieden können.

Meine Freunde konnten kaum fassen, was Miss Clearwater und ich erlebt hatten.

»Oje, das klingt ja scheußlich!«, gruselte sich Holly. »Was war denn in diesem Drink, den sie Lissa ins Gesicht geschüttet hat? Meint ihr, sie hat extra was Fieses gemixt?«

Auch James Bridger hatte zugehört. »Wahrscheinlich war es nur Orangen- und Zitronensaft mit Alkohol, aber schon das hat bestimmt schrecklich in den Augen gebrannt«, meinte er. »Hinterlistig und aufbrausend – diese Frau wird uns noch eine schlimme Gegnerin sein. Wir können nur hoffen, dass sie sich nicht Andrew Milling anschließt. Das hätte uns gerade noch gefehlt.«

»Warum habt ihr sie nicht unschädlich gemacht?«, beschwerte sich Frankie.

»Ich habe mein Bestes getan, sie in Bier zu ertränken«, protestierte ich. »Mehr ging nicht.«

»Danke, Carag«, sagte James Bridger und ich hörte, dass es von Herzen kam. Einen Moment lang schirmte er sich nicht ab und ich bekam mit, was er sich wünschte: dass sein Sohn Joseph wenigstens ein klein bisschen mehr so gewesen wäre wie ich. Es gefiel mir und gleichzeitig machte es mich traurig, trauriger, als ich gerade sein wollte. Schließlich war auch ich meinem Vater nicht gerade der ideale Sohn. Nie gewesen.

»Wann ist diese Fernseh-Show, bei der sie sich verwandeln will?«, fragte ich, um uns von diesen schmerzhaften persönlichen Gedanken abzulenken.

»Übermorgen«, knurrte James Bridger.

In dieser Nacht trafen Tikaani und ich uns im Baumhaus – das war eine Premiere, noch nie war ein Wolf dort gewesen, jedenfalls nicht, seit ich an der Clearwater High war. Während Holly das restliche Rudel ablenkte, warf ich für Tikaani die Strickleiter herunter und sie kletterte als Mädchen hinauf. Nie würde Jeffrey damit rechnen, dass sie hier war.

Holly, Brandon, Dorian und Frankie verzogen sich in ihre Zimmer und plötzlich waren Tikaani und ich in Menschengestalt allein miteinander. Da niemand unserer Mitschüler im nächtlichen Wald in Sicht war, setzten wir uns auf die hintere Veranda und lehnten uns nebeneinander mit dem Rücken gegen die raue Holzwand des Baumhauses.

Mein Herz pochte fast so rasch wie während des Duells mit den fremden Wandlern, doch diesmal fühlte sich das gut an.

»Irgendwie habe ich gewusst, dass es heftig werden würde dort in Atlanta«, sagte Tikaani leise. »Aber ich konnte nichts tun, um dir zu helfen. Es war beschissen, sich so hilflos zu fühlen.«

»Du hättest einen deiner Rudelgefährten vermöbeln können, das hätte dich abgelenkt«, sagte ich.

»Stimmt, eigentlich ist das ja mein Job als Beta-Wölfin. Aber irgendwie hatte ich keine Lust darauf.« Sie lehnte sich gegen mich, ganz leicht nur, und an dieser Stelle schien Wärme meinen ganzen Körper zu durchziehen. Gemeinsam blickten wir über den Fluss hinaus. Es fühlte sich sehr besonders an, mit ihr hier zu sein. Allmählich konnte ich daran glauben, dass sich tatsächlich etwas zwischen uns entwickelte. Aber ich mochte Lou immer noch und bewunderte sie auch irgendwie, ach, das war alles so kompliziert!

Ich wollte jetzt nicht an Lou denken. Der Wind wirbelte Tikaanis glatte schwarze Haare durcheinander, ich stellte mir vor, wie seidig sie sich anfühlten. »Echt seltsam, dass deine Haare schwarz sind und dein Fell weiß«, sagte ich.

Tikaanis Mundwinkel wanderten nach oben. Als sie sich mir zuwandte, sahen mich mitternachtsblaue Wolfsaugen an. »Wirklich seltsam ist, dass wir uns noch nie als Menschen nachts im Wald getroffen haben – fühlt sich ein bisschen komisch an, oder?«

»Total komisch«, sagte ich und lachte nervös. Es war alles so neu und ungewohnt. Wir waren ein Team, Kampfgefährten, aber waren wir wirklich schon zusammen? Wir hatten uns nicht mal an den Händen gehalten und das hatte ich immerhin mit Lou schon getan.

»Nichts ist komisch.« Gelassen blickte Tikaani wieder über den Wald hinaus, und ich fühlte, wie ich langsam wieder zur Ruhe kam. Sie wirkte zufrieden, gar nicht so mürrisch oder angriffslustig wie sonst. »Ich bin einfach nur froh, dass du noch lebst.«

»Oh ja, ich auch«, sagte ich. »Mit ›komisch‹ meinte ich auch eher … schön.«

Sie grinste mich an. »Ja, finde ich auch. Schön.«

Showtime

Es war schlimm, dass ich bei meinem Praktikum nicht die Wahrheit sagen durfte, denn ich mochte Jason Rickbert und hätte ihm gerne erzählt, wie lebenswichtig seine Ratschläge für uns gewesen waren. So brachte ich ihm einfach nur einen richtig guten Kaffee. »Praktikanten wie Jay brauchen wir noch ein paar mehr«, verkündete Rickbert in Lindas Richtung und nahm mich gleich darauf mit zu einer Patrouille durch sein Revier, um den Zustand der Wanderwege zu checken. Geduldig erklärte er mir, wie die einzelnen Wege gekennzeichnet waren. Dabei kamen wir auch an der Stelle vorbei, an der ich und Amber die Baumfalle beseitigt hatten.

»Hier gab's neulich ein kleines Hindernis«, brummte der Ranger und blickte mich verwundert an, als ich wie zufällig voranging und überprüfte, ob noch irgendwo eine Gefahr lauerte. »Haha, manchmal habe ich das Gefühl, du passt auf mich auf und nicht umgekehrt!«

Verlegen lachte ich mit, hielt dann den Mund und half, die Markierungen der Wanderwege aufzufrischen.

Was würde Rickbert sagen, wenn er diese Talkshow im Fernsehen sah, bei der Rebecca Youngblood unser Geheimnis lüften wollte, oder wenn er es am nächsten Tag in der Zeitung las? Würde er dann draufkommen, was an mir anders war?

Längst hatte sich in der Clearwater High herumgesprochen,

was die Sphinx vorhatte, und so gut wie alle Schüler und Lehrer hatten sich am Tag der Sendung im Aufenthaltsraum des zweiten Stocks um die Fernseher versammelt. Viele – zum Beispiel Amber, Frankie und Lou – diskutierten aufgeregt, andere wie Berta, Nimble und Miro starrten wie hypnotisiert auf den Bildschirm, obwohl noch die Werbung lief. Die Stimmung fühlte sich ein bisschen an wie im Gebirge, wenn ein Gewitter aufzog. Jedes lebende Wesen spürte, was sich am Himmel zusammenballte, und war damit beschäftigt, einen Unterschlupf zu suchen. Doch vor einer Fernsehsendung gab es kein Entkommen, man konnte sich nirgendwo davor verstecken.

Die Lehrer unterhielten sich leise, sie waren sehr ernst.

»… hat der Rat noch versucht, den Sender zu beeinflussen«, erzählte Lissa Clearwater leise, meine Ohren fingen es gerade noch auf. »Sie haben versucht, Rebecca Youngblood als gefährliche Wahnsinnige darzustellen, da passte es gut, dass sie gerade unter seltsamen Umständen verhaftet worden ist. Doch leider hat der Sender sich nicht dazu bewegen lassen, das Ganze aus dem Programm zu nehmen.«

»Es ist eine gottverdammte Katastrophe«, sagte Bill Brighteye, er hatte den Arm um Sarah Calloway gelegt. Sie war sehr blass. Klar, wenn herauskam, dass sie in zweiter Gestalt eine Klapperschlange war, konnte sie ihr Leben als Mensch und ihre Boutique in Jackson vergessen.

James Bridger und Theo flüsterten irgendetwas miteinander, ich fing das Wort »Notfallplan« auf. Wenn die Menschen begriffen, was die Clearwater High für eine Schule war, dann mussten wir wahrscheinlich möglichst schnell unsere Sachen packen … und würden nie wieder zurückkehren können. Bei diesem Gedanken wurde mir fast schlecht.

Sogar Jeffrey und die anderen Mitglieder seines Rudels wirkten nervös. Bo versuchte, mit blöden Witzen die Stimmung zu entspannen, doch die anderen reagierten überhaupt nicht oder zeigten ihm nur die Zähne.

Dann war es so weit, die Talkshow begann. Thema dieser Sendung war: »Ich bin außergewöhnlich – aber keiner weiß es!« Die Gäste bestanden aus einem verhuscht wirkenden Mann mit einem Kinn, das aussah, als versuche es, aus seinem Gesicht zu flüchten, einer Frau, die so rundlich war wie ein Bär kurz vor dem Winterschlaf, und Rebecca Youngblood. Man merkte ihr die Ereignisse in Atlanta nicht mehr an, ihre blonden Haare waren sorgfältig gewellt und sie zeigte unaufhörlich ihre sehr weißen Zähne. Manchmal kam es mir vor, als würde sie herausfordernd in die Kamera blicken – uns direkt ins Gesicht.

In bleiernem Schweigen verfolgten wir, wie der Moderator mit einfühlsamen Fragen das Geheimnis des jeweiligen Gastes herauslockte. Wie sich herausstellte, war der Mann der leider verarmte Erfinder der automatischen Tomaten-Erntemaschine und weiterer bahnbrechender Gegenstände. Die dicke Frau hatte geheime Affären mit gleich drei berühmten Filmstars gehabt oder behauptete das zumindest.

Dann war Rebecca Youngblood dran, anscheinend als Höhepunkt der Sendung.

»Vielleicht macht sie es doch nicht«, flüsterte Holly hoffnungsvoll.

»Vergiss es, sie muss jetzt was bieten, sonst blamiert sie sich«, sagte Frankie.

»Sie haben schon sehr früh gemerkt, dass Sie besonders sind?« Der Moderator beugte sich nach vorne und blickte Rebecca Youngblood tief in die Augen. Oder in den Ausschnitt ihres Kleides, das konnte man nicht so genau erkennen.

»Ja, mir ist erst nur aufgefallen, dass ich stärker und mutiger war als andere Kinder«, erzählte die Sphinx-Frau. »Dadurch war ich leider eine Außenseiterin an der Schule, die anderen Mädchen mochten mich nicht besonders. Dann hat meine Mutter mir zum Glück eröffnet, dass ich eine Woodwalkerin bin, und ich habe meinen Stolz wiedergefunden.«

»Eine was? Eine Waldläuferin?«

»So nennen wir uns – Geschöpfe, die wie Menschen aussehen, die sich aber in Tiere verwandeln können«, erzählte Youngblood.

Wir stöhnten alle gemeinsam auf.

Der Moderator wirkte sehr interessiert. »Ist das so ähnlich, wie wiedergeboren zu werden? Eine Wahrsagerin hat mal behauptet, ich sei in einem früheren Leben eine Marktfrau in Griechenland gewesen und hätte sieben Kinder gehabt.«

»Nein, nein, wir können uns wirklich verwandeln, immer dann, wenn wir das wollen. Ich musste das natürlich erst üben. Aber inzwischen kann ich es sehr gut.«

»Wirklich? Sind Sie bereit, das zu beweisen?«

»Aber natürlich.« Ich bildete es mir nicht ein, da war wirklich ein triumphierendes Glitzern in ihren Augen. »Sie brauchen keine Angst zu haben, wirklich nicht.«

»Wieso sollte ich denn Angst haben?«, fragte der Moderator, er klang scheinheilig. Mir wurde klar, dass das alles vorher abgesprochen worden war.

Die Sphinx-Frau legte los. Erst veränderten sich nur ihr Gebiss und ihre Augen, dann glitt ihr Kleid zu Boden, ihre Schuhe blieben unbeachtet liegen. Auf einmal stand eine Löwin vor dem Stuhl, auf dem sich eben noch ihr Menschenhintern befunden hatte.

Bill Brighteye fluchte.

»Wow! Holla! Das ist der Hammer!« Der Moderator rastete

fast aus vor Begeisterung, die beiden anderen Gäste waren sprachlos vor Staunen. Nachdem sich das Saalpublikum vom ersten Schreck erholt hatte, applaudierte es wie wild. Einen Tumult gab es nicht.

Offensichtlich zufrieden mit ihrer Wirkung, lief die Löwin im Studio umher, setzte sich dann auf die Hinterbeine und winkte mit einer Vorderpfote ins Publikum. Wenigstens konnte sie jetzt nichts mehr sagen, nur Woodwalker konnten sich untereinander von Kopf zu Kopf austauschen.

Nach einer Weile tappte die Löwin aus dem Bild, anscheinend in die Umkleide. Ein Assistent trug ihr mit vorsichtigem Abstand ihre Sachen hinterher. Kurz darauf erschien Rebecca Youngblood in erster Gestalt wieder im Studio und setzte sich.

»Das ist wirklich unglaublich! Eine großartige Show!«, schwärmte der Moderator. »Es gibt sicher einige Männer, die solche gefährlichen Frauen wie Sie bewundern und attraktiv finden, nicht wahr?«

»Nicht nur Männer.« Jetzt wandte sich die Löwen-Wandlerin direkt ans Publikum und lächelte so breit, wie ihre Mundwinkel es gerade noch aushielten. »Folgt mir gerne auf Twitter, ich freue mich über jeden neuen Fan! Auf YouTube findet ihr mich unter ›Die Löwenfrau‹ und natürlich habe ich auch ein Profil bei Facebook.«

Shadow gab Kotzgeräusche von sich.

Rebecca Youngblood erzählte noch ein wenig über Woodwalker in Amerika, denn der Moderator wollte natürlich wissen, wie viele von ihnen es gab und was sie so machten, außerdem behauptete sie wieder einmal, von der Sphinx und anderen ägyptischen Göttern abzustammen. Dann war die Sendung endlich, endlich vorbei.

»Jetzt müssen wir einfach abwarten«, sagte Lissa Clearwater

in die geschockte Stille. »Wenn die großen Sender es in den Abendnachrichten aufgreifen, dann sollten wir beginnen, die Evakuierung vorzubereiten.«

Miro jaulte. Danach war mir auch zumute, denn ich hatte etwas bemerkt, was manchen anderen wahrscheinlich entgangen war. Die Kamera war zwar immer auf die Gäste gerichtet gewesen, doch hin und wieder hatte sie auch das Publikum in diesem Studio erfasst. In der ersten Reihe hatte ich einen Mann erkannt, der weder erstaunt noch erschrocken gewirkt hatte, als Rebecca Youngblood sich verwandelte. Ein hochgewachsener Mann mit leicht angegrauten blonden Haaren, einem gut geschnittenen, etwas kantigen Gesicht und teuren Westernstiefeln.

Andrew Milling.

Krisensitzung

Und du hast dich nicht geirrt? Milling war es wirklich?«, fragte Holly bei unserer Krisensitzung in der Bibliothek. »Meinst du, er ist einverstanden mit dem, was sie macht?«

»Ich wette, er wird versuchen, sie zu rekrutieren, falls er das nicht schon getan hat«, sagte ich bedrückt. »Sie ist clever, skrupellos, gefährlich und eine Feindin der Menschen. Solche Leute kann er gebrauchen. Und ich wette, sie findet ihn gut.« Julian Goodfellow, unser ehemaliger Sprachenlehrer, war ein ganz ähnlicher Typ, nur dass er gewohnt war, seine Ziele heimlich zu erreichen und nicht mit einem eigenen YouTube-Kanal. Aber auch ihm war es egal gewesen, wer schwer verletzt am Straßenrand liegen blieb, während er seine Pläne umsetzte.

»Jedenfalls hat Milling nicht versucht, sie daran zu hindern, was sie da in der Show abgezogen hat«, meinte Dorian. »Er hat einfach nur zugesehen. Seine Anhänger fanden das bestimmt echt cool von ihm.«

»Echt cool?«, fuhr Holly auf. »Kapierst du nicht, wie schlimm das alles ist, du blaupelziger Stehpinkler? Ich denke die ganze Zeit darüber nach, wie ich all meine Sachen in meinen beknackten Koffer bekomme und wie viel Zeit uns wohl zum Packen bleibt!«

Mein Magen zog sich zusammen. Ja, vielleicht sollte auch ich schon mal packen gehen. Viel hatte ich nicht, aber die

Kette meiner Mutter und die Sachen, die ich zu meinem allerersten richtigen Geburtstag bekommen hatte, würde ich auf keinen Fall zurücklassen.

»Doch, ich kapiere das sehr gut«, erwiderte Dorian bitter. »Und wenn diese Schule geschlossen wird, dann heißt das für mich, dass ich zurück ins Waisenhaus muss. Immerhin, ich könnte danach meinen Lebensunterhalt mit Vorführungen und so was bestreiten. Dorian der Katzenmensch, kommt und schaut!«

»Jaja, Rassekatze Russisch Blau und so«, murmelte ich. »Wenn *ich* mich verwandle, gehen die Leute leider in Deckung.«

Brandon hatte ein Tablet mitgebracht, auf dem man auch Fernsehen schauen konnte. Gerade scannte er durch die Kanäle, um die Nachrichtensendungen zu überprüfen. Noch nichts über uns. Das Warten kam mir unerträglich vor.

»Wenn alle wissen, dass ich ein Bison-Wandler bin ... müsste ich dann für immer in einem Nationalpark leben?« Brandon war sehr blass. »Meine Eltern wird es *umbringen*, wenn die Leute rauskriegen, was sie sind!«

»Die Leute müssen es ja nicht erfahren«, versuchte Dorian, ihn zu beruhigen. »Ich bin damals aufgeflogen, weil ich unvorsichtig war. Aber wenn deine Eltern gut aufpassen, wird niemand misstrauisch. Außerdem – ich wette, manche Menschen finden Woodwalker nicht nur bedrohlich und seltsam, sondern toll. Kinder auf jeden Fall.«

Lou, die ebenfalls gekommen war, verzog das Gesicht. »Kinder haben bei den Menschen nichts zu sagen.«

»Vielleicht wird es gar nicht so schlimm, wenn sie über uns Bescheid wissen«, meinte Amber hoffnungsvoll.

»Ihr vergesst alle, was Andrew Milling vorhat!«, mischte sich Frankie ein. »Er will sich an seinem Großen Tag an den

Menschen rächen wegen dem, was Jäger seiner Familie angetan haben. Wenn ich mich nicht sehr irre, wird's echt schmerzhaft für die Menschen werden. Und wenn dann herauskommt, dass Woodwalker für all die tödlichen Anschläge verantwortlich sind, dann fällt die Kacke in den Ventilator. Dann geht die Jagd los – auf uns! Die Menschen besitzen Millionen Waffen. Und wer keine hat, kann sich leicht eine besorgen. Sie werden in die Wälder gehen und Jagd machen auf alles und jeden, der ein Woodwalker sein könnte! Das werden viele von uns und noch viel mehr Tiere nicht überleben.«

Holly sprang auf und begann, in der Bibliothek herumzugehen. Immer wieder um den Tisch herum, ich gab es bald auf, ihr mit den Augen zu folgen. Auch ich war ähnlich verzweifelt. Bei mir zeigte es sich bloß anders, ich fühlte mich wie erstarrt, konnte mich kaum bewegen.

»Freiwild für alle Hobbyjäger und Tierforscher«, murmelte ich vor mich hin und versuchte, mir vorzustellen, wie das wäre. Es war so scheußlich, dass ich es bald wieder aufgab. All die Jahrhunderte – nein, Jahrtausende! – hatten wir überlebt, weil die Woodwalker geheim hielten, dass es sie gab. Das durfte nicht vorbei sein, bitte, bitte nicht! Frankie hatte recht, Rebecca Youngbloods Enthüllungen konnten zahlreiche Wandler das Leben kosten, auch durch Andrew Millings Schuld. Denn wie sollten wir den Menschen klarmachen, dass viele von uns – wahrscheinlich sogar die meisten – nicht ihre Feinde waren?

»Habt ihr inzwischen eigentlich irgendwas über diese Arula rausbekommen?«, wechselte Frankie das Thema.

»Wir wissen immerhin, dass Arula eine Luchs-Wandlerin ist ... Mal schauen, ob es etwas Neues gibt«, sagte ich und nahm mir Brandons Tablet, um meine Mails zu checken. Das hatte ich seit Tagen nicht mehr getan – ich hatte in Atlanta und bei meinem Praktikum mehr als genug zu tun gehabt. Verlegen stellte ich fest, dass schon vor einigen Tagen eine verschlüsselte Nachricht von Sierra eingetroffen war. *Hab was entdeckt! Bitte ruf mich zurück.*

Bei meinem Handy war wie üblich der Akku leer, aber es gab sowieso eine bessere Möglichkeit, wir konnten mit Sierra skypen. Lou gab ich das Tablet weiter und sie übernahm es, die Nachrichtensendungen zu überprüfen. »Schon wieder alle möglichen Anschläge, die wahrscheinlich Milling organisiert hat«, meinte sie und ich sah, dass sie feuchte Augen bekommen hatte. »Habt ihr mitgekriegt, dass überall in Amerika Häuser abgebrannt sind, weil kleine Tiere Kurzschlüsse in Elektrogeräten verursacht und Kabel durchgebissen haben?« Sie zeigte uns den Bildschirm und wir sahen Leute mit hoffnungslosem Blick vor ihrem lodernden Haus stehen, in dem alles gewesen war, das sie besaßen. Leute mit Kindern, denen jetzt nur noch das gehörte, was sie am Leib trugen.

»Wie sollen wir so etwas nur verhindern?«, fragte Brandon dumpf. »Und wenn das bisher nicht der Große Tag ist, wie schlimm wird es denn *dann?*«

»Irgendwie schaffen wir es, ihn zu besiegen und die Menschen zu schützen!« Mit trotzig blitzenden Augen schaute Holly in die Runde.

Niemand sagte etwas dazu.

Inzwischen hatte ich Sierra erreicht. In ihrer Menschengestalt war sie ein eher unscheinbares Mädchen mit widerspenstigem dunkelbraunem Haar. Wahrscheinlich wäre ich auf der Straße an ihr vorbeigelaufen, ohne dass sie mir aufgefallen wäre. Sie hatte einen breiten Mund, der bestimmt gerne lächelte, und goldbraune Augen, aus denen förmlich die Intelligenz leuchtete. Anscheinend war sie gerade mit ihrem

Laptop in irgendeinem Park, im Hintergrund sah ich Bäume und Leute, die vorbeischlenderten.

Als das Skype-Fenster aufging, versuchte Sierra gerade mit einer Grimasse, sich hektisch mit den Fingern die Haare durchzukämmen. Mit einem verlegenen Lächeln blickte sie auf. »Ah, Carag. Hi! Hast du das im Fernsehen gesehen, diese Löwen-Wandlerin?«, sprudelte sie aufgeregt hervor. »Heilige Krötenpfote, ich dachte, ich muss kotzen! Diese Frau ist so widerlich. Sie outet uns einfach, ohne irgendjemanden um Erlaubnis zu fragen!«

»So widerlich wie ein Eulengewölle im Frühstück«, sagte ich – genau das war mir als Kätzchen mal passiert. »Sorry, ich habe gerade erst deine Nachricht gesehen. Was hast du herausgefunden?«

Sierra klang halb stolz, halb beunruhigt. »Hab mit einer Menge Leuten gesprochen und weiß jetzt, wer diese Luchs-Wandlerin ist: Sie stammt aus deiner Gegend und hat anscheinend den gleichen großen Schritt gemacht wie du, sie ist raus aus der Wildnis und wollte versuchen, hier in Kalifornien als Mensch zu leben.«

Der gleiche große Schritt wie ich! Erinnerungen überschwemmten mich. Der furchtbare Abschied, die Vorwürfe meines Vaters. Aufgewühlt, mit zitternden Händen grabe ich nach der Box mit unserer Menschenkleidung, laufe dann den Berg hinunter. Frage mich durch bis zur Polizeistation, ein Wirbel von Fragen, von Eindrücken, von Gerüchen.

Wie es wohl für Arula gewesen war? Ohne sie zu kennen, wünschte ich mir, dass sie es geschafft hatte. Jetzt erinnerte ich mich auch. Irgendjemand hatte mir in meiner Kindheit von dieser jungen Luchs-Wandlerin erzählt. Sie musste ein paar Jahre älter sein als ich.

»Ist sie gut klargekommen damit?«, fragte ich und ahnte, dass es nicht so gewesen war.

»Eigentlich schon, aber dabei ist anscheinend etwas schiefgegangen. Jedenfalls ist sie verschwunden. Niemand hat sie mehr gesehen, weder in erster noch in zweiter Gestalt.«

Das hatte ich mir fast gedacht, schließlich hatte auch Milling sie bisher nicht finden können. »Irgendwas muss passiert sein. Meinst du, ihr ist was zugestoßen?«

»Garantiert ist sie untergetaucht, weil unser gemeinsamer Bekannter sie suchen lässt.« Sierra sah sich um, stellte sicher, dass niemand sie belauschte.

»Ja, glaube ich auch.«

»Aber halt dich fest, gerade habe ich eine Spur zu Arula entdeckt. Ich glaube, ich kann sie finden. Vielleicht in den nächsten Tagen schon. Und dann erfahren wir endlich, warum Mr M ihr nachjagt.«

Mein Puls schoss hoch wie eine Silvesterrakete. »Was für eine Spur ist das?«

»Zu riskant, auf diese Art darüber zu reden. Ich melde mich wieder, wenn ich mehr weiß, okay?«

Es blieb mir nichts übrig, außer zu antworten: »Okay. Tu dein Bestes, ja? Vielleicht besitzt sie irgendwas, was Milling für seinen Großen Tag braucht. Oder sie hat Informationen, durch die wir Milling noch rechtzeitig aufhalten können.«

»Natürlich tue ich mein Bestes«, versicherte mir Sierra. »Obwohl ich nicht so furchtbar viel Zeit habe – im Herbst wollen meine Eltern eine neue Woodwalker-Highschool in Kalifornien eröffnen, es gibt noch unheimlich viel zu organisieren, und rat mal, wer dabei helfen soll.«

Eine neue Woodwalker-Highschool! Das klang toll, doch gerade jetzt passte es mir überhaupt nicht in den Kram. Wir brauchten Sierra. »Du schaffst es bestimmt, dich irgendwie rauszureden«, meinte ich beunruhigt, dann verabschiedete ich mich und klickte das Skype-Fenster weg, denn gerade hatte Lou aufgestöhnt.

»Sie bringen es!«, keuchte sie und wir scharten uns hastig um den kleinen Bildschirm. Ich konnte die Angst wittern, die in der Luft lag. Ja, wir hatten alle furchtbare Angst vor diesem Moment. Würde diese verdammte Löwin alles kaputt machen? Alle Woodwalker in den Abgrund reißen, nur damit sie endlich beachtet und bewundert wurde?

Ich sah eine Moderatorin mit glänzendem Lippenstift und Haaren in der Farbe eines Fuchspelzes, daneben ihr männlicher Kollege mit sorgfältig geföntem blondem Schopf. »Heute hat ein Gast in der Talkshow *Real People* Aufsehen erregt«, berichtete die Moderatorin lächelnd. »Stellen Sie sich vor, Sie sitzen im Publikum und plötzlich steht eine echte, lebende Löwin im Studio vor Ihnen, ohne Gitter und sonstige Absperrungen!« Ein kurzer Film zeigte Rebecca Youngbloods Verwandlung und die Reaktion des Publikums. Die Moderatorin wandte sich an ihren Kollegen. »Ich wette, Ben, darüber hättest du dich auch erschrocken.«

»Aber garantiert, Jessica.« Ihr Kollege grinste. »Der geniale Trick bei der Live-Sendung sorgt nun für Diskussionen darüber, ob es in Ordnung ist, Wildtiere bei Zaubershows einzusetzen. Dazu haben sich mehrere Prominente zu Wort gemeldet.« Mehrere Filmausschnitte, in denen Leute bewundernde oder kritische Kommentare von sich gaben, folgten.

»Eins ist sicher – Rebecca Youngblood, bisher bekannt aus der Quiz-Show *Rätsel-Power,* hat ihr Ziel erreicht«, ergriff die Moderatorin wieder das Wort, während ein Auszug aus der Quiz-Show lief und man die Sphinx-Frau im Hintergrund als

Assistentin herumstolzieren sah. »Nach unbestätigten Gerüchten soll sie ein Angebot für eine Tiershow in Las Vegas bekommen haben, wo sie ihre Kunst in Zukunft auf der ganz großen Bühne vorführen kann. Wird die Löwen-Frau die Nachfolgerin der legendären Illusionisten Siegfried und Roy?«

»Ich jedenfalls bin gespannt, Jessica!«, verkündete ihr Kollege und es folgte als Abschluss ein kurzer Filmclip mit Rebecca Youngblood, die als Löwin mit der Vorderpfote ins Publikum winkte.

»Dieses Winken war ihr großer Fehler«, murmelte Frankie. »Total albern sieht das aus – und außerdem riecht es nach Zirkus.«

Im Gegensatz zu den Studiogästen fand ich das Winken nicht niedlich. »Seht ihr, dass sie dabei die Krallen ausgefahren hat? Sie mag Menschen ebenso wenig wie Milling.«

Holly sprang auf, sie strahlte und tanzte durch den ganzen Raum. »Eine Tiershow in Las Vegas! Ich wette, sie frisst gerade ihre Schuhe vor Wut! Keiner hat ihr das geglaubt, was sie über Woodwalker erzählt hat.«

Auch ich hatte mich ein klein wenig entspannt. »Nein, sie ist bestimmt nicht enttäuscht. Was sie will, sind Aufmerksamkeit und Bewunderung und wahrscheinlich eine Menge Geld. Wie es aussieht, wird sie das alles bekommen. Vielleicht ist sie dann endlich zufrieden und lässt uns in Ruhe weiterleben.«

»Na ja, bis zum Großen Tag eben«, flüsterte Brandon leise.

»Genau, bis zu Millings Großem Tag«, sagte ich und auf meinen Armen stellten sich die Härchen auf. Bis dahin mussten wir uns irgendwie vorbereiten, aber ich hatte keinen Schimmer, wie.

Hundedresseure und Filmstars

Rebecca Youngblood hatte in den nächsten Tagen noch ein paar Interviews in billigen Zeitschriften, die man an der Supermarktkasse kaufen konnte. Aber aus den Nachrichten verschwand sie schnell.

Leider nicht schnell genug. Auch mein Rangerchef Rickbert hörte von der Sache. Zum Glück hielt er wenig davon. »Tiermenschen, pah, das ist lächerlich!«, schnaubte er, während er, Linda und ich den Campinggästen Wanderwege erklärten, Übernachtungsgebühren kassierten oder Feuerholz für Lagerfeuer verkauften. »Da kann man ja gleich an Vampire und gute Feen und Engel glauben. Glaubst *du* etwa so einen Mist, Jay?«

Ich schaffte es irgendwie, keine Miene zu verziehen. »Manchmal«, sagte ich.

»Als Kind hatte ich Angst vor Werwölfen«, gestand Linda, die sich gerade bereit machte zu einer geführten Wanderung für naturkundlich interessierte Gäste. »Ehrlich gesagt, finde ich den Gedanken an Menschen, die sich in Wölfe verwandeln können, immer noch ziemlich gruselig.«

»Vor denen habe ich heute noch manchmal Angst«, sagte ich und dachte an die Duelle, bei denen mich Jeffrey mit seinem gesamten Rudel angegriffen hatte.

Am Freitag waren alle unsere Praktika beendet. Der Abschied fiel mir nicht leicht. »Schön, dass du hier warst, und danke für deine Hilfe«, sagte Linda und umarmte mich.

Jason Rickbert schlug mir auf die Schulter. »Du wirst mal ein richtig guter Ranger. Falls du dir den Job immer noch antun willst, wenn du erwachsen bist.«

Ich spürte, wie das Lob mir heiße Ohren bescherte. »Ja, ich glaube schon.«

Zum Abschied schenkten er und Linda mir einen der typischen Rangerhüte mit flacher Krempe. Ich glaube, er stand mir nicht besonders, denn die beiden mussten sich ein Lachen verbeißen, als ich mir das Ding auf den Kopf presste.

Bei der Nachbesprechung in der Menschenkunde-Stunde hatten alle eine Menge zu erzählen. »Ihr könnt euch nicht vorstellen, wie viel Bier die weggeschluckt haben«, berichtete Bo, der als Backstage-Helfer für eine Rockband gearbeitet hatte. »Aber nett waren die, der Leadgitarrist hat mir fünf neue Akkorde beigebracht!«

»Gib nicht so an«, blaffte Jeffrey, wahrscheinlich war er sauer, dass er die ganze Woche im Tierheim zugebracht hatte.

»Womöglich hat er Katzenklos ausmisten müssen«, flüsterte ich Brandon zu. Brandon sah aus, als würde ihm dieser Gedanke ausgesprochen gut gefallen.

Aber falls Jeffrey das hatte tun müssen, erzählte er es natürlich nicht. »Ich habe einem halben Dutzend Hunde Manieren beigebracht, die hatten richtig viel Respekt vor mir als Wolf«, berichtete er selbstbewusst.

Auch Cliff, der noch größer und stärker war als Jeffrey, hatte bei seinem Praktikum in einer Grundschule keine Disziplinprobleme gehabt. »Die Kinder mochten mich, glaube ich, und es hat Spaß gemacht, ihnen bei den Hausaufgaben zu helfen«, erzählte er und Miro schmiegte sich stolz an ihn.

Tikaani hatte im Krankenhaus eine Menge über Erste Hilfe gelernt und durfte an Nimble vorführen, wie man jemanden wiederbelebte. Leider hatte Nimble Angst vor Wölfen, er wagte kaum zu atmen, was die Übung etwas erschwerte.

Auch Dorian hatte sich medizinisch fortgebildet – bei einem Tierarzt. Dort hatte es einen peinlichen Moment gegeben, als bei Dorian das Chiplesegerät angesprungen war: Seine früheren »Besitzer« hatten ihm einen Chip in die Schulter verpassen lassen.

Noch während ich darüber lachte, was Dorian erlebt hatte, konnte ich kaum den Blick von Tikaani lassen. Ich war furchtbar stolz auf sie – und sie anscheinend auf mich, als wir noch einmal berichteten, wie wir die beiden Wanderer gefunden und vor dem Schlimmsten bewahrt hatten.

Jeffrey blickte finster drein, als er uns nebeneinanderstehen sah. Hatte er irgendwie erfahren, dass sich zwischen uns etwas entwickelte? Bisher wussten es nur meine besten Freunde. Wie würden die anderen Schüler reagieren, wenn sie es erfuhren? Ein Puma und eine Wölfin, war das nicht ein einziger großer Witz? Nein, war es nicht!

»Jetzt du, Holly – wie lief es bei dir?«, fragte Miss Calloway. Sie kaute verstohlen auf einem Kaugummi herum; seit sie mit Bill Brighteye zusammen war, hatte sie ein paar neue Angewohnheiten. Sie schaute jetzt sogar James-Bond-Filme.

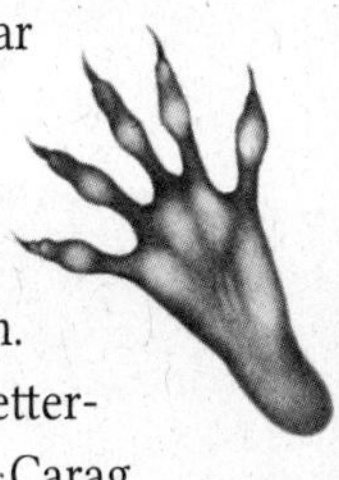

»Ich war der Hit bei der Bergrettung, sie haben gesagt, ich wäre ein Naturtalent«, erzählte Holly fröhlich. »Einmal habe ich meinem Chef sogar einen neuen Klettertrick zeigen können. Nur blöd, dass ich Tikaani und Carag nicht helfen konnte – ich wäre in den Schneemassen untergegangen!«

Brandon hatte bei der Feuerwehr üben dürfen, wie man Brände löscht, Shadow und Wing hatten eine Menge darüber erfahren, wie die Polizei arbeitete, und waren live dabei gewesen, wie ein Ruhestörer verhaftet worden war, Lou hatte in der Stadtverwaltung heimlich einen Blick in Krisenpläne geworfen. Henry wusste nun zumindest ungefähr, wie Strom- und Wasserversorgung einer Stadt funktionierten, er hatte Wassertests durchführen und Pegel überwachen dürfen. »Ich hoffe, Milling versucht nicht, das Stromnetz zu sabotieren, damit könnte er den Menschen sehr schaden – die wissen nämlich nicht, wie man ohne Strom lebt«, flüsterte er mir ins Ohr.

Früher, als Puma, hätte ich das nicht geglaubt, doch inzwischen konnte ich es mir vorstellen. Manche Menschen bekamen schon die Krise, wenn es keine Eiswürfel für ihre Cola gab.

»Ohne Strom ist's nichts mehr mit Telefonieren oder Internet – gut, dass wir uns dann noch von Kopf zu Kopf verständigen können.« Frankie verzog sein Gesicht. Er hätte sicher viel Spaß bei einem Praktikum in einer Computerfirma gehabt, doch er war zu spät zurückgekommen, um sich noch eins zu organisieren.

Die Mitglieder meines Secret-Ranger-Clubs tauschten heimliche Blicke. Durch unsere Praktika hatten wir uns in Schlüsselpositionen gebracht, dort viel gelernt und wichtige Dinge darüber herausbekommen, wie die Menschenwelt funktionierte. Wir wurden für Andrew Milling immer härtere Gegner. Andere, die nicht Mitglieder unseres Clubs waren, hatten im Vergleich zu uns eher langweilige Praktika gehabt. Leroy hatte in der Parfümerie eine Kundenbefragung durchgeführt, Berta war im Tourismusbüro gewesen und hatte einen Flyer gestalten dürfen, Viola hatte in einem Restaurant gelernt, was man alles mit Ziegenkäse machen kann. Sie wurde nicht sehr beneidet, dafür aber Nell und Cookie, die gemeinsam auf einer Gäste-Ranch gearbeitet hatten und viel zum Reiten gekommen waren. »Aber denkt nicht, dass es der reine Spaß war«, verteidigte sich Nell. »Dafür haben wir auch jeden Morgen zwanzig Pferde von der Koppel geholt und ihnen den Matsch aus dem Fell gestriegelt!«

Lustigerweise hatte Juanita eins der interessantesten Praktika abbekommen. Sarah Calloway hatte ihr auf dem Umweg über Frankies Filmstar-Mutter einen Job in einem Studio verschafft, wo sie miterlebt hatte, wie ein Film gedreht wurde. *Viel helfen durfte ich allerdings nicht, nur Sandwiches fürs Mittagessen holen, Kabel aufrollen und so was,* berichtete sie als kleine schwarze Spinne an der Decke. *Aber das mit den Kabeln habe ich richtig gut gemacht! Es war fast so, wie meinen Faden zu weben! Und wer weiß, vielleicht kann ich ja später wirklich was beim Film machen.*

Einen Moment lang wehte versehentlich einer ihrer Gedanken zu uns herüber und durch unsere Köpfe flirrte ihr Wunschtraum von einer strahlenden, mit Juwelen behängten Spinne, die vier winzige Sonnenbrillen trug und, von Fotografen umlagert, über einen roten Teppich trippelte.

Wir mussten alle grinsen. Auch Miss Calloway.

»Jedenfalls schon mal großartig, dass du das Praktikum geschafft hast«, versicherte sie Juanita. »Eine ganze Woche in Menschengestalt – Respekt!« Unauffällig spuckte sie ihren Kaugummi in den Mülleimer.

Unvermittelt ging die Tür auf und jemand kam herein. Ein

unscheinbares Mädchen mit schulterlangen braunen Haaren, das ein bisschen schüchtern in die Runde lächelte. Trudy! Zu meiner Überraschung freute ich mich, sie zu sehen, irgendwie hatte es Spaß gemacht, ihr im Krankenhaus mit den Ersatzfedern eine Freude zu machen.

»Wie geht's dir?«, fragte Jeffrey, zwar etwas gönnerhaft, aber erstaunlich freundlich.

Anscheinend fassungslos, dass Jeffrey nett zu ihr war, blickte Trudy ihn an. »Viel besser«, sagte sie und lief rot an. »Es ist richtig toll, wieder hier zu sein.«

Sie huschte zu ihrem Platz und setzte sich.

»Schön, dass du wieder da bist«, sagte Miss Calloway und spontan applaudierten wir alle. Trudy wurde noch röter und verschanzte sich hinter einem offenen Heft.

Weniger schön war, dass unsere geplante Party ausfiel. Eigentlich hatten wir unsere abgeschlossenen Praktika feiern wollen, doch danach war gerade niemandem zumute – obwohl Frankie heil zurückgekehrt war und die Sache mit der Sphinx-Frau so unerwartet glimpflich abgegangen war. Auch Miss Clearwaters Augen hatten sich inzwischen wieder erholt.

Statt Party zu machen, dampften wir alle ab zu unseren Familien. Für mich war es mal wieder Zeit, das Wochenende bei den Ralstons zu verbringen. Ich fürchtete mich ein bisschen davor. Sie waren sowieso schon misstrauisch, was war, wenn sie diese verdammte Talkshow gesehen hatten? Und auch die Nachrichtensendungen hatten sie sicher kaum verpasst.

Was war, wenn sie ahnten, was oder wer ich war?

Sei dein Tier

Ja, natürlich hatten die Ralstons die Sendung gesehen. Als wir beim Abendessen saßen – es gab Lasagne, zum Glück mit Fleisch –, erzählte Melody aufgeregt davon. »Stell dir vor, diese Frau hat sich in einen Löwen verwandelt, direkt vor den Kameras! So, dass jeder zusehen konnte!«

»Ich weiß«, sagte ich grimmig und wünschte, sie hätte das ganze Thema einfach sein lassen. Aber das war für ein achtjähriges Mädchen wohl zu viel verlangt.

Zum Glück nahm Anna das Ganze nicht ernst, sie war in heiterer Stimmung. »Wenn du ein Tier wärst, welches wärst du dann, Mel?«

»Ein weißes Pony!«, rief Melody begeistert. Marlon verdrehte die Augen und schaufelte sich noch ein großes Stück Lasagne in den Mund.

»Oder ein Delfin, die sind auch toll«, fuhr Melody mit strahlenden Augen fort.

Ich hätte ihr sagen können, dass sie als Delfin nicht in den Rocky Mountains hätte bleiben können, dass sie dann schnellstmöglich in Jack Clearwaters Blue Reef Highschool in Florida geschickt worden wäre, zu den andern Wassertier-Wandlern. Aber vielleicht verriet ich ihr das lieber nicht, sie wusste ohnehin schon viel zu viel.

»Ich glaube, ich wäre ein Murmeltier«, sagte Donald lächelnd.

Ja, das glaubte ich ihm sofort – seine Figur war rundlich, er war ein gemütlicher Typ und brauchte viel Schlaf.

»Und ich?« Anna überlegte. »Vielleicht ein Papagei. Schließlich bin ich gesellig, rede gerne und greife im Laden immer nach den bunten Klamotten. Und du, Jay, was wärst du?«

»Na was wohl«, sagte ich kurz angebunden. »Ihr habt mich schließlich nach einem Blauhäher benannt, dann wäre ich wohl auch einer.«

»Ach komm!« Anna lächelte mich verschmitzt an. »Du darfst noch mal raten. Ich glaube nicht, dass du ein Vogel bist.«

Zum Glück mischte sich jetzt Marlon ein, der bei diesem Essen noch nicht viel gesagt hatte. »Ich glaube, ich wäre ein Berglöwe«, verkündete er selbstzufrieden.

Ich ließ meine Gabel sinken, blickte hoch und spürte, wie sich ein Knoten Wut hinter meinem Brustbein ballte. »Nein«, sagte ich einfach, nur dieses eine Wort.

Natürlich war Marlon begeistert, dass er es aus irgendeinem Grund geschafft hatte, mich zu provozieren. Das war ihm schon länger nicht mehr gelungen. »Wieso nicht?«, erkundigt er sich grinsend. »Ich weiß, unser Footballteam heißt *Broncs* und unser Logo ist ein schnaubender Wildpferdkopf, aber ein Pferd ist bei uns schließlich schon Melody.« Er nahm sich noch eine große Portion Lasagne nach. »Wahrscheinlich sind die meisten Footballer irgendwelche Raubtiere. Da muss man ja stark und schnell sein … vielleicht wäre ich auch ein Leopard, ein Jaguar oder ein Löwe. Die sind noch viel cooler als Pumas.«

Ich dachte ernsthaft darüber nach, sein Gesicht in den Teller mit der Lasagne zu drücken.

»Jetzt mal ein ganz anderes Thema, wie war denn dein Praktikum?«, fragte Donald und schenkte sich einen Whisky ein.

Ein echter Murmeltier-Wandler wäre schon nach zwei Schlucken bewusstlos vom Stuhl gefallen.

Dankbar für den Themawechsel, begann ich zu berichten. Sehr witzig fanden die Ralstons die Sache mit dem Stinktier im Waschhaus. Dabei erinnerte ich mich daran, dass Rickbert mir noch einen Gefallen schuldete. Vielleicht würde das für mich später noch wichtig werden? Wieder einmal war ich dankbar dafür, dass ich ausgerechnet dieses Praktikum gewählt hatte.

Als ich gerade noch mehr von Rickbert erzählte, fiel mir wieder ein, dass er sich gewünscht hatte, einmal im Leben einen Puma vor die Linse seiner Kamera zu bekommen. Plötzlich wusste ich, was ich an diesem Wochenende noch vorhatte. Denn bei einer Plauderei beim Kaffee hatte mir Rickbert erzählt, dass er versuchten wollte, eine Schneeziege abzulichten.

Es war kurz nach Sonnenaufgang. Den Ralstons hatte ich einen Zettel hingelegt, dass ich heute Vormittag dringend mal rausmusste, frische Luft schnappen. Dass ich den Zettel um Mitternacht hingelegt und schon kurz darauf losgewandert war, mussten sie ja nicht wissen. Schneeziegen gab es nur am Barronette Peak im Nordosten des Nationalparks, etliche Kilometer entfernt.

Aber gelogen hatte ich nicht. Dort wo ich gerade war, fand sich jede Menge frische Luft. Genüsslich sog ich sie ein und lauschte dem Wind, der mir etwas vom Frühling zuflüsterte und meine Tasthaare kitzelte.

Schon längst hatte ich in Pumagestalt erspäht, wo Jason Rickbert zusammen mit einem Freund mit langsamen, gleichmäßigen Schritten aufwärtsstapfte – auf den großen Felsrücken zu, der sich bis in dreitausend Meter Höhe erhob. Immer mal wieder sah mein ehemaliger Chef auf und ließ den Blick über die menschenleere Landschaft schweifen, über das hellgrüne Tal, den dunklen Teppich des Kiefernwaldes und den wuchtigen, weiß gefleckten Gipfel.

Ich wartete, bis sie in einer Höhe waren, in der sich nur noch hin und wieder Baumgruppen aus dem kahlen Gestein erhoben. Als sie noch etwa dreißig Meter von mir entfernt waren, machte ich sie auf mich aufmerksam, indem ich aus meiner Deckung heraustrat – wie ich geahnt hatte, bemerkten sie die Bewegung und blickten in meine Richtung.

Rickbert erstarrte und ich konnte sehen, wie seine Augen groß wurden. Ganz langsam, um mich nicht zu verscheuchen, hob er seine Kamera. Ich konnte fast hören, wie er und sein Kumpel den Atem anhielten. Ein wilder

Puma wäre trotzdem vor ihnen geflohen und weggehuscht, um sich zu verbergen.

Aber heute war Rickberts Glückstag. Ich stellte mich so hin, dass die aufgehende Sonne mein Fell vergoldete. In der Stille der Berge hörte ich das Klicken des Auslösers. Geduldig wartete ich, bis ich sicher war, dass Rickbert genügend Bilder gemacht hatte, dann begab ich mich mit ein paar etwas angeberischen Sprüngen in Deckung.

Hinter mir hörte ich Jubel und aufgeregte Stimmen. »Hast du das gesehen?«

»Unglaublich! Er war so nah, aber gar nicht feindselig!«

»Wow, ich glaube, die Bilder sind fantastisch geworden!«

Innerlich musste ich lächeln.

Lautlos wandte ich mich um und machte mich auf den Rückweg.

Danksagung

Während ich diesen Band geschrieben habe, hat eine kleine Statue der Löwengöttin Sechmet mich dabei vom Schreibtisch aus beobachtet ... bestimmt, um zu prüfen, ob ich nichts Beleidigendes über sie schreibe! Hab ich dann aber doch, Pech für sie.

Kaum hatte ich ein neues Kapitel fertig, habe ich es wie immer meinem Sohn Robin vorgelesen, der mir wieder wichtige Anregungen gegeben hat. Deshalb das größte Dankeschön an Robin und Christian!

Meine Lektoren Stefanie Letschert und Frank Griesheimer haben mich auch diesmal wieder hervorragend begleitet und mit vielen sinnvollen Vorschlägen dafür gesorgt, dass auch Band 5 eine runde Sache wurde. Sonja und Lina haben als Testleserinnen ebenfalls ihren Teil beigetragen und Stephan Reich hat mir supernett und kompetent geholfen, die Fans auf meiner Website mit Tests und Umfragen zu versorgen. Gerd F. Rumler und Martina Kuscheck waren wie immer die Agenten an meiner Seite. Danke!

Weitere Informationen über Katja Brandis
und die Woodwalkers-Reihe: www.woodwalkers.de

Ich heiße Dorian und sehe aus wie ein edler Rassekater ... doch in Wirklichkeit bin ich ein Woodwalker und kann mich auch in einen Menschen verwandeln. Ihr wollt wissen, was ich als Hauskatze, im Waisenhaus (dann natürlich in meiner Menschengestalt ...) und auf dem abenteuerlichen Weg zum Gestaltwandler-Internat Clearwater High erlebt habe? Dann viel Spaß mit meiner Geschichte! Angeblich haben Katzen ja neun Leben, deshalb habe ich die einzelnen Stationen (noch keine neun – ich bin ja noch jung!) meiner Geschichte danach benannt ...

Mein erstes Leben:
Eine katzige Familie

Mieses Fresschen und ein Notfall

Wieder mal war Zeug im Napf, das schmeckte wie dreimal überfahren und dann zwei Tage liegen gelassen. So war es wahrscheinlich auch, denn auf einmal hatte ich harte Stückchen im Maul. Bäh, Straßensplit! Aber immerhin war das Ganze gewürzt, weil der Frühling noch nicht so richtig kommen wollte und ein Riesenauto Salz auf den Straßen verstreut hatte.

Du musst das nicht essen, Dorian, sagte mir meine Mutter und betrachtete den Napf angewidert. *Wir essen es alle nicht und schauen den ganzen Tag lang jämmerlich drein. Dann kapiert Al, dass er eine Dose aus dem Keller aufmachen soll und es NICHT reicht, einfach irgendwas von der Straße zu kratzen!*

Skeptisch schnüffelte ich an den rötlichen Stücken in unserem Napf. Ich tippte auf Reh. *Bist du sicher, dass er das kapiert? Er hat bald einen Abgabetermin. Da bemerkt er doch meist gar nichts.* Für alle Fälle probte ich trotzdem in der spiegelnden Glastür meinen traurigen Blick. Hm, ich war außer Übung. Doch als ich die Tasthaare tiefer hängen ließ und die Ohren weiter absenkte, sah es richtig schön jämmerlich aus.

Ich könnte unter seinen Schreibtisch pissen – das merkt er garantiert, bot mein Bruder Twix an, der von uns das samtigste Fell hatte und die meisten Streicheleinheiten abbekam.

Aber dann denkt er, es gibt ein Problem mit dem Katzenklo, wandte meine Mutter ein.

Stimmt. Ich könnte vielleicht auf das Ding kotzen, auf dem er immer herumtippt, schlug mein Bruder Aspy vor und zuckte mit den Tasthaaren. *Dann kapiert er, dass es ums Futter geht.*

Aspys voller Name war Aspirin. Ich war nicht ganz sicher, was er bedeutete. Meine Mutter hatte das Wort kurz nach unserer Drillingsgeburt im Fernsehen gehört und der Klang hatte ihr gefallen.

Mom, wann gibst du uns mal wieder eine Verwandlungsstunde?, fragte ich. *Wenn wir uns verwandeln würden, könnten wir uns selber Dosen aus dem Keller aufmachen.*

Das nutzt nichts, Al verschlampt ständig den Dosenöffner, brummte meine Mutter und überlegte kurz. *Ich sag euch, was wir machen. Vor Abgabeterminen ist er immer gestresst und danach immer fröhlich. Wir müssen einfach nur warten, bis die gute Laune dran ist.*

Glaubt ihr, er weiß, dass sich an der Hausecke beim Fliederstrauch eine Ratte eingenistet hat?, fragte Aspy besorgt.

Woher soll er das mit der Ratte wissen?, fragte ich. *Wahrscheinlich hat sogar sein Schaukelstuhl einen besseren Geruchssinn als er.*

Genau, viel kriegt so ein Mensch ja nicht mit, fügte Twix hinzu.

Redet nicht schlecht über Al, befahl meine Mutter. Sie hatte klare Ansichten darüber, wie man richtig mit Menschengefährten umging.

Also hörten wir auf zu diskutieren und tappten über den Holzboden ins Wohnzimmer, das nach Orangenschalen und Büchern roch. Dort erholten wir uns mit einem erfrischenden Schläfchen: Ich und Aspy aneinandergekuschelt auf dem Sofa, meine Mutter auf ihrem dunkelblauen Lieblingsssessel, den Al irgendwann mal auf dem Flohmarkt gekauft hatte. Twix, der von uns am liebsten kletterte, machte es sich auf dem schon ziemlich abgewetzten Kratzbaum im Wohnzimmer bequem.

Als es dunkel wurde, starrte Al immer noch auf seinen Computer. Dadurch sah es aus, als hätte seine Haut die Farbe von verdünnter Milch. »O Gott, selbst wenn ich pünktlich abgebe … Wird sich irgendjemand für dieses Buch interessieren?«, ächzte er, während meine Brüder interessiert lauschten. Aspy warf mir einen fragenden Blick zu, aber ich hatte auch keine Ahnung, wer dieser »Gott« sein konnte. War es seine Schuld, dass nicht allzu viele Leute Als Bücher kauften?

Als ich hochhüpfte auf Als Schreibtisch, streichelte er mich nur einmal kurz, ohne mich anzusehen. Aus Rache stapfte ich absichtlich über seine Tastatur.

»He!«, rief er.

Interessiert starrte ich auf seinen Bildschirm und versuchte, den Satz mit meinen Verzierungen zu lesen. Leider konnte Al schneller löschen, als ich lesen konnte.

Al, der, wie wir natürlich wussten, in Wirklichkeit Alexandros Larikis hieß, musste lächeln. Er strich sich über den dichten dunklen Schnurrbart, der fast so schön war wie meine Tasthaare, und lehnte sich einen Moment lang zurück. »Na, das interessiert dich ja wirklich, Dorian. Das ist übrigens meine Autobiografie, die ich gerade schreibe. Meine Lebensgeschichte, na ja, also eher nur die Geschichte, wie ich aufgewachsen bin. Ist das nicht cool, dass sie bald gedruckt wird?«

Doch, antwortete ich, obwohl ich wusste, dass Menschen meine Gedanken nicht hören können. Eigentlich hatte mich meine Mutter »Kellogg's« nennen wollen, noch so ein Ding aus dem Fernsehen. Zum Glück hatte ich rechtzeitig mitbekommen, dass das Frühstücksflocken waren, und darauf bestanden, dass die anderen mich Dorian riefen (so wie Al mich getauft hatte). Aspy hatte er den Namen Harry verpasst und Twix hatte er Edward genannt – das waren alles Helden aus Büchern, die seine letzte Freundin gemocht hatte.

Wider Willen war ich beeindruckt von dem, was Al da machte. Vielleicht konnte ich das auch mal tun, meine Lebensgeschichte schreiben? Am besten, ich fing gleich heute damit an.

Tja, und so kam ich auf die Idee, die Geschichte zu schreiben, die ihr gerade lest. Das machte mehr Spaß, als ich jemals gedacht hatte. Meine ersten Notizen und Berichte waren natürlich ziemlich holprig, später habe ich alles noch mal neu und besser geschrieben. Auf jeden Fall berichte ich zu hundert Prozent wahr und ehrlich, was in meinem Leben bisher so los war, bis ich ... na ja, aber dazu kommen wir später noch. Jetzt erzähle ich erst mal weiter!

Damals vertiefte sich Al wieder in seine Autobiografie. Hoffentlich hat er bald seinen blöden Abgabetermin!, ging es mir durch den Kopf. Das ist besser für uns, aber auch für ihn selbst.

Er hat heute nicht geduscht und sogar vergessen, etwas zu essen, meinte meine Mutter besorgt und blickte sich in der Küche um, in der sich in den letzten Stunden rein gar nichts getan hatte. Und das, obwohl Al eigentlich gerne und sehr gut riechende Dinge kochte, von denen er uns nie was abgab. *Es ist Zeit, dass Jolene mal wieder vorbeikommt und ihm erklärt, wie das mit dem Menschsein geht!*

Jolene war seine Freundin, aber sie lebte in Atlanta und konnte uns nur zweimal die Woche besuchen. Man musste sie einfach lieben, und nicht nur, weil sie uns Garnelen mitbrachte. Sie hatte ein wunderbares Lächeln, konnte einem richtig gut das Bauchfell kraulen und war meistens sonniger Laune. Außer wenn sie im Radio Britney Spears spielten (die fand sie schrecklich) oder sie über einem besonders schweren Kreuzworträtsel grübelte.

Wenn sie das mit der Ratte merkt, geht sie wahrscheinlich gleich wieder, meinte Twix und wir waren alle drei sehr beunruhigt. Seit wir ihr mal eine frisch erlegte Maus zu Füßen gelegt hatten, wussten wir, dass sie Nagetiere nicht in ihrer Nähe haben wollte.

Ja, ich fürchte, das kann sein. Meine Mutter zuckte mit den Ohren. *Los, ihr drei, das mit der Ratte ist eindeutig euer Job. Ich muss mich um Al kümmern, er braucht mich jetzt!*

Also gingen wir zum Fliederstrauch, um ein ernstes Wörtchen mit dem Nagetier zu reden. Das lief leider nicht so, wie wir uns das gedacht hatten. Als wir der Witterung folgten und

uns heranpirschten, hörten wir ein vielstimmiges Fiepen und Rascheln aus der Ecke unter dem Haus hervordringen. Ich spürte, wie mein wie immer hervorragend gepflegtes graublaues Fell sich sträubte. Das war eindeutig nicht mehr *eine* Ratte, sondern eine ganze Gruppe! Und wir waren nur drei unerfahrene und erst halb ausgewachsene Kater.

Twix pirschte näher heran und brüllte in die Nische: *Ihr dürft hier nicht wohnen, unser Menschengefährte will das nicht!*

Keine Antwort. Jetzt war schon mal klar, dass die Kerle nicht wie wir Woodwalker waren, also Tiere, die sich in einen Menschen verwandeln konnten.

Wir schauten uns an. *Kommt, Jungs, wir fressen sie!,* rief Aspy, der von uns dreien der Größte war, sehr gut Mäuse jagen konnte und ausgesprochen gerne raufte. Er stürmte voran, auf die Nische zu.

Nur leider hatten wir es diesmal nicht mit Mäusen zu tun. Unter dem Haus kam ein brauner Blitz hervorgeschossen und grub seine Zähne in Aspys Vorderbein. Fauchend sprang Aspy hoch und versuchte, der Ratte – die wirklich gigantisch aussah! – einen Pfotenschlag zu verpassen. Doch er verfehlte sie und wurde von Twix umgerannt, der sich ebenfalls in den Kampf stürzte, aber wie üblich ziemlich planlos war.

Erschrocken maunzte Twix auf, als eine zweite riesige Ratte hinzukam und ebenfalls versuchte, uns zu beißen. Einen Moment lang waren wir ein einziges Katzen-Nagetier-Knäuel.

Habe ich *wir* gesagt? Pardon – ich war natürlich nicht dabei. Kämpfen war nicht mein Ding. Man geriet ins Schwitzen, man konnte verletzt werden, kurz, es war *unangenehm.* Aber ich war hervorragend dafür geeignet, Aspy zu bemitleiden. Der flüchtete mit blutender Vorderpfote auf die Veranda, als sich unsere Feinde wieder unters Haus zurückzogen.

Das war sehr mutig von dir, sagte ich zu meinem Bruder und schleckte ihm kurz über das grausilbrige Fell. *Aber die beiden Biester waren halb so groß wie du, du hattest keine realistische Chance.*

Klar hatte Aspy eine Chance, er hat sie nur genauso wie ich verpatzt, meinte Twix, worauf Aspy natürlich beleidigt war. Er schmollte oft wegen irgendwas. Doch diesmal war sein Rachedurst größer als seine Eingeschnapptheit. *Das können wir nicht dulden! Die Ratten müssen weg! Dorian, du musst herausfinden, wie das geht.*

Ich war von uns dreien der Schlaue vom Dienst, was nicht immer die beste Rolle war (wenn ich mal was nicht wusste, war die ganze Familie enttäuscht). Trotzdem war ich stolz darauf.

Schon unterwegs, sagte ich und lief durch die Katzenklappe zurück ins Haus. Zum Glück war Al endlich ins Bett getaumelt, wir hatten unsere Ruhe. Gründlich ging ich die Titel seiner Bücher im Regal durch, doch leider war überhaupt nichts über Nagetierbekämpfung dabei. Nicht mal ein simples Tierlexikon.

Ein bisschen eingeschüchtert betrachteten meine Brüder und ich den Computer. Klar, ich hatte Al schon oft über die Schulter geschaut, aber herangetraut hatte ich mich an das Ding noch nie. Jetzt musste es sein, wir brauchten Unterstützung.

Soll ich den Dosenöffner suchen gehen?, fragte Twix und kratzte sich mit der Hinterpfote am Ohr. *Damit kriegen wir das Ding vielleicht auf.*

Wichtiger ist, dass wir es an-kriegen. Ich presste die Pfote beherzt auf den Einschaltknopf des Computers und hoffte, dass etwas passieren würde.

Wir waren alle sehr aufgeregt. War das wirklich eine gute Idee, was wir hier machten?

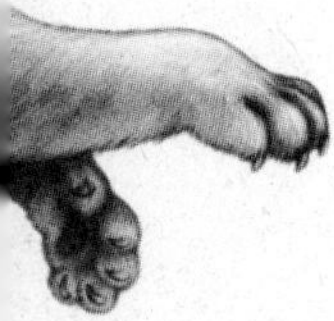

Ein Versuch und ein Besuch

Anscheinend hatte ich es geschafft, den Computer zu starten, denn ein Surren ertönte und der Bildschirm wurde hell.

Was jetzt?, fragte Twix, der neben mir saß, gespannt.

Äh ... jetzt muss ich ihm was befehlen, sagte ich. Ah, da war schon das Suchding, in das Al immer Sachen eingab, die er herausfinden wollte. Ich schaute genau auf meine Pfoten, um die richtigen Tasten zu erwischen, und war furchtbar stolz auf mich, als auf dem Bildschirm Wie besigt man Raten stand.

Mehr passierte leider nicht. Es stand einfach da. Was musste ich tun, damit dieses Ding mir gehorchte? Gab's da nicht irgendwelche Zauberworte, die Al ab und zu eingeben musste? Wenn ich eins davon brauchte, hatten wir Pech gehabt. Die kannte ich nicht.

Lass mich mal, ich krieg das hin!, rief Twix und streckte eine Vorderpfote aus.

He, ICH darf jetzt! Ich bin zwei Minuten älter als du und außerdem verletzt!, rief Aspy und drängte ihn beiseite.

Die beiden waren wirklich nervig manchmal. *Mäuse jagen, Fressen und Raufen ist wirklich alles, was in eure winzigen Gehirne passt,* beschwerte ich mich und versuchte, sie von Alexandros' Computer fernzuhalten. Doch ich konnte nicht verhindern, dass Aspy mit einer Hinterpfote auf einer Taste landete.

Und plötzlich tanzten Buchstaben über den Bildschirm! Glücklich entzifferte ich Anleitung zur Rattenbekämpfung und Zehn Tipps, was wirklich gegen Ratten hilft, aber auch irgendwas über Ratenzahlung und Monatliche Rate berechnen. Keine Ahnung, was das bedeuten sollte.

Was steht da? Lies vor! Los, schnell, drängte Twix.

Das Lesen hatte ich mir mit Büchern aus der Bibliothek von Alexandros selbst beigebracht. Aber es ging weder besonders schnell noch besonders gut.

Sollen wir von oben auf die Ratten springen? Oder sie lieber am Genick packen? Twix atmete mir in den Nacken, seine Tasthaare kitzelten.

Lasst mich doch erst mal lesen, brummte ich. Noch während ich mühsam Tipp Nr. 3 entzifferte – mögliche Nahrungsquellen aus der Wohnumgebung entfernen –, riefen mir Aspy und Twix weitere Fragen zu, die ich eingeben sollte. Ich kam gar nicht mehr nach mit Tippen und fand erst zurück zu den Anti-Ratten-Tipps, als den beiden langweilig wurde und sie endlich abgezogen waren.

Oh nein – dort stand, dass man die Ratten, wenn sie erst mal ein Nest am neuen Ort gebaut hatten, kaum mehr loswerden würde. Wir mussten ihnen vorher zeigen, wer hier der Boss war!

Als ich schließlich alles durchgelesen hatte und erschöpft Richtung Sofa wankte, ertappte ich meine Mutter dabei, wie sie unter dem Couchtisch etwas schrieb. Sie hatte sich einen Zettel geholt und den Bleistiftstummel ins Maul genommen, mühsam kritzelte sie damit Buchstaben aufs Papier.

An wen schreibst du?, fragte ich und näherte meine Nase dem Papier. Bestimmt schrieb sie an Al: GIB ESSEN, oder so was.

Doch meine Mutter blockte mich mit der Vorderpfote ab. *Das geht dich leider nichts an, an wen ich schreibe.*

Natürlich reckte ich trotzdem den Hals, um etwas erkennen zu können. *Ist das eine Botschaft für Al? Ich dachte, er und die anderen Menschen dürfen auf keinen Fall wissen, dass wir keine gewöhnlichen Katzen sind?*

Nein, das ist nicht für Al, fauchte meine Mutter und ich wich erschrocken zurück. So empfindlich war sie selten. Mir gefielen auch die Blicke nicht, die sie mir von der Seite zuwarf. Einen kurzen Moment lang kam mir die Idee, dass es in diesem Brief um mich gehen könnte. Aber dann wischte ich mir das wieder aus dem Kopf. Selbst wenn du eine edle Russisch Blau in zweiter Gestalt bist, dreht sich die Welt nicht nur um dich.

Und jetzt geh endlich mal wieder raus, kommandierte meine Mutter. *Du bist erst neun Jahre alt, du brauchst Bewegung. Habt ihr schon einen Plan, was ihr gegen die Ratten machen wollt? Jolene kommt schon morgen Nachmittag!*

Natürlich haben wir einen Plan, behauptete ich, stolzierte zum Sofa und schlief, bis es draußen längst hell war. Meine Brüder schlummerten beide noch oder wieder (das war schwer zu entscheiden), als ich ins Arbeitszimmer ging, um dort die Lage zu peilen.

Ich kam gerade noch rechtzeitig. Alexandros hatte anscheinend aufgehört, an seiner Lebensgeschichte zu arbeiten, und machte irgendwas anderes auf dem Computer. »Hä, was ist denn das im Suchverlauf?«, murmelte er. *»Ratten besiegen, Dosenöffner kaufen, Wer ist Gott?, Katzenminze ...«*

Mit der Kraft der Verzweiflung nahm ich Anlauf, katapultierte mich auf den Schreibtisch und legte einen wilden Stepptanz auf der Tastatur hin. Und es funktionierte.

»Dorian!«, gellte es mir in den Ohren und ich flog in hohem

Bogen Richtung Teppich, aber anscheinend waren unsere Geheimnisse wieder geheim.

Natürlich landete ich auf allen vier Pfoten – Ehrensache.

Inzwischen waren auch meine Brüder wach. *Warum fliegst du vor dem Frühstück durch die Gegend?,* fragte Twix und gähnte. Ich murmelte etwas Unverständliches.

Das Telefon klingelte. »Jolene! Heute Abend? Ja, gerne, bis dahin habe ich abgegeben und wir können das richtig feiern«, hörten wir Al sagen.

Meine Brüder und ich blickten uns halb erleichtert, halb panisch an. Gut, dass bald seine fröhliche Phase anfangen würde. Aber wenn Jolene schon so bald kam, hatten wir nicht mehr viel Zeit, das Rattenproblem zu lösen!

Action, Leute!, schlug ich vor und wir machten uns daran, die Tipps aus dem Internet umzusetzen. Twix bewachte den Komposthaufen, damit die Ratten dort nichts zu fressen fanden. *An mir kommt nicht mal ein Käfer vorbei,* behauptete er.

Aspy verdrehte die Augen. *Käfer kannst du ruhig durchlassen. Nur nichts Großes und Braunes.*

Er und ich kontrollierten, ob unsere Feinde durch irgendeine Ritze ins Haus kommen konnten, und schoben ein Brett vor eine, die wir fanden. Blöderweise hatte die Terrassentür an der unteren Seite eine kaputte Stelle, warme Luft von drinnen streifte mein Gesicht. Besorgt blickten Aspy und ich uns an. *Da durch können die ins Haus,* sagte ich.

Wehe!, sagte Aspy.

Wir schauten uns noch mal die Höhle unter dem Haus an, wo wir gestern angegriffen worden waren. Drinnen war es dunkel und still. Verdächtig still.

Also ICH geh da nicht rein und sehe nach, versicherte mir Aspy und schleckte sich über das verletzte Vorderbein.

Ich auch nicht, sagte ich ihm. *Soll ich dir sagen, was wir machen? Wir locken sie raus.*

Also schleppten wir als Köder ein paar Stücke überfahrenes Tier aus unserem Napf durch die Katzenklappe und legten sie neben die Veranda. Hinter einem Busch in der Nähe konnten wir uns verstecken. Dann warteten wir.

Nicht mal das Tasthaar einer Ratte ließ sich blicken.

Wieso ist Lauern nur so langweilig?, seufzte ich und dachte sehnsüchtig an das warme und gemütliche Wohnzimmer.

Aspy zuckte mit den Tasthaaren. *Was hast du erwartet – dass die Biester uns ins Maul hüpfen?*

Dann sprangen er und ich vor Schreck in die Höhe, als eine laute Stimme über uns hinwegfegte: »Ach da seid ihr ja, ihr Süßen! Ihr habt ja ein ganz staubiges Fell, wart ihr wieder unartig?«

Klar, und stolz darauf, behauptete Aspy, während wir uns schnurrend vor Begeisterung an Jolene schmiegten und ihr nachrannten ins Haus.

Doch dabei witterte ich etwas, das mich stutzen ließ. Schon zum zweiten Mal an diesem Tag sträubte sich mein Fall. Rattengeruch an der kaputten Hintertür! Der war vorhin noch nicht da gewesen. Während wir auf der Veranda gelauert hatten, waren unsere Feinde hinter unserem Rücken in unser Heim eingedrungen!

10 Dinge, die du tun kannst, um den Wald zu schützen

Katja Brandis, Autorin von *Woodwalkers* (katja-brandis.de)

1. **Respektiere Holz als wertvollen Stoff.** Jedes Stück Holz war mal ein Baum. Behandle es mit Respekt und versuche, aus Holzgegenständen, die deine Familie nicht mehr braucht, etwas anderes herzustellen oder das Material sinnvoll zu verwenden.

2. **Verwendet in der Familie keine Gegenstände aus Tropenholz** wie z.B. Teak, Mahagoni, Abachi, Meranti, Kambala etc. Leider ist es nicht immer leicht zu erkennen, was aus Tropenholz besteht und was nicht. Wenn die Holzart auf einem Produkt nicht genannt wird (zum Beispiel bei billiger Grillkohle), ist das verdächtig. Also zum Beispiel lieber Grillkohle aus Buchenholz kaufen, Buchen wachsen bei uns und sind nicht bedroht. Holz mit dem FSC-Siegel kommt vorwiegend aus nachhaltiger Forstwirtschaft.

3. **Spare Papier und verwende Recyclingpapier.** Statt eines Blatts Küchenrolle könntest du einen Lappen verwenden, statt Geschenkpapier bunte Tücher, statt Brötchentüte einen Stoffbeutel. Papierprodukte, die umweltfreundlich sind, erkennst du am Symbol »Blauer Engel«. Übrigens werden meine Romane im Arena Verlag seit Juni 2020 auf Recyclingpapier gedruckt und mit dem Blauen Engel ausgezeichnet! Du musst beim Bücherkaufen also kein schlechtes Gewissen haben.

4. **Iss weniger Fleisch.** Einerseits werden in Südamerika weite Regenwaldflächen abgeholzt, um Platz für Rinderweiden zu schaffen. Zum anderen wird in den Industriestaaten Soja an Rinder und Schweine verfüttert, und für Sojaplantagen muss viel Regenwald weichen.

5. **Meide Produkte, die Palmöl enthalten.** Es ist schon viel Regenwald abgeholzt worden, um Ölpalmen-Plantagen zu schaffen, und das geschieht leider weiterhin. Überwiegend wird das gewonnene Palmöl in Biosprit umgewandelt (also keinen E10-Sprit in den Tank!). Ebenso findet sich Palmöl in Pflegeprodukten und Lebensmitteln.

6. **Lerne den Wald kennen** und erkunde ihn, dadurch wirst du noch mehr über ihn erfahren und ihn noch mehr ins Herz schließen. Aber Achtung, geh im Winter nicht querfeldein, damit du keine Wildtiere störst – auf der Flucht vor dir verbrauchen sie wertvolle Energie. Im Frühjahr (etwa ab April) solltest du deinen Hund in Wald und Feld an der Leine führen, damit er trächtige Wildtiere und neugeborene Junge nicht belästigt.

7. **Protestiere gegen Projekte, die dem Wald schaden.** Das kannst du zum Beispiel, indem du dich bei Umweltschutzorganisationen informierst und an Protesten (zum Teil per Internet/E-Mail), Aktionen und Streiks beteiligst. Auch Briefe und bohrende Fragen an Politiker oder andere Entscheider helfen!

8. **Lass dir ein Stück Wald schenken.** Zum Beispiel könntest du dir von deinen Verwandten statt eines »normalen« Geburtstagsgeschenks eine Spende für den Regenwald oder fürs Bäumepflanzen wünschen. Besonders sinnvoll ist es, Organisationen und Projekte zu unterstützen, die Waldgebiete aufkaufen, um sie zu schützen, oder die Gebiete aufforsten. Selbst wenn du nur zehn Euro spendest oder spenden lässt, hast du schon Dutzende von Bäumen vor Holzfällern bewahrt.

9. **Pflanze selbst Bäume.** Falls du Lust hast, selbst Bäume zu pflanzen (ob in eurem Garten oder anderswo), dann viel Spaß! Sprich das aber am besten mit einem kundigen Erwachsenen ab, damit der richtige Baum an den richtigen Ort kommt.

10. **Gib diese Tipps weiter.** Zum Beispiel könntest du in der Schule einen Vortrag über das Thema halten oder ein Projekt zum Thema starten. Oder wie wäre es mit einem Artikel in eurer Schülerzeitung? Je mehr Leute den Wunsch haben, den Wald zu schützen, desto mehr lässt sich bewegen!

Arena

Katja Brandis

Woodwalkers – Die Rückkehr

Das Vermächtnis der Wandler

Endlich wieder Schule! Als Carag nach den Sommerferien ins geheime Gestaltwandlerinternat Clearwater High zurückkehrt, erwarten den Pumajungen neben seinen besten Freunden Holly, Brandon & Co. auch jede Menge neue Gesichter. Carags Schwester Mia, die bisher nur als wilder Puma in den Bergen gelebt hat, geht nun in die Erstjahresklasse. Wird sie sich wohlfühlen und mit den anderen klarkommen?

Staffel 2, Band 1:
336 Seiten • Gebunden
ISBN 978-3-401-60640-8
Beide Titel auch als E-Book erhältlich

Herr der Gestalten

Die Klassenfahrt nach Namibia steht kurz bevor. Doch zuerst wartet eine gefährliche Mission auf Pumawandler Carag und seine Mitschüler. Ihr Lehrer James Bridger wird tief in den Rocky Mountains gefangen gehalten. Die Rettungsaktion stellt ihren Mut auf eine harte Probe. Carag weiß, dass die Entführer hinter dem geheimen Buch der Gestaltwandler her sind. So wird die Klassenfahrt zu einem Wettlauf mit der Zeit

Staffel 2, Band 2:
368 Seiten • Gebunden
ISBN 978-3-401-60641-5
www.arena-verlag.de

Arena

Katja Brandis

DelfinTeam

978-3-401-51242-6

Abtauchen ins Abenteuer (Bd. 1)

Sandra findet nichts langweiliger als ihre Ausbildung bei der Bank. Sie ergreift sofort die Gelegenheit, als ihr ein Job als Taucherin in einem DelfinTeam in Florida angeboten wird. Dort lernt sie gemeinsam mit ihrer Delfin-Partnerin Caruso die neue Umgebung kennen, übt die gemeinsame Sprache ein und bereitet sich auf ihre Einsätze im Meer vor.

978-3-401-51244-0

Der Sog des Bermudadreiecks (Bd. 2)

Sandy ist glücklich: Die Arbeit mit ihrem Delfin Caruso läuft gut und Ramón hat seine Probezeit bei der Delfinstation The Deep begonnen, um bei ihr sein zu können. Doch dann bekommt The Deep einen neuen Auftrag und gemeinsam mit ihren Freunden macht sich Sandy auf zum Bermudadreieck. Dort verschwinden Schiffe auf mysteriöse Weise ...

978-3-401-51245-7

Ritt auf der Brandung (Bd. 3)

Die australische Zweigstelle von The Deep steht kurz vor der Schließung. Um das zu verhindern, braucht Sandys bester Freund Sharky ihre Unterstützung. Die junge Delfintrainerin ahnt, dass er auch vor einer persönlichen Herausforderung steht und so reist sie zusammen mit Delfinweibchen Caruso zu ihm nach Australien.

Jeder Band:
Arena Taschenbuch • Auch als E-Books erhältlich • www.arena-verlag.de